금단의 페트

금단의 페트 4

배진국 판타지 장편 소설

초판 1쇄 찍은 날 § 2004년 7월 26일
초판 1쇄 펴낸 날 § 2004년 8월 6일

지은이 § 배진국
펴낸이 § 서경석

편집장 § 문혜영
편집책임 § 유경화
편집 § 장상수 · 김민정 · 최하나
마케팅 § 정필 · 강양원 · 이선구 · 김규진 · 홍현경

펴낸곳 § 도서출판 청어람
등록번호 § 제1081-1-89호
등록일자 § 1999. 5. 31
어람번호 § 제1-0521호

주소 § 경기도 부천시 원미구 심곡1동 350-1 남성B/D 3F (우) 420-011
전화 § 032-656-4452 팩스 § 032-656-4453
http://www.chungeoram.com
E-mail § eoram99@chollian.net

ⓒ 배진국, 2004

ISBN 89-5831-188-6 04810
ISBN 89-5831-107-X (SET)

배진국 판타지 장편 소설

금단의 펫

The
forbidden
pet

4 지옥의 사신

도서출판
청어람

목차

4
지옥의 사신

◆ Chapter 1 ◆

짧은 휴식

　언제부터인가 피리닌의 시선은 베리에게 고정되어 있었다. 처음 베리가 1학년임에도 불구하고 본선까지 진출했다는 말을 들었을 때에는 '귀신 밑에서 배웠으니 그럴 수도 있겠지'라고 대수롭지 않게 생각했으나 막상 경기가 시작되자 혼이 빠진 것처럼 멍하니 시합을 바라볼 수밖에 없었다.

　한마디로 처절했다.

　이건 절대로 그 '귀신' 녀석의 싸움 방식이 아니었다. 어느 정도 독보적인 경지에 이르진 못했으나 자신도 제법 검을 쓰고 볼 줄 알았기 때문에 상식과 예상을 뒤엎는 베리의 경기에 어느 순간부터 밑도 없이 끌려 들어가기 시작했다.

　발렘은 최고의 실력을 가진 천재였다. 하지만 그에게도 부족한 것이 하나 있었다.

그것은 바로 이기려고 하는 의지였다. 비록 검술의 기량은 발렘 쪽이 몇 수 위였지만 예상 밖에 고전을 하는 까닭은 밑도 끝도 없는 베리의 투지 때문이었다. 피를 철철 흘리면서도 기어이 마법을 완성하고, 알몸으로 벼랑 끝에 내몰려서도 마지막 희망을 붙잡는 사람처럼 악착같이 검을 휘두르며 몸을 날렸다.

비단 그런 감정을 느끼는 사람은 피리닌뿐이 아니었다. 그건 경기를 보고 있던 관람자 대부분의 생각과 비슷했다.

화려한 기교로 상대의 검을 흘린 부족한 실력의 도전자는 미소를 흘리며 패배를 인정한다. 피가 튀기고 살점이 나가며 뼈가 부러지는 그런 광경을 이 대회에서만큼은 볼 수 없다는 게 한결같은 사람들의 예상이었다.

하지만 이번만은 달랐다. 목숨이 오고 가는 실전이라 해도 믿을 정도로 둘의 시합은 격렬하고 잔인했다.

물론 앞서 경기를 펼쳤던 카루와 자룬 왕자도 나름대로 처절한 사투를 벌이긴 했다. 하지만 베리와 발렘의 시합에 비하면 그건 매우 점잖은 수준이라고 할 수 있었다.

"……."

경기를 관람하는 대부분의 평민들은 그런 베리의 모습에 큰 충격을 받았다. 우승은 맡아뒀다고 하던 유명한 귀족가의 천재를 상대로 베리는 '이제 그만 해도 좋지 않아?' 라 말하고 싶을 정도로 처절한 경기를 펼치고 있었다. 검에 맞아 비틀거리며 쓰러지고 피를 흘릴 때마다, 마치 자신이 아픈 것처럼 인상을 찌푸리며 홀린 듯 경기를 바라보다가 베리가 조금이라도 우세를 펼치면 주먹을 꽉 쥐고 환호성을 내지르는 것이다.

놀라운 건 귀족들도 마찬가지였다. 아니, 내심 베리가 발렘을 이겨 버렸으면 좋겠다라고 생각하는 사람도 적지 않게 있을 정도였으니 말이다. 예상 밖의 다크호스가 분전하는 것에 호응하고 싶은 기대 심리라고 해야 할까. 여하튼 베리가 오묘한 카리스마를 뿜어내며 관중을 자극하는 것이 사실이긴 했다.

발렘도 적지 않게 상처를 입고 불타올랐던 경기가 더욱더 뜨겁게 달구어졌을 때 즈음이었다.

너무 많은 피를 흘린 까닭인지 검을 떨구고 얼마 후 베리가 바닥으로 쓰러졌다.

그 타이밍이란 게 너무 절묘해서 관중은 안타까움을 백 배로 자극받기에 충분했다. '저 녀석은 불사신이니까 꼭 다시 일어날 거야'라는 기대와 '이제 틀렸구나'라는 아쉬움, '그러면 그렇지' 하는 안도와 함께 경기장 안의 분위기는 표현할 수 없을 정도로 혼란스러워지기 시작했다.

결과적으로 베리는 일어나지 못했다. 들것에 실려 성직자들이 있는 진료소 쪽으로 옮겨질 때 지나치게 몰입한 모양인지 아쉬움의 눈물을 흘리는 사람도 있었다.

'잘 싸웠다'란 말로는 부족했다. '조금만 더 잘했으면 이겼을 텐데' 라는 안타까움만 가득할 뿐이었다.

어느 슨간 피리닌은 인상을 찌푸렸다.

'평민을 선동할 영웅 따윈 없는 쪽이 좋다. 아니, 정확히 말하자면

귀족보다 잘난 평민은 없는 것이 옳다라는 생각을 당연하게 하고 있어야 한다.'

다행히 경기가 발렘의 승리로 끝났지만 베리가 아슬아슬하게 이기기라도 했으면 결과는 더욱 끔찍했을 것이다.

아니, 이왕 부상으로 인해서 우승하지 못한다면 지금처럼 이렇게 끝이 나는 게 최상의 시나리오일지도 모른다. 적당히 기대 심리를 자극하고 종이 한 장 차이로 아슬아슬하게 패배하는 것. 생각하기에 따라선 어느 것이 더 좋고 나쁘다 우열을 가리기 힘든 것이었다.

"재미없는 경기였군."

어느새 식어버린 눈을 한 피리닌은 피로 붉어진 경기장의 바닥을 바라보았다. 경기장의 동요는 식을 줄 모르고 더욱더 커져 가기 시작했다.

새파랗게 질린 얼굴로 아무런 말도 하지 못한 채 시아는 멍하니 경기장을 바라보고 있었다.

처음 베리가 발렘의 공격에 맞고 쓰러졌을 때, 차라리 그냥 그 상태로 졌으면 좋겠다고 생각했다. 하지만 무덤에서 나온 좀비와도 같이 베리는 억지로 몸을 일으켜 이를 악물고 검을 휘둘렀다.

피가 튀기고 신음 소리가 들려오자, 차라리 자기가 대신 나가서 싸웠으면 하는 생각을 했을 정도였다. 말로 표현하기 어려운 복잡한 감정이 미친 듯 머리와 가슴을 헤집는 것 같았다.

도대체 누구를 위해서 저렇게 검을 휘두르는 것일까?

입을 벌린 채 흥건히 바닥을 적신 피를 바라본다. 베리가 썩은 짚단처럼 털썩 바닥으로 쓰러졌을 때 설명할 수 없는 '무언가'가 뭉클 하고 자기 몸 안에서 터져 나오는 것 같아서 시아는 한참 동안 아무런 말도 하지 못하고 경기장 바닥만 바라볼 수밖에 없었다.

'다 너 때문이야.'

어디에서 들려오는 목소리인지 알 수 없었다. 난생처음 들어보는 끔찍하고 저주스러운 목소리가 몸 전체를 울리도록 메아리치기 시작했다.

'넌 저주받았으니까.'

피하기 위해 급히 귀를 막았다. 하지만 요란하게 떠들썩한 경기장의 소음과 두력한 자신의 손바닥조차도 그 목소리를 멈추게 할 수는 없었다.

'이제 행복해질 줄 알았겠지. 불쌍하게도……'

몸을 가득 웅크린 채 고개를 가로젓는다. 그럴수록 기묘한 웃음소리는 더 더욱 귀를 어지럽게 울렸다.

눈물이 볼을 타고 턱까지 흘러내린다. 몸이 아픈 것보다 수십 배는 괴로운 고통이 몸속을 갈가리 찢는 것 같았다.

"시아 언니, 왜 그래? 어디 아파?"

"괜찮아."

"베리 오빠 때문에 그렇구나?"

"……"

"너무 걱정하지 마. 베리 오빠도 맞는 데는 이골이 났으니까 말야. 크게 다치진 않았겠지."

"응, 그래."

셀브렛을 향해 억지로 입을 움직여 미소를 지어주었다. 더 이상 끔찍한 목소리가 몸 안쪽에서 들려오진 않았지만 표현할 수 없는 이상한 감정과 생각이 한참 동안 자신의 머리 속을 휘몰아치기 시작했다.

그리고 어느덧 검술대회도 막바지를 향해 달려가고 있었다.

수십, 수백 마리의 개미가 몸 이곳저곳을 쿡쿡 찌르는 것 같았다. 하지만 더 열받는 건 자신이 손가락 하나 움직일 수 없다는 사실이었다.

간신히 발가락 하나를 살짝 움직이는 데 성공하고 소년은 감긴 눈을 뜨기 위해 정신을 집중했다.

안개 속에 빠진 것처럼 모든 것이 뿌옇게 보일 뿐이었다. 혼미해져 가는 정신을 억지로 끄집어낸 소년은 고개를 움직여 주변을 바라보았다.

익숙한 방의 풍경이 눈에 들어왔다. 침대, 덮고 있는 이불, 천장, 옷장까지 둘러보았을 즈음 표현할 수 없는 피곤함이 다시 머리를 무겁게 했다.

바로 그때였다. 달그락 문 여는 소리가 귓가를 울리더니 누군가 자신을 향해 뚜벅뚜벅 걸어오고 있는 것이 느껴졌다.

다시 한 번 감긴 눈을 떠보려 노력했으나 몸은 마치 자신의 것이 아닌 것처럼 말을 듣지 않았다. 아니, 몸을 움직이려 노력할수록 엄청난 고통이 동반된다는 사실을 깨닫고 소년은 더 이상 무모한 시도를 하려는 생각을 접었다.

눈을 뜨는 것조차 불가능에 가까운데 입을 연다는 것은 말도 되지 않았다. 그렇게 한참 동안 어둠 속에서 씨름하고 있을 때 작은 목소리가 귓가를 스치듯 지나갔다.

"바보."

피식 웃음을 터뜨리고 싶었지만 역시 몸이 말을 듣지 않았다. 손이라 짐작되는 따스한 온기의 무엇이 자신의 가슴팍에 와 닿았을 때 소년, 아니, 침대에 누워 휴식을 취하고 있던 베리는 살짝 손끝을 움직였다.

'나는 괜찮으니까.'

입으로 소리를 내진 않았지만 베리의 감정은 고스란히 소녀에게 전달된 듯했다.

"바보타보… 괜찮다는 말로 넘어갈 일이 아니잖아요, 이건."

손끝의 떨림이 가슴에 느껴졌다. 슬픔, 안타까움. 말로 표현할 수 없는 무수한 감정의 동요가 소녀의 손바닥을 타고 베리의 마음까지 전달된 듯했다.

더 이상 견디기 힘들었던 모양인지 시아는 작게 소리 내어 흐느끼기 시작했다. 턱을 타고 내려와 자신의 가슴팍을 축축하게 적시는 그 눈물의 따스함과 차가움 때문에 베리는 어느샌가 육체의 아픔 따위는 느껴지지 않는다는 착각에 빠질 수밖에 없었다.

"나 때문인 거죠?"

어느새 격해진 울음소리를 추스르지도 않고 시아는 그런 베리를 향해 입을 열었다.

"이렇게 엉망진창 상처 입고 쓰러진 것도… 언제나 그렇게 필사적으로 힘들게 노력할 수밖에 없는 이유도."

하얗게 몸을 감싸고 있는 붕대 위로 시아의 눈물이 뚝뚝 번져 나가기 시작했다.

"나만 없었더라도… 바보 같은 나란 애만 없었더라면 오빠가 이렇게 되진 않았을 텐데… 평범하게 살 수 있었을 텐데."

슬프게 흐느끼는 시아와 아무 위로도 해줄 수 없는 자신의 무능력함 때문에 베리의 마음도 갈가리 찢겨 나가는 것 같았다.

그리고 여기에서 그녀를 안아줄 수 없다면, 위로해 줄 수 없다면 자신의 존재는 앞으로 나아가지 못한 채 평생 제자리걸음만 할 것이란 생각이 들었다.

이를 악물고 감긴 눈을 뜨고 팔을 뻗었다. 상처가 터진 모양인지 몸 이곳저곳에서 피가 흘러나왔지만 그 정도 아픔쯤은 참을 수 있었다. 아니, 절대 참아야만 했다.

그리고 흐느끼는 그녀의 작은 몸을 안았다.

"오빠?"

더 이상의 말은 필요하지 않았다. 슬퍼하는 그녀의 몸을 안고서 그렇게 멍하니 시간을 흘러보낼 뿐.

"……."

"……."

그렇게 짧고도 긴 시간이 지나고 베리는 간신히 그녀의 귓가에 다 속삭였다. 힘들고 괴롭지만, 그래서 더 절실한 감정이 베어나는 듯한 음성이었다.

"그래, 이렇게 다칠 때까지 싸운 건 시아, 너 때문인지도 몰라."

"……."

"마음속으로 수도 없이 포기하자고 생각했지만 그래도 검을 들고 맞서 싸울 수 있었던 건… 분명히 너란 존재가 있었기 때문이니까."

"……."

"과거의 나라면 상상도 못할 행동이었겠지. 쓸모없는 가십거리가 되는 것은 죽기보다 싫어했으니 말야. 그것도 그렇게 많은 사람들이 지켜보고 있는 곳에서."

"그럼 도대체 왜?"

"솔직히 나도 잘 모르겠어, 언제부터 나란 녀석이 이렇게 변해 버린 것인지."

"……."

"하지만 한 가지 다짐한 게 있었어. 예전에 시아, 니가 너무 아파서 괴로워했을 때, 마음속으로 꼭 하나 지켜내리라 결심한 것이 있어."

눈물이 그렁그렁한 시아의 얼굴을 바라보고 베리는 억지로 씨익 미소 지으며 입을 열었다.

"소중한 사람 하나 지켜줄 힘 정도는 꼭 가지겠다고 말이야. 뭐, 이렇게 얼간이 같이 보여도 일단 나도 남자니까."

길게 말하는 것이 힘들었던 모양인지 어느새 베리의 이마에는 송골송골 땀이 맺혀 있었다.

"바보."

"그래, 나란 녀석처럼 바보인 놈도 이 세상에 없을 거야."

"……."

"그러니까 이번에 있었던 일도 바보의 멍청한 짓이라고 생각해 줄래?"

한참을 흐느낀 모양인지 사파이어처럼 푸른색 눈 주위는 붉게 상기

되어 있었다. 절대 용서할 수 없다는 듯 조금은 새침해 보이는 그 모습이 또 표현할 수 없을 만큼 귀여웠다.

'좋아하는 아이가 우는 모습을 보는 건 정말 괴로우니까.'

입으로 말할 수는 없었지만 마음속으로 그렇게 수도 없이 생각했다. 그래서 변하기 위해 노력할 수 있었던 것이다. 그런 점에서 베리의 사고방식을 바꾸는 데 역시 시아의 영향이 제일 컸다고 할 수 있었다.

"사과는 조금 쉰 다음 충분히 할 테니까."

더 이상 입을 열 힘조차도 없었다. 기절한 것처럼 베리는 침대에 누워 눈을 감고 잠에 빠져들었다.

"……."

그리고 시아는 그런 그를 한참 동안이나 석상처럼 바라보았다. 가슴속의 아픔도 어느새 조금도 느껴지지 않아서 그런 그녀의 눈빛에는 부드러움만이 가득했다.

내가 침대에서 일어날 수 있었던 건 그로부터 약 일주일 정도 후였다. 방학도 며칠 전에 시작된 터라 조금 더 휴식을 취할 수도 있었지만, 괜히 자리에서 끙끙거리고만 있다가는 몸에 더 안 좋을 거란 생각이 들었기에 조금 아프긴 했지만 가벼운 식당일 정도는 도우면서 시간을 보내고 있었다.

"……."

그렇게 한참 빗자루로 슥삭슥삭 식당의 먼지를 쓸어내기 시작할 때였다. 며칠 전부터 뭔가 하나 잊어먹고 있는 듯해서 난 그것이 무엇인지 심각하게 고민했다.

무슨 치매 걸린 노인도 아니고, 떠오를 듯 말 듯 머리를 아프게 하는 생각 때문에 빗자루질이 평소와 달리 어설프기 그지없었다.

"오빠-, 맛있는 거 사 먹게 5실버만 줘!"

순간 계단을 바쁘게 뛰어 내려오며 셀브렛이 외쳤다. 그리고 그 목소리에 번개 맞은 듯 전율하며, 난 그 잊어먹은 것이 무엇인지 깨달을 수 있었다.

"맞아! 장학금!"

분명히 시합이 전부 끝나면 상패와 함께 장학금을 전달해 준다고 들었다. 설마 학교에서 그 돈을 떼어먹진 않았을 테고, 분명히 누군가가 받긴 받았을 텐데……

"셀브렛! 검술 대회 끝나고 내 장학금 누가 받았어?"

"5실버 주면 이야기해 줄게."

"이 치사한 녀석 같으니!"

"싫으면 말고."

주머니를 뒤적거려서 5실버짜리 동전 하나를 내밀었다. 셀브렛은 정령어를 중얼거려서 실프를 통해 그 동전을 공중으로 떠올린 뒤 무사히 자신의 주머니 안까지 옮긴 후 거만한 포즈로 입을 열었다.

"아마 그 장학금은 아이린 언니한테 있을걸."

"그렇군."

바쁘게 손과 몸을 움직여 대충 먼지를 다 쓸어낸 뒤 난 아이린 씨의 방으로 향했다.

노크를 하는 둥 마는 둥 하고 잽싸게 문을 열자 상상을 초월하는 광경이 내 시야 가득 펼쳐 있었다.

목욕이라도 하고 온 모양인지 물기에 젖어 촉촉한 금발의 머리가 햇빛에 반사되어 눈을 부시게 한다. 꾸욱 만지면 바로 탄력있게 돌아올 것 같은 매끈한 피부의 두 여자, 바로 아이린 씨와 시아가 옷을 갈아입고 있었던 것이다!

막 상의를 입으려던 차에 내가 들어간 모양인지 아이린 씨는 굉장히 어정쩡한 포즈로 날 노려보고 있었다. 눈빛만으로 사람을 죽일 수 있다면 피를 토하며 백 번은 즉사하고도 남을 그런 눈을 하고 말이다.

"캑!"

악! 이게 뭐야?! 아니지, 일생일대 최대의 초럭키인 건가? 하나님이 그동안 내가 너무 괴로움을 많이 당해서 그걸 보상해 주기 위해 이런 고마운 일을 벌인 것일까. 너무 당황한 나머지 난 마음속으로 현실을 도피하고 있었다. 행복의 종과 지옥의 불길이 공존하는 그런 모순적인 상황이랄까. 댕댕— 까악까악! 천사의 종소리가 울려 퍼지고 사신의 까마귀가 귓속을 어지럽힌다.

"……."

"……."

순간 엄청난 정적이 나와 그녀들 사이에서 휘몰아쳤다. 나 자신조차 지금 자신이 무슨 실수를 한 것인지 깨달을 수 없을 정도였으니까. 모두 머리가 자신이 수용할 수 있는 범위를 넘어서서 엉망진창 꼬여 버린 것이 진실이라고 할 수 있었다.

흔한 비명 소리라도 내질러야 황급히 내가 문을 닫았을 텐데… 여하튼 될 수 있는 한 빠르게 고개를 돌린 후 난 문을 닫았다.

피란 피는 전부 머리 위까지 올라온 듯해서 나는 뒷골을 잡고 잠시 끙끙거릴 수밖에 없었다. 으으, 그러니까 몸이 안 좋은 사람에게 지나친 자극을 가하면 안 되는 법이라고! 갑자기 돌연사라도 하면 어쩌려고 그러는 거야.

누구에게 향한 외침인지 마음속으로 그렇게 투덜투덜 중얼거린 후 뻘쭘한 자세로 조금 더 기다리자, 옷을 다 갈아입은 모양인지 문 안쪽에서 들어와도 좋다는 목소리가 들려왔다.

될 수 있는 한 최대로 아무렇지도 않은 얼굴로 다시 문을 열자 홍당무처럼 새빨간 얼굴을 하고 구석에서 쑥스러워하고 있는 시아 녀석, 그리고 눈을 가늘게 뜨고 귀신처럼 나를 바라보는 아이린 씨의 모습이 눈에 들어왔다.

"죄, 죄송합니다."

아마 오늘 밤은 쉽게 잠들긴 힘들겠지. 이런 충격적인(?) 경험을 했으니 말이다. 여하튼 몸이 엉망진창인 사람에게 변태 박멸 펀치를 휘두를 순 없었던 모양인지 아이린 씨는 어쩔 수 없다는 듯 한숨 쉬고 입을 열었다.

"다음에는 이런 일 없었으면 좋겠어."

"네."

상상했던 것보다 훨씬 더 몸매가 좋았던 아이린 씨의 모습이 계속 떠올라 평소와는 달리 내 목소리는 모깃소리만큼 줄어들어 있었다. 제길, 역시 나란 놈도 남자고 늑대인 것이다.

여하튼 그렇게 조금 더 아이린 씨에게 잔소리를 듣고 난 후 간신히 장학금의 행방에 대한 질문을 할 수 있었다.

"아, 그 장학금?"

"네."

"방금 전까지 나한테 있긴 했지만, 외상값 갚느라고 말야."

"서, 설마?!"

"응, 다 써버렸어."

으아아악! 두 손으로 머리를 부여잡고 한참 동안 나는 그렇게 충격에 빠져 헤어 나올 수 없었다. 기르디 녀석이라면 모를까, 이 식당에서 제일 상식적인 사람 중 하나였던 아이린 씨가 허락도 받지 않고 이런 짓을 저지를 줄은 꿈에도 생각지 못했기 때문이다.

으윽, 설마 아이린 씨가 미래를 읽는 능력을 가진 것인가? 그래서 이런 일이 벌어질 걸 예상하고 날 골려주기 위해서 홀라당 장학금을 날려 버린 것?!

벌린 입을 닫지 못한 채 그렇게 경악에 빠진 나를 향해 아이린 씨가 이상하다는 듯 말했다.

"어차피 '그것' 사는 데 돈 쓸 것 아냐?"

"그것이라뇨?"

"그것이 없으면 2학년 때 수업을 받기 힘들 테니 말야. 그래서 그냥 내가 써버린 거고. 아, 허락을 안 받은 점은 미안하게 생각하지만."

입을 벌린 자세 그대로 어벙한 표정을 지어 보이자 아이린 씨는 쿡하고 매력적인 미소를 터뜨렸다.

"설마 몰랐던 거야? '말'을 사야지, 말을."

"마, 말?!"

"그럼 설마 기사 양성 학교에서 말 다루는 방법 하나 제대로 안 가르쳐 줄 줄 알았던 거야?"

분명히 기사의 이미지라고 한다면 창과 검, 그리고 말이 필수긴 하다. 아니, 상식적으로 생각해 보면 말을 타지 못하는 기사만큼 이상한 것도 없으리라 생각된다.

"그렇다면?"

"응, 그래. 조금 적은 것 같기도 하지만 그 돈으로 훌륭한 말 하나 장만해 주려고."

으아악! 젠장! 장학금을 받으면 무엇을 할까 하고 단꿈에 젖어 고민하던 지가 엊그제 같은데, 설마 이런 일이 발생해 버릴 줄이야!

하긴 학교가 무슨 자선 단체도 아니고 무료로 말을 제공해 주진 않겠지. 만만한 가격도 아니고 하니 말이다.

으윽! 그건 그렇지만, 그 장학금 전부를 홀라당 말 사는 데 다 써야 하다니 목숨 걸고 필사의 각오로 검을 휘둘렀던 내가 조금은 안타깝다고 생각되는 순간이었다.

"그러니까 몸이 괜찮아지면 다시 에르쥬나로 한번 가봐야지."

"에에?"

"일단 네가 주인이 될 테니 말야. 직접 가서 고르는 편이 좋지 않겠어?"

"그렇군요."

"소문을 듣자 하니 쌍둥이 자매도 베리, 니가 보고 싶다고 야단인 모양이야."

인형같이 귀여운 녀석들의 얼굴이 떠올라 순간 살짝 웃음이 나왔다. 무뚝뚝한 카이츠님의 얼굴도 조금 그리웠고 말이다.

"네, 그럼 며칠 후에 가도록 하죠."

더 이상 있어봤자 눈치만 보일 듯해서 꾸벅 고개를 숙여 인사한 뒤 달아나듯 난 그 방을 벗어났다.

그리곤 곧장 잡념을 떨치기 위해 뒤뜰로 가서 미친 듯 검을 휘둘렀으나 여체의 신비함이란 보잘것없는 소년의 자제심과 비교할 수 없을 만큼 컸던 모양인지 엉망진창 몸을 혹사시켜도 도저히 중도의 마음으로 돌아갈 수 없었다. 흑흑.

그로부터 또 며칠 후, 아이린 씨가 준 특제 포션을 꾸준히 마신 덕에 내 몸은 정상적으로 회복되었다. 몸은 비록 그렇게 많이 나아졌지만, 얼마 전에 있었던 사건 때문에 마음은 송곳으로 꾸욱 찌른 것처럼 뻥 뚫려 있었다.

무슨 욕구 불만에 편집중 환자도 아니고, 왜 그런 사소한(?) 일에 얽매어 이렇게 멍해 있는 거냐! 라고 누가 말을 한다고 해도 솔직히 반박할 마음 따윈 없다.

어쩌면 나 상당히 구제 불능의 변태 녀석일지도……. 셀브렛 녀석의 말이 사실일지도 모른다. 여태껏 겉으로 여자 따위 별로 관심없어! 사랑 같은 거 안 해도 안 죽어! 라고 외치며 살아왔지만, 세월이 천천히 흐르고 몸도 마음도 조금씩 성숙해지다 보니 삼시 세 끼 밥 잘 먹고 사는 게 인생의 전부가 아니라는 생각 때문에 그동안의 가치관이 통째로 우르르 흔들리는 느낌이랄까.

남자의 몸이 생리적으로 여자와는 좀 달라서 그런 것일까. 뭔가 육체적인 집착이 머리를 사로잡는 건 어쩔 수 없는 일인 듯하다. 아니, 어쩌면 단순히 내가 변태인 것일지도 모른다.

그렇게 한참 동안 아무렇게나 의자에 걸터앉아 먼 하늘을 바라보며 한숨 쉬고 있을 때, 손님이 온 모양인지 삐거덕거리는 소리와 함께 식당 문이 열렸다.

"하하. 안녕하신가!"

"다, 당신은?!"

로브를 입은 한 중년 남성이 의자에 앉은 나를 발견하고 천연덕스럽게 손을 흔들었다. 그 낯익은 생김새에 내 인상이 180도 돌변해 걸레처럼 구겨지는 건 당연한 일이라 할 수 있다.

예전에 엘프들의 숲에서 생고생을 하게 한 장본인! 오죽 억울했으면 머리 나쁜 나조차 이름을 기억하게 만든 바로 그 빌어먹을 인간이었다.

"스티브!"

"하하하! 다시 만나게 되어서 반갑네."

남은 기분 더러워 죽겠는데 하하하― 하고 잘도 웃는구나, 저 녀석. 으윽, 절로 살의의 기운이 치밀어 오른다. 가뜩이나 기분도 안 좋은데 오늘 개 값 물어줘 버릴까?

"설마 당신이 이번에도 텔레포트를 하려고?"

"응? 내가 이곳에 온 이유가 그거 말고 더 뭐가 있겠나."

뿌드득, 저절로 이가 갈리고 몸이 떨리는구나. 그래, 이번에는 악마가 뛰어노는 지옥이냐, 아니면 용암이 들끓는 땅속이냐. 도대체 어디로 텔레포트시킬 예정인 거냐, 이 빌어먹을 스티브 놈아!

온몸 가득 살기를 내뿜고 있었지만 스티브 녀석은 아무렇지도 않다는 듯 웃음을 터뜨릴 뿐이었다.

그렇게 내가 참지 못하고 막 달려들려는 순간, 기가 막힌 타이밍으로 뒤에서 목소리가 들렸다.

"어서 오세요, 스티브 씨."

"오오, 아이린님."

으윽! 하필이면 이런 상황에 아이린 씨가 와버릴 줄이야……. 그 사건 때문에 얼굴 보기도 꺼림칙하구만.

물에 젖은 생쥐마냥 추욱 젖은 몰골로 난 뒷걸음질하며 방으로 달아나기 시작했다. 이 식당에서 제일 무서운 서열로 따지면 세 손가락 안에 드는 아이린 씨였기 때문에 말이다. 이러니저러니 해도 아이린 씨를 화나게 하면 밥을 못 먹는다! 게다가 성질도 묘하게 기르디 녀석과 닮아서 한번 삐치면 최소 일주일은 간다. 알아서 설설 기어야지 괜히 더 미움 샀다가는 내 생존권에 위험이 올 게 분명하다.

그렇게 막 첫 번째 계단을 밟을 때 즈음,

"베리야, 간단히 준비하고 오렴."

"윽. 곧장 출발할 건가요?"

"뭐, 특별한 볼일이라도 있는 거야?"

"아뇨, 아무것도 없습니다."

"그럼 군소리 말고 챙겨."

"네."

말투를 보아하니 역시 아직도 삐쳐 있는 듯하군. 으윽, 일부러 그런 것도 아니고 어쩌다 보니 사람이 실수를 한 건데 그런 건 너그럽게 관용의 마음으로 슬슬 넘어가 줘야……. 젠장, 내가 언제부터 이렇게 속으로 투덜투덜 중얼거리는 녀석이 돼버린 건지…….

뭔가 요즘 들어 무지하게 한심해진 자신에게 자괴감 느끼며 옷가지라도 몇 개 챙기기 위해 난 방으로 향했다.

　대충 준비를 끝내고 다시 식당으로 내려오자 차를 마시며 담소를 나누는 스티브 녀석과 아이린 씨의 모습이 눈에 들어왔다.

　가방을 등에 메고 내키지 않다는 듯 인상을 찌푸리고 있는 날 발견한 모양인지 아이린 씨가 먼저 입을 열었다.

　"다 준비했으면 빨리 출발하지."

　"네……."

　"음, 표정이 왜 그리 죽을상이야?"

　"하하. 내 텔레포트 마법 실력은 세계 최고 수준이니 걱정하지 않아도 되네.'

　저 죽일 놈! 양심이 있으면 저런 소리는 죽어도 못 할 텐데. 얼굴에 철판을 한 백 장은 깔았나 보다.

　뿌드득, 이를 갈며 분을 식히고 있을 때였다. 떠들썩하게 계단에서 셀브렛 녀석이 내려오더니 내 옆에 서서 입을 열었다.

　"나도 준비 다 됐어."

　"주, 준비라니?"

　"응? 케리 오빠, 다음에 가게 되면 나 꼭 데려가 준다고 약속했잖아?"

　"…내가 그런 소릴 한 적 있었나?"

　"사내가 한번 말했으면 목이 달아난다고 해도 지켜야지!"

　"맞는 말이긴 한데, 너 같은 녀석 입에서 나올 소리는 아닌 듯하군."

　"그럼 출발해요!"

이래도 괜찮을까요, 라고 묻는 듯한 표정으로 내가 아이린 씨를 바라보자 잠시 이마를 짚고 생각하던 아이린 씨가 어쩔 수 없다는 듯 고개를 끄덕였다.

하나님 맙소사! 스티브 녀석과 셀브렛의 조합이라니! 세상에, 이런 끔찍한 악연의 연속이 연달아 일어날 수 있는 겁니까! 여기에다가 카루 녀석만 더하면 현세가 곧 지옥이 되겠군 그래.

그렇게 내가 사색에 가까운 얼굴로 멍하니 망상에 빠져 있을 때 스티브 녀석이 미소 띤 얼굴로 아이린 씨를 향해 입을 열었다.

"저도 바쁘고 하니 슬슬 시작하도록 하겠습니다."

"네, 부탁해요."

불안하다, 불안해. 뭔가 조짐이 심상치가 않아. 잔뜩 복선을 깔고 중요한 한 방을 먹이기 위해서 이야기를 조율하는 소설처럼 엘프들의 숲에서 엄청난 일이 벌어질 것 같은 매우 불길한 예감이 든다.

그렇지만 이제 와서 그만두기도 뭐한데……. 끄응, 제기랄! 어찌하면 좋을까.

"아이린 언니, 나 다녀올게. 시아 언니한테도 베리 오빠가 엉큼한 짓 못하게 잘 감시한다고 전해줘."

"잘 놀다 오렴."

"다, 다녀오겠습니다."

"베리, 너 아까부터 표정이 왜 그래? 진짜 어디 아픈 거 아니니?"

"괜찮아요."

괜찮아, 괜찮아. 난 그렇게 절벽에서 썩은 동아줄을 타는 광대의 중얼거림처럼 쉴 새 없이 자신을 향해 주문을 외우기 시작했다.

"그럼 시작하겠습니다."

잔에 담긴 차를 한입에 털어 넣더니 스티브 녀석이 의자에서 일어나 나와 셀브렛에게로 다가왔다.

아버지, 그리고 저승에 게신 어머니, 소자 이렇게 짧은 생을 마감하게 되었습니다. 내세에는 부디 행복하길 빌어주십시오. 흑흑흑.

죽을상을 하는 날 보지도 않고 스티브 녀석이 천천히 눈을 감고 주문을 외우기 시작했다.

노심초사 식은땀을 흘리고 끙끙거리고 있을 때, 사정을 모르는 셀브렛 녀석이 천연덕스럽게 미소 띤 얼굴로 내 손을 마주 잡았다.

"걱정 마, 내가 있잖아."

순간 두려움은 끝을 모르는 발정난 말처럼 한없이 가속되어 마음속을 백 배, 천 배 더 어지럽히기 시작했다.

막 그렇게 내가 취소하라고 외치려 할 때! 기가 막힌 타이밍으로 한 발 앞서 스티브 녀석이 주문을 완성시켰다.

그리고 엄청난 빛의 기둥에 사로잡힌 난 제대로 된 비명 소리조차 질러보지 못하고 에르쥬나로 텔레포트되었다.

"오빠, 뭐 해?"

눈을 감고 경악에 물든 표정 그대로, 곧 다가올 죽음을 기다리는 나에게 셀브렛이 옆구리를 쿡쿡 찌르며 이상하다는 듯 물었다.

"진짜 어디 아파?"

서서히 감긴 눈을 뜨자 예상하지 못한 광경에 그대로 난 얼어붙고 말았다.

눈앞에는 정확히 엘프들의 숲 에르쥬나의 주민들이 거주하는 마을 풍경이 펼쳐져 있었다. 한마디로 그 빌어먹을 스티브 놈이 제대로 텔레포트시켰다는 소리다.

이름 모를 새들은 한가로이 지저귀고 한줄기 바람이 코끝을 스친다. 몇몇 엘프는 갑자기 텔레포트된 나와 셀브렛을 멍하니 바라보고 있었다.

인사라도 해야 예의겠지만, 왠지 바보 같을 거란 생각이 들어 난 셀브렛 녀석의 손목을 잡고 곧장 마을 중앙에 위치한 건물로 돌격해 갔다.

주위에 엘프들이 뭐라고 수군거리는 것이 느껴졌지만 특별히 길을 막고 움직임을 저지하는 녀석은 없었기에 한결 수월한 기분이었다.

"오빠, 지금 어디 가는 거야?"

"재수없는 늙은이 만나러."

"그게 누군데?"

"그런 늙은이가 있단다. 보면 알게 될 거야."

"응, 그렇구나. 그런데 오빠, 연장자에게는 존칭을 써야지. 학교에서 그런 것도 안 배웠어?"

"그건 아이린 씨가 가르쳐 준 거야?"

"어. 언니가 인간이든 묘인족이든 그런 예의는 갖추어야 한다고 했어. 연장자에게는 존칭과 존대를 쓴다! 뭐, 오빠 같은 변태를 제외하면 말야."

왠지 모르게 쿡 웃음이 터져 나왔다. 셀브렛, 녀석에게 예의 어쩌고 지적받는 날이 올 줄이야……. 이거 진짜 제대로 한 방 먹은 것 같다.

"맞는 말이야. 그나저나 셀브렛, 너는 이럴 때 보면 참 똑똑한 것 같다?"

"후훗, 원래 내가 좀 천재적인 면이 있잖아."

"정말 그런 것 같다. 솔직히 인정해 줘야겠어."

"아니, 오빠가 웬일로 이렇게 나의 천재성을 순순히 인정하는 거지? 혹시 베리 오빠의 탈을 쓴 다른 사람 아냐?"

"뭐야? 사람이 곱게 말을 해주니까… 그런 귀엽지 않은 소리는 정말 싫어!"

정말 셀브렛 녀석의 머리가 기묘하게 똑똑하다는 사실은 나도 인정하고 있었다. 단지 그것이 평범한 인간의 범주와는 좀 다른 범위라는 게 좀 문제라면 문제였지만. 여하튼 어지간히 놀란 모양인지 셀브렛은 무슨 그 블랙 드래곤 살로빈을 앞에 둔 것처럼 경악에 물든 얼굴로 날 바라보고 있었다.

그렇게 조금 더 싱거운 대화를 나누다가 마을 중앙에 위치한 화려한 건물의 앞까지 도달하자 침을 삼키며 계단을 타고 3층까지 올라갔다.

다행히도 내 기억력이 형편없는 것은 아니었던 모양인지, 델리만이 머물고 있던 방을 찾을 수 있었다.

3층 복도 제일 구석의 방.

노크를 하자 곧 문 안쪽에서 목소리가 들려왔다.

"들어와라."

문을 열고 들어가자 역시 책장을 빽빽이 메우는 책이 눈에 들어왔다. 셀브렛도 그런 광경이 매우 놀라웠던 모양인지 입을 벌리며 주위를 살펴보기 시작했다.

"역시 네 녀석이군."

내가 왔다는 걸 미리 알고 있었다는 듯 델리만 할아범의 목소리는 오만하기 그지없었다. 뭐, 이런 점이 델리만다운 것이었지만.

주름살 가득한 얼굴을 찌푸리며 그는 셀브렛을 한번 훑어보았다.

"저 녀석은 또 뭐냐?"

"처음 뵙겠습니다! 셀브렛은 에르쥬나에 놀러 오고 싶어서 오빠랑 같이 따라왔어요."

"어쩌다 보니 같이 오게 됐습니다, 양해해 주시길."

셀브렛과 내가 말을 하든 말든 그는 읽고 있던 책을 탁자 위에 던져 놓고 한가로이 차를 마시기 시작했다. 그런 그의 모습은 여유로움보다는 무시하고 있다는 느낌이 강했다.

"……"

한참이나 그렇게 느릿느릿 차를 마시던 델리만이 입을 연 것은 셀브렛이 심심함을 참지 못하고 크게 하품을 한 번 하고 난 후였다.

"그래서, 이곳에는 무슨 볼일이지?"

"말을 구하러 왔습니다."

"말? 무슨 말?"

무엇인가 일이 안 풀리는 것 같은 느낌이다. 델리만이 살짝 눈썹을 꿈틀거리는 것을 확인하고 난 사태의 심각성을 절감했다.

"아이린 씨가 제 장학금을 다 써버리고 이렇게 말하더군요."

일단 지금 저 할아범을 설득하지 못하면 말이고 자시고 간에 집도 제대로 못 갈 것이 확실하다. 짜증이 나는 것은 사실이었지만 여하튼 최대한 성의있게 행동하는 것이 현명했다.

"그러니까……."

난 장학금을 탄 경위와 아이린 씨가 했던 말까지 그대로 델리만에게 말했다. 한참이나 조용히 내 말을 듣던 델리만은 다시 한 번 차를 홀짝이며 시간을 끌다가 입을 열었다.

"그 녀석이 그런 말을 했다고?"

"네."

"쳇, 여전히 제멋대로인 녀석이군. 그런 점은 자기 오빠를 빼닮았단 말야."

"이런 소리 하는 건 좀 그렇지만… 가능한 빨리 주실 순 없을까요? 저도 시간이 넉넉한 편이 아니라……."

"흥, 애송이 녀석이 건방지긴."

한 번 코웃음 치고 내 말을 끊더니, 델리만은 이마를 만지작거리며 생각에 빠져 들어갔다. 또 그렇게 좀 더 시간을 끌다가 내가 막 뭐라 말을 꺼내려 할 때 눈살을 찌푸리며 입을 열었다.

"확실히 말이 하나 남는 게 있긴 하군."

"정말이십니까?"

"흥, 가져가기 싫으면 관두고."

"아뇨. 빨리 주십시오."

"숲에 있으니까 가져가든지 말든지."

"예, 가져가도록 하죠. 근데 어디로 어떻게 가면 되죠?"

"나도 몰라."

"네엣?!"

델리만이 씨익 하고 사악한 미소를 한 번 내게 지어 보이더니 말했다.

"근처 숲에 있는 건 확실한데 정확히 어디 있는지는 모르겠군."

"…장난하십니까?"

"좀 까탈스러운 녀석이라서 말이야. 울타리를 곧잘 뛰어넘곤 하지."

저 델리만이 까다롭다고 말할 정도면 도대체 어느 정도 된다는 거야?! 지옥의 데쓰나이트가 타고 다니는 뼈다귀 말 같은 거 비슷하려나?

"헤에, 할아버지. 그 말이 진짜 울타리를 뛰어넘어요?"

"그래. 한번 울타리를 뛰어넘을 때마다 대충 팔 한 개 정도 길이로 울타리를 더 높이는데, 이번이 네 번째지 아마?"

"와아! 그럼 지금 울타리 길이가 얼마만한데요?"

"아마 고양이, 네 녀석 키의 두 배 정도는 될 거다."

"할아버지, 그건 말이 아니라 새 아닌가요?"

셀브렛 녀석의 주특기, 꼬치꼬치 캐묻기가 드디어 발동된 모양이군. 어쨌든 대화가 진행될수록 점점 일반적인 말의 범주를 넘어선 괴생명체가 탄생하는 듯해 나도 귀를 기울이며 흥미롭게 델리만의 말을 듣고 있었다.

"새? 홋, 유니콘과 페가수스의 피가 섞인 녀석이니까 날지는 못해도 어느 정도 새와 비교할 수 있겠군."

"자, 잠깐! 유니콘하고 페가수스?"

"그렇다."

내가 당황해서 반문하자 델리만이 살짝 눈살을 더 찌푸리며 대답했다.

"그런 건 소설에서나 나오는 거 아닙니까?"

"소설? 유니콘은 분명히 100년 전에 엘프들의 숲에서 본 일이 있다.

아마 5년 정도 숲을 수색해 보면 한두 마리는 볼 수 있을 것 같은데."

"실제로 있다는 말씀이십니까?"

"그렇다. 페가수스는 300년 전쯤 한 번 본 것 같군. 아직 멸종하진 않았을 것 같은데. 주욱 남쪽으로 가서 배를 타고 다른 대륙으로 가면 볼 수 있을지도."

그나저나 저 늙은이 시간 개념 한번 진짜 살인적이네. 확실히 이런 면에서 보면 엘프가 인간보다 이득이 많은 듯하다. 그 끝없는 생명력 덕분에 수많은 경험을 할 수 있을 테니.

"내 아버지가 기르던 페가수스가 어쩌다 보니 유니콘의 새끼를 낳게 되어서 말이다. 지금 울타리를 뛰쳐나가서 숲에 있는 녀석이 그 피를 이어받은 단 하나의 말이지."

"유니콘은 성스러운 존재 아닌가요?"

"그 점은 나도 이상하게 생각하고 있다. 일반적으로 페가수스와 유니콘이 교배를 하는 일은 없으니까, 어쩌면 우리 아버지가 페가수스를 폴리모프시켰을지도 모르지. 좀 괴짜이셨던 양반이었으니까. 어쨌든 자세한 사실은 나도 잘 모른다."

정말 황당해서 말이 안 나올 지경이다. 소설에 나와도 기가 찰 그런 이야기를 실제로 이렇게 심각한 표정으로 들어야 하다니.

"베리 오빠, 페가수스랑 유니콘이 뭔데 그래?"

"나중에 따로 이야기해 줄게."

"응, 약속이야."

"어쨌든 그런 말은 필요없으니까 다른 말은 없습니까?"

"내가 가진 말은 그게 전부다. 엄밀히 말하자면 그 말도 내건 아니라고 할 수 있겠군, 한 번도 타보지 못했으니.”

“……."

이런! 이거 고스란히 내 장학금이 허공으로 날아가게 생긴 거잖아! 으아아악! 안 돼! 그럴 수는 없어! 내가 그 장학금 타려고 얼마나 노력했는데! 지금도 그 날만 생각하면 악몽을 꿀 지경인데 여기서 그걸 포기할 수는 없다고!

“어떻게 할 거냐? 그 말을 가져갈 테냐 아니면 포기하고 돌아갈 테냐?”

선택을 강요하는 델리만의 표정은 음흉하기 그지없었다. 그 표정에는 ‘네 녀석이 그걸 가져갈 수 있을 리 없지. 좋은 말로 할 때 그냥 돌아가렴’ 이란 뜻을 내포하고 있는 것 같아서 스멀스멀 기어오르기 시작하는 악바리 근성을 난 참기 힘들었다.

“그 말을 가져가겠습니다!”

살짝 입꼬리를 말아 올리며 델리만 녀석이 씨익 비웃자 난 단호한 표정을 지으며 응수했다.

“이렇게 포기할 수는 없으니까요.”

그래, 죽이 되든 밥이 되든 시도는 해보고 포기를 하던가 말던가 해야지 남자가 된 이상 칼을 뽑았으면 무라도 썰어야 하지 않겠어?

속으로 결의를 다지며 난 비웃는 델리만의 눈을 매섭게 노려보았다.

“뭐, 일단 그 용기는 높이 사주도록 하지.”

“길고 짧은 건 대봐야 아는 법이죠.”

“홋, 그럼 재워주고 먹여주는 건 공짜로 할 수 있게 해두지. 포기하고 싶으면 언제든지 날 찾아오도록.”

말을 끝내고 델리만은 팔을 뻗어 책상에 던져 놓았던 책을 집어 들었다. 더 이상 대화할 마음이 없는 듯해서 난 셀브렛의 손을 잡고 그 방을 빠져나왔다.

"으윽, 제기랄!"

아무리 생각해도 이건 뭔가 당한 것 같다. 셀브렛 녀석도 그렇게 작은 키가 아닌데 그것의 두 배 정도 되는 높이의 울타리를 훌쩍 뛰어넘는다니……. 상상할 수도 없는 굉장한 말임에 틀림없었다.

어찌 됐든 큰소리쳐 놨으니 며칠 정도 이곳에 머물면서 기회를 엿보는 게 좋을 것 같다. 열심히 노력하면 저 영감도 다른 말을 준비해 줄지 모르니 말이다.

"오빠, 근데 이 방에서 오빠랑 내가 같이 자야 하는 거야?"

"그런 것 같은데."

"아악! 절대 싫어! 다른 사람도 아니고 변태인 베리 오빠랑 같이 잠을 자야 하다니!"

"무슨… 내가 벌레도 아니고 그렇게 오버하면서 싫어하는 건 보기 좀 그렇구나."

머리를 부여잡고 굉장히 부산을 떠는 셀브렛. 정말 변태를 앞에 둔 소녀보다 더 곤란해하고 있는 듯해서 바라보는 내가 안쓰러울 지경이었다.

"침대가 좁진 않아서 둘이서 충분히 잘 수 있을 것 같네."

"뭐야! 어떻게 결혼도 하지 않은 남자랑 여자가 한 침대를 써!"

"예전에는 시아 녀석이랑 가끔 같이 잔 적도 있는걸."

"그건 시아 언니가 특별한 거고!"

"다 마음먹기 달린 거야. 내가 너 같은 꼬맹이한테 무슨 엉큼한 짓을 할 것 같니? 하라고 빌어도 안 할 테니 그런 걱정은 눈곱만큼도 하지 않아도 된다고."

"뭐야! 그건 내가 여자로서 매력이 없다는 거야!"

성장이 빠른 묘인족답게, 처음 봤던 말괄량이 철부지 아이의 이미지와는 달리 셀브렛도 많이 성숙해 있었다. 요즘 들어서 키도 많이 큰 것 같고 가슴도 조금 나온 듯한데…….

"내가 언제 매력이 없다고 했니? 다만 난 네가 생각한 것처럼 그렇게 굶주린 놈은 아니란 거야. 무슨 동물이나 변태도 아니고, 강제로 덮치는 짓은 절대 안 해."

"흥, 그걸 어떻게 믿어! 아이린 언니가 감언이설로 그렇게 꼬시는 남자는 최저라고 했는걸."

"이, 이봐, 내가 언제 널 꼬셨다고 그러는 거야."

"꼬셨잖아! 같은 침대를 쓰자고!"

"그럼 니가 바닥에서 잘 거야?"

"그, 그건 아니지만…….."

"그럼 나더러 도대체 어쩌라는 거야! 이 추운 겨울날 난방도 제대로 안 되는 바닥에서 자라는 거야? 감기라도 걸리면 책임질 거니?"

짜증스런 어조로 몰아붙이자 셀브렛은 울 것 같은 표정이 되었다.

"아니면, 정말 넌 날 뒷골목의 불량배 같은 녀석이라 보는 거니?"

"그건 아냐! 단지 나도 여자니까 부끄럽기도 하고… 베리 오빠도 물론 좋아하고 있긴 하지만…….."

그렁그렁 맺힌 눈물이 결국에는 주르륵 볼을 타고 흐르자 내가 너무 심하게 말한 건 아닌가 하는 생각이 들었다. 어찌 됐든 본의 아니게 여자를 울린 격이 되었으니…….

"물론 나도 이해하고 있어. 화난 건 아니니까 울지 마."

가볍게 어깨를 두드리고 품에서 손수건을 꺼내 눈물을 닦아주었다. 흥분을 가라앉히고 셀브렛이 막 눈물을 그칠 때 즈음, 벌컥 하고 노크도 없이 문이 열리더니 전광석화 같은 속도로 누군가 안으로 뛰어들어 왔다.

"베리 오빠—!"

맹렬한 기세로 내 품을 향해 돌진해 오는 두 소녀, 다름 아닌 세레스, 티레스 쌍둥이 엘프 자매였다.

그 호랑이 같은 기습 태클에 발라당 넘어질 뻔한 나였지만 간신히 중심을 잡아 마룻바닥을 뒹구는 건 막을 수 있었다.

"쿨럭, 갑자기 이게 무슨 짓이야!"

"반가워서 그러는 거야."

"이게 반갑다는 인사냐? 사람 때려잡을 이인 일조의 도적단 기습 공격은 아니고?"

"헤헷, 오빠가 너무 늦게 와서 그러는 거니까 원망하지 말라고. 그지, 티레스?"

"응, 정확히 이 개월은 늦은 것 같아."

헛바람이 들어간 모양인지 호흡을 진정시키기 위해 잠시 난 숨을 가다듬어야만 했다.

"근데 이 사람은 누구야? 오빠 여자 친구야?"

"헉! 사람이 아닌 것 같은데! 귀가 이상해! 봐, 티레스! 고양이처럼 부드러운 털이 나 있어!"

"바보 같은 짓은 그만두렴. 인간인 내가 보기에는 너희 셋 모두 이상한 귀니까 말이야."

신기한 눈으로 셀브렛의 귀와 꼬리를 만지작거리던 두 소녀는 내 말에 흥 하고 코웃음을 쳤다.

"여하튼 만나서 반가워. 내 이름은 세레스야. 얘는 내 동생 티레스고."

"흥, 누가 언니라는 거야."

"난 셀브렛이라고 해."

사이좋게 웃는 얼굴로 서로를 소개를 하는 걸 보니 왠지 풋 하고 웃음이 튀어나왔다. 보기만 해도 저 셋은 질리지 않고 재미있는 아이들 같았기 때문이다.

"와아~ 셀브렛은 묘인족인 모양이구나! 나 처음 봤어."

"나도 너희들처럼 어린 엘프는 처음 봐."

"저 바보는 무시하고 나랑 사이좋게 지내자."

"뭐얏! 티레스! 언니한테 그게 무슨 말버릇이야!"

"언니답게 굴어야 언니 대접을 받는 법이지."

"저, 저기, 싸우지 말고 다 사이좋게 지내자."

"그래! 지금 우리가 마을 구경시켜 줄게!"

세레스 녀석은 그대로 셀브렛을 손을 부여잡고 고개를 돌려 나를 바라보았다.

"오빠도 같이 갈래?"

"아니, 난 좀 쉴 테니 너희끼리 다녀오렴."

고개를 저으며 사양하자 세레스가 고개를 끄덕이더니 곤란해하고 있는 셀브렛을 손을 잡고 그대로 밖을 향해 뛰쳐나갔다.

"티레스는 안 가니?"

멍해 보이는 눈의 티레스는 정말 예전에 봤을 때 그대로인 것 같다. 유난히 잠을 좋아해서 곰돌이라는 별명을 가진 아이, 꼭 깨물어주고 싶을 정도로 유난히 귀여운 얼굴도 그때 그대로고.

"베리 오빠한테는 인사 안 했잖아."

"그렇구나."

"에르쥬나에 온 걸 환영해."

"나도 다시 오게 돼서 영광이야."

악수한 후 다시 한 번 꾸벅 고개를 숙여 인사한 티레스는 앞서 간 아이들을 뒤쫓아갔다.

"휴."

잠시 동안 멍하니 창밖을 바라보다가 짐을 싸기 위해 난 가방의 끈을 풀었다. 그러다 살짝 눈살을 찌푸렸다.

"유니콘과 페가수스의 후손이라……."

일이 매끄럽게 풀리지 않아서 그런지 간만에 온 엘프들의 숲이었지만 기분이 썩 좋지 못했다.

"그나저나 셀브렛 녀석도 벌써 사춘기인가?"

여자의 경우는 남자보다 성장이 더 빠르고 하니까 어찌 보면 적당한 시기라고 할 수 있을지도 모르겠다.

"여자는 참 알다가도 모르겠다니까."

생각할수록 기분만 착잡해지는 듯해서 입을 다물고 난 가방에서 꺼낸 물건들을 정리하기 시작했다.

다음날 아침, 곤히 잠들어 있는 나에게 다시 한 번 세레스가 살인 태클을 걸어오는 바람에 난 허리를 부여잡고 끙끙거려야만 했다.

"오빠, 이제 일어났어? 근데 어디 아픈 거야? 안색이 창백한 것 같은데?"

"제발 부탁이니까 다음부터는 그냥 일반적인 방법으로 깨워주지 않을래."

"벌이라니까, 벌! 세레스를 놔두고 늦장 부린 대가!"

단지 두 계절밖에 안 지났는데, 저렇게 화를 내는 이유는 도대체 무엇일까. 엘프는 인간에 비해서 엄청나게 오래 살 테니 이 정도 시간이라면 그리 늦었다 하기도 뭐한 것 같은데.

"알았어, 내가 잘못했다니까. 그러니 다음부터는 그냥 어깨를 흔드는 정도로 해주렴."

"흥! 그렇게 반성하고 있다는 느낌은 들지 않는걸. 일단 두고 보겠어."

세레스 녀석은 그렇다 쳐도 어른스러운 티레스는 도대체 왜 강 건너 불 구경하듯이 보고만 있는지 모르겠다. 평소라면 점잖게(?) 세레스를 말렸을 텐데.

"자, 그럼 우리 집으로 식사하러 가자."

"우리 집이라니?"

"응. 언니가 얼마 전에 성인식을 치렀거든. 그래서 기숙사에서 나온

거지 뭐. 곧 인간 세계로 여행이라도 할 것 같긴 하지만… 여하튼 당분
간은 나랑 티레스를 돌봐주기로 했어."

"아아, 그렇구나."

세레스, 티레스의 부모님 중 한 명이라도 혹시 숲으로 돌아오신 건
아닌가 기대했었는데 솔직히 조금 아쉬웠다.

내가 인간이라서 그런지 몰라도 아이들은 부모가 직접 지도하는 것
이 좋다는 생각을 오래전부터 하고 있었다. 하긴 인간과 엘프의 차이
를 생각해 보면 궤변일 수도 있겠지만 다른 쪽으로 생각해 보면 아이
들한테 자립심을 길러주는 장점도 있을 수 있겠지.

"베리 오빠도 에린 언니 한번 본 적 있지 않아? 예전에 기숙사에 가
본 적 있잖아. 잠깐이긴 하지만."

"응, 다 충 기억나."

그 비인륜적인 얼굴이 기억이 안 날 리 없지. 세상에 태어나서 그렇
게 완벽한 미모는 두 번 보기 힘드니.

엘프라는 종족의 특성상 그들은 대개 단정한 외모의 소유자들이었
다. 하지만 그래도 한 번 보면 잊혀지지 않을 정도로 머리 속에 각인되
는 외모는 드물다고 할 수 있었다.

"그런데… 셀브렛은 왜 오빠 침대에 누워 있는 거야?"

"같이 잤으니까."

"에엣?"

내 말에 엘프 자매는 경악으로 입을 헤벌렸다.

"방이 하나밖에 없으니까 어쩔 수 없잖아."

"바보! 더 달라고 하면 되잖아!"

"손님이 이래라저래라 요구할 권리는 없다고 보는데."

"그건 그렇지만……."

입을 내밀고 곤란한 눈을 하는 세레스 녀석. 순간 조용히 뒤에서 지켜만 보고 있던 티레스가 입을 열었다.

"그럼 셀브렛은 우리 집에서 자라고 해."

"맞아맞아! 우리 집도 좁은 편은 아니니까 괜찮을 거야. 언니도 허락할 거고."

"그럼 오늘부터는 그렇게 하도록 하지."

내가 순순히 허락하자 세레스는 박수를 치며 좋아했다. 나하고 있는 것보다는 저 엘프 자매와 있는 것이 셀브렛에게도 좋을 듯했다.

"앗! 너무 늦게 오면 에린 언니한테 혼난다고! 어서 셀브렛 깨우고 밥 먹으러 가자!"

호들갑 떨며 세레스는 곤히 자고 있는 셀브렛의 어깨를 흔들기 시작했다. 부스스한 머리를 하고 셀브렛이 눈을 뜨자, 주린 배를 채우기 위해 모두는 그렇게 밖으로 터벅터벅 걸음을 옮겼다.

그리 멀리 떨어져 있지 않은 엘프 자매의 집에 도착한 후 세레스의 손에 이끌려 난 부엌에 있는 식탁으로 몸을 옮겼다.

눈과 배를 자극하는 신선하고 맛있는 음식이 식탁 위에 놓여져 있었다. 졸린 눈을 하고 있던 셀브렛 녀석도 초롱초롱 눈을 빛내며 침을 삼켰다.

그렇게 모두가 가지런히 의자에 앉자 에린이라는 엘프 소녀도 앞치마를 벗어서 한쪽에 가지런히 둔 후 자신의 자리에 앉았다.

"또 보게 되는군요."

"이렇게 신세를 끼치게 돼서 죄송합니다."

"아뇨. 신경 쓰지 마시고 맛있게 많이 드세요."

허리까지 내려오는 밝은 백금발이 햇빛에 반사돼서 눈부시다. 날카로운 것 같기도 하고 다정한 것 같기도 한 묘한 푸른 눈으로 날 바라보더니 에린은 모두를 향해 기다리던 말을 내뱉었다.

"자, 그럼 식사 하죠."

"잘 먹겠습니다!"

그러고 보니 나를 제외하고 몽땅 다 여자들이군 그래. 이것도 행복이라면 행복한 시간이라고 할 수 있을 것 같다. 뭐, 그중 두 녀석은 여자라고 하기에도 뭐한 꼬맹이들이지만.

화려하고 맛있는 요리들에 제일 신이 난 건 다름 아닌 셀브렛 녀석이었다. 입 주변에 소스를 묻히고 허겁지겁 먹어치우는 걸 보니 웃기기도 했다.

"누가 안 빼앗아 먹으니까 좀 천천히 먹어."

셀브렛의 입 주위를 닦아주며 내가 그렇게 말하자 세레스가 헤헤 웃었다.

"나도 처음에는 셀브렛처럼 그렇게 먹었는데 에린 언니가 돌아온 뒤로는 고쳐야 했어. 겉으로는 다정해 보여도 에린 언니는 꽤 무섭거든."

"세레스, 음식을 입에 넣고 말을 하는 게 아니라고 했었지?"

"으, 잘못했어."

언제나 활기찬 세레스를 단번에 저렇게 풀이 죽게 만들다니… 역시 그 말대로 상당히 무서운 누님인 것 같다.

"근데 오빠, 이번에는 얼마나 있다 갈 거야?"

"글쎄, 이번에 온 건 일이 있어서야. 아마 그 일을 해결하면 곧장 갈 것 같아."

"일이라니?"

"아, 말을 구하러 왔거든."

"와아~ 그렇구나."

"그런데 델리만님이 자신의 말은 달랑 하나밖에 없다고 하더군. 재주껏 그걸 구해서 가져가라고 하던데."

순간 쌍둥이 엘프 자매, 그리고 에란마저 내 말에 당황한 얼굴을 하기 시작했다.

"서, 설마 그 말이 세트르나이델은 아니겠지, 오빠?"

"응? 잘 모르겠지만 유니콘과 페가수스의 후예라고 하던데."

"맙소사!"

세레스는 입을 벌리며 들고 있던 포크를 바닥에 떨어뜨렸다. 당혹의 수준을 넘어서서 경악에 빠진 그 셋을 바라보다가 난 머리를 긁적이며 말했다.

"모두 왜 그렇게 놀라는 거야?"

"오빠! 빨리 가서 델리만님한테 취소하겠다고 그래!"

"이미 늦었어. 그 말이 아니면 그냥 집으로 돌아가야 할 상황이라고. 근데 그 말이 도대체 뭐길래 그렇게 놀라는 거야?"

호들갑 떨며 놀라 외치는 세레스 녀석을 바라보고 내가 그렇게 질문하자 맞은편에 앉아 있던 티레스가 대답했다.

"피를 마시고 시체를 뜯어 먹는 괴물 중 하나의 이름이지. 미신에서

나 나온다고 하지만."

"'세트르나이델'이? 그런 별명이 왜 말한테 붙은 거지?"

"언젠가 한번 밤에 마구간의 천장을 뜯어내고 와이번이 습격한 적이 있었어. 와이번은 말 고기를 엄청 좋아하거든."

"그래서?"

"비가 유난히 심하게 내린 날이라서 엘프들은 모르고 있었지. 그런데 다음날 아침 마구간에 가보니까 말의 시체가 아닌 커다란 와이번의 시체가 있었던 거야. 그것도 배 부분이 뻥 뚫려 있는 채로."

"……."

"세트르나이델도 그때 입은 상처 때문에 이마에 긴 붉은 상처가 나 있지."

설마 '고작' 말에 불과한 동물이 훈련받은 정예 병사들도 못 당하는 와이번을 해치웠다고? 웃어야 할지 놀라워해야 할지 순간 난 표정을 어떻게 지을까 고민할 수밖에 없었다.

티레스는 또박또박 날카로운 눈으로 이야기를 계속 들려주었다.

"그 일이 있고 나서 하루가 다르게 성질이 사나워졌어. 마구간을 돌보는 엘프도 몇 다치고, 그래서 그런 별명이 붙은 거야. 심심하면 울타리를 뛰어넘어서 도망가고 또 그걸 잡으려고 고생도 심했거든."

"응. 그런데 저번에 잡았을 때 다시 한 번 더 달아나면 이제 죽든 말든 내버려 둔다고 한 것 같은데?"

세레스가 끼어들자 티레스는 고개를 끄덕이며 긍정했다.

"그래. 그런데 또 달아나 버린 거지. 그래서 지금은 포기한 것 같아."

갑자기 식욕이 싹 달아났다. 델리만에게 이야기를 들은 후부터 '그래도 고작 말일 텐데 뭐, 특별한 거라도 있겠어?'라는 안이한 생각을 하고 있었는데…….

이야기를 좀 더 들어보니 갈수록 뭔가 이건 내가 손댈 만한 영역이 아닌 것 같았다.

"게다가 그 말은 사람이 화를 내거나 적의를 보이면 귀신같이 알아맞히거든. 그래서 더 안 좋은 이미지가 붙은 것 같아."

"웬만한 말은 알아듣는다는 소문도 있던걸."

으윽! 날 놀려주기 위해서 모두들 짜고 하는 말은 아닐 테고. 믿어야 할지 믿지 말아야 할지, 정말 이야기가 진행될수록 말이 아니라 괴물을 상대하는 느낌이다.

"그러니까 오빠, 헛수고하지 말고 그냥 포기해."

"으음."

"얼마나 사나운 녀석인데. 재수없으면 어디 한 군데 크게 다칠 수도 있어."

"그래도 시도는 해봐야지."

"아이참, 오빠 실력으로는 절대 불가능이라니까."

입을 내밀며 부정하는 세레스 녀석. 하지만 이대로 얼간이처럼 빈손으로 돌아가는 건 내 자존심이 절대 허락하지 않았다.

"글쎄. 대충 어디 있는 줄만 알면 승산이 있을 것 같은데."

"에휴, 베리 오빠는 진짜 바보야, 바보."

"맞아. 베리 오빠는 바보야."

세레스 녀석이 투덜거리자 옆에 있던 셀브렛 녀석까지 고개를 끄덕이며 긍정했다.

"정 그렇다면… 여기 있는 에린 언니한테 도움을 받지 그래?"

"무슨 도움을?"

"저래 보여도 에린 언니는 대단한 실력의 정령사라고. 마법도 어느 정도 쓸 줄 알아."

"세레스, 쓸데없는 소리 하지 마."

"칫. 마을 사람들이 다 그러던 걸 뭐."

대단한 실력의 정령사……. 확실히 정령의 도움을 받는다면 한결 수월하게 일을 처리할 수 있을지도 모른다. 거절당해도 도와줄 수 있느냐고 한번 물어보는 게 좋을 것 같다.

식사를 마치고 셀브렛과 세레스, 티레스 자매는 손을 잡고 밖으로 뛰쳐나갔다. 부탁할 절호의 찬스라고 생각한 난 에린의 푸른 눈을 주시했다.

"차라도 한잔하시겠어요?"

"네."

능숙한 손놀림으로 찻주전자에 물을 채우고 살라만더를 소환해서 온도를 높이는 에린. 저런 방식으로 차를 끓일 줄은 상상도 못했기 때문에 나는 입을 벌린 채 그 광경을 바라보았다.

곧 찻잎이 다 우려지자 찻잔을 꺼내서 식탁에 올리는 그녀. 귀여운 찻잔에 투명하고 향기로운 초록색 차가 흘러나오자 왠지 모르게 내 기분도 안정되는 느낌이었다.

"드세요."

"감사합니다."

따뜻한 찻잔을 손에 들고 기다렸던 말을 하기 위해 난 마음을 다잡았다.

"이런 말 하긴 좀 뭐하지만."

"세트르나이델 찾는 걸 도와달라고요?"

"…네."

"어렵지 않죠. 단, 저도 한 가지 부탁이 있어요."

뭐랄까. 역시 시원시원한 여자라는 느낌이다. 이래저래 돌려서 말하지 않고 단번에 직구 승부랄까.

잔뜩 긴장했다가 좀 맥이 풀린 얼굴로 난 그녀의 얼굴을 바라보았다.

"저에게 무슨 부탁을?"

"아이린 언니랑 수도에서 같이 사시죠?"

"그렇습니다만."

"그럼 제가 수도에 갈 때 아이린 언니를 설득하는 걸 도와주세요."

"구체적으로 어떤?"

"성인식도 끝냈고 이제는 저도 홀가분한 몸이니까 여행을 하고 싶거든요. 그런데 아무것도 모르고 인간 세상을 떠도는 건 좀 위험하지 않겠어요?"

살짝 찌푸린 얼굴로 질문하는 그녀에게 난 고개를 끄덕이며 단번에 긍정했다.

저런 살인적인 미모로 인간 세계를 떠도는 건 말 그대로 미친 짓이지. 좀 심한 말 같긴 해도, 제대로 된 상식도 없고 동료도 없이 이곳저곳을 떠돌다가는 흑심이 있는 녀석이 줄줄이 붙을 것이 100% 확실할 테니 말이다.

"그러니까 일단 어느 정도 도움을 받으려구요. 식당에서 좀 일해보는 것도 나쁘진 않겠죠."

"그런 도움이라면 저도 할 수 있는 데까지 도와드리겠습니다. 뭐라고 장담은 할 수 없습니다만."

"고마워요."

미소 지으며 그녀는 내 손목 위로 자신의 손을 겹쳤다. 바보같이 왠지 모르게 얼굴이 붉어지는 바람에 한동안 나는 아무런 말을 할 수 없었다.

양자 간에 목적이 맞았으니 구체적으로 어떻게 일을 풀어 나갈 것인지 계획을 짜야 했다.

"일단 정령이나 동물들에게 물어보면 위치 정도는 파악할 수 있을 것 같네요. 녀석이 이 근처에 있다면 말이죠."

"부탁합니다."

"발견한다고 해도 그 뒤가 문제죠. 아이들 말대로 보통 녀석은 아니니."

"그 점은 몇 가지 생각해 둔 방법이 있습니다."

"어떤 방법을?"

"무력으로는 힘들 것 같으니 마법을 이용하는 것이 좋을 거라고 생각합니다."

"그렇겠죠."

"저도 3레벨 주문까지는 사용할 수 있으니 그걸 이용하는 게 좋을 듯합니다."

"스펠 유저? 그렇게 보이진 않는데 솔직히 조금 의외네요."

가져온 거라고는 옷가지 몇 벌과 기르디 녀석이 준 마법검 스트룬이 전부다. 지팡이도 없고 입는 옷도 평범하고, 확실히 마법사로는 보이지 않는 외형일 듯했다.

"그럼 의외로 일이 쉽게 풀릴 수도 있을 것 같네요."

"일단 에린 씨가 위치를 추적해 주시면 감사하겠습니다."

"그렇게 하도록 하죠."

그럼 난 구체적으로 어떻게 녀석을 생포할 것인가를 생각해 봐야 할 듯하군. 차를 홀짝이며 조금 더 시간을 끌다가 계획을 세우러 가기 위해 난 자리에서 일어났다.

"그럼 이만 일단 가보도록 하겠습니다. 일이 생기면 세레스나 티레스를 불러주시길."

"네."

싱긋 웃으며 자리에서 일어나 배웅하는 그녀에게 어색한 미소를 한 번 지어주며 대충 고개를 끄덕이고는 발걸음을 옮겼다.

그로부터 이틀 후, 아침 일찍 에린 씨가 직접 찾아올 줄은 짐작도 하지 못했기에 난 조금 당황한 얼굴을 하고 일어날 수밖에 없었다.

그녀는 조금은 경직된 얼굴로 날 바라보았다. 아름다운 밝은 금빛의 머리를 초록 끈으로 동여매고, 진한 푸른색 계열의 상의 위에 갈색의 가죽 갑옷을 입은 게 평소의 옷차림과는 확연히 다른 모습이었다.

"발견했어요."

게다가 허리 한쪽에는 짧은 검 하나를 차고 있었다. 졸려서 정신이 오락가락했지만 대충 사정을 파악하고 잽싸게 난 외출 준비를 하기 위해 몸을 움직였다.

"예상보다 빠르군요. 어떻게 찾아내신 겁니까?"

"마을에서 그다지 멀리 떨어지지 않은 곳에 있었던 덕분이죠. '비르삐'의 도움도 컸고요."

"비르삐? 그건 또 뭡니까?"

"예전에 한번 보신 적이 있었던 것 같은데……. 후훗, 곧 알게 될 거예요."

무엇인가 상당히 귀여운 이름인 것 같다. 여하튼 추운 날씨에 깊고 험한 숲을 가로질러 가야 할 상황이 닥친 만큼 가능한 든든하게 옷을 입고 에린과 함께 밖으로 나갔다.

싸늘한 아침의 공기가 시리도록 얼굴을 따갑게 했다. 게다가 너무 이른 시간이라서 그런지 밖은 아직 어두웠다.

더 기분 나쁜 것은 살짝 뒤덮인 회색의 무거운 안개라는 놈의 존재였다. 얼마 안 있어 해가 뜰 테니 어두운 것은 어느 정도 참고 갈 수 있었지만, 구름처럼 사방을 뿌옇게 물들인 안개라는 것은 방향 감각을 엉망으로 만들었다.

"괜찮겠습니까?"

"걱정 말고 따라오세요."

엘프가 에르쥬나의 숲에서 길을 잃는다는 것은 상상하기 힘든 일임에 틀림없다. 조금은 꺼림칙한 얼굴을 하고 난 그녀의 뒤를 좇았다.

습기 때문에 바닥이 미끈거려서 제대로 걸음을 옮기기가 힘들었다.

빌어먹을 날씨와 안개를 저주하면서 그녀의 등을 놓치지 않기 위해 난 움직임에 더욱더 신중을 기할 수밖에 없었다.

그렇게 한참을 힘들게 끙끙거리며 앞으로 나아가고 있을 때 안개 너머에서 번쩍 하고 붉은 빛이 엄청난 속도로 나와 그녀를 향해 덮쳐 오는 것이 보였다.

"비르삐!"

안개를 뚫고 내 시야로 보였던 것은 다름이 아니라 엄청난 크기의 늑대였다. 회색 털을 휘날리며 에린의 품으로 파고드는 붉은 루비 같은 눈의 늑대.

"저번에 한번 보신 적 있죠? 비르삐예요."

예전에 카이츠에게 지도를 받았을 때 언뜻 한 번 본 기억이 있는 바로 그 늑대였다. 반쯤 뽑힌 검을 다시 허리춤에 찔러놓고 어색한 미소를 지으며 난 입을 열었다.

"확실히 한 번 본 기억이 있군요."

"두려워하지 마세요. 먼저 공격을 하지 않는 한 비르삐는 인간이나 엘프를 공격하지 않습니다."

"두려워하지 않으려 해도 본능적으로 좀 떨리는데요."

"친해질 수 있을 거예요."

내가 어색한 미소를 지으며 살짝 고개를 끄덕이자 에린은 비르삐라는 늑대를 앞장 세워 다시 걸음을 옮기기 시작했다.

"비르삐와 숲의 친구들 덕분에 일찍 발견할 수 있었죠. 곧 도착할 수 있을 겁니다."

"대단한 정보력이군요."

"뭐, 숲에서라면 어느 정도 자신이 있는 편이죠. 정령의 움직임도 왕성하고."

아무렇지도 않다는 듯 자신의 능력을 낮추며 말하는 에린. 파이어볼이나 라이트닝 볼트 같은 파괴적인 마법만 추구했던 과거의 나 자신을 생각해 보니 조금은 부끄러워진 순간이었다.

잘 생각해 보면 그건 인간과 엘프의 차이점이라고 넘어갈 수 있는 문제가 아니었다. 불태우고, 지지고, 얼려서 죽여 버리는 것이 실생활에 눈곱만큼도 필요할 리가 없으니 말이다.

확실히 파고들어 갈수록 마법은 복잡하다는 걸 요즘 들어 심각하게 느낀다.

평생 이러고 살진 않을 것 같으니 오늘부터 당장에라도 실생활에 필요한 마법을 익히는 게 좋을 듯했다.

"그런데 저 비르삐란 녀석이랑 제가 만났던 건 어떻게 아신 겁니까?"

그건 카이츠님에게밖에 말해 주지 않은 것 같은데 설마 늑대가 말을 할 리는 없고 해서 순간 난 그렇게 질문했다.

"물론 비르삐가 알려줬죠."

"예어?!"

"비르삐가 입을 열어서 말을 했다는 건 아니고요, 마법을 이용한 거죠."

"그런 마법도 있습니까?"

"그럼요. 짧은 이미지 정도라면 마법을 이용해서 볼 수 있죠. 인간 세계에선 배우기 힘든가 보죠?"

"힘든 정도가 아니라 제 실력이 모자라서……."

시야를 공유하는 건 정말 엄청난 마법적 기술이 필요하다는 걸로 알고 있다. 동물의 이용해 자신의 패밀리어를 만들어서 정신적으로 어설프게나마 의사 소통을 하는 건 매우 유명한 마법이지만, 그걸 몇 단계 넘어서 동물이 본 것을 공유해서 보는 마법이라니.

나 정도 마법 실력을 가진 사람이라면 상상도 할 수 없는 기술임이 틀림없었다.

"혜에, 그런가요? 쉬운 편에 속하는 걸로 알고 있는데."

"엘프의 마법과 인간의 마법은 비슷하면서도 다른 것 같습니다."

이런저런 마법에 관한 이야기를 하며 그렇게 한참 험한 숲길을 걸을 때였다.

앞장서서 걷던 비르삐가 걸음을 멈추고 숲 안쪽을 노려보자 에린 씨가 내게 다가와 귀에 대고 작게 속삭였다.

"도착했어요."

뿜어져 나오는 따뜻한 입김이 귓가를 간질이자 왠지 모르게 순간 볼이 붉게 달아오르는 것 같았다.

"준비하죠."

그런 내 얼굴을 살짝 미소 지으며 바라보다가 에린은 다시 숲 안쪽으로 고개를 돌리곤 말했다.

이동하는 동안 시간이 흘러서 날은 환하게 밝았지만, 여전히 안개는 숲의 분위기를 무겁게 가라앉히며 내 머리와 시야를 어지럽혔다.

또한 허리 한쪽에 찬 검의 무게가 왠지 모르게 몸을 무겁게 옥죄는 것만 같았다. 다른 엘프들 말처럼 녀석이 그렇게 포악한 성질의 동물(?)이라면 최악의 경우 무력을 사용해 위기를 극복해야 할지도 모른다.

준비했던 작전이 제발 제대로 먹혀 들어가야 일이 쉽게 풀릴 텐데…….

'일단 하는 데까지는 해보자.'

이를 악물고 주문을 사용하기 위해 천천히 난 정신을 집중하기 시작했다.

"비행(Fly)!"

힘겹게 주문을 외우자 곧 나의 몸이 깃털처럼 떠올라 자유자재로 이동할 수 있게 되었다. 침착하게 입을 다물고 기다리다가 마법이 제대로 작동하는 걸 확인한 후 이번에는 내가 그녀를 향해 투명화(Invisibility) 주문을 시전했다.

'예상대로 여기까지는 수월하군.'

주문을 외우자 곧 그녀의 몸이 신기루처럼 천천히 내 시야 밖으로 사라져 갔다. 예상한 대로 여기까지는 일단 큰 탈 없이 성공한 것 같지만, 어디까지나 이건 디저트라고 할 수 있으므로 긴장의 끈을 놓치지 않고 집중 또 집중하는 것이 중요했다.

숨을 가다듬고 온몸의 감각을 곤두세우며 침착하게 다시 한 번 주문을 캐스팅했다.

"투명화!"

조금 시간을 지체했기 때문에 주문이 완성되자마자 살짝 공중으로 솟아오른 난 빠르게 앞으로 나아갔다.

예민한 녀석이라면 평소에도 주위에 바짝 신경을 쓰고 있을 것이 틀림없었다. 세 번째 단계의 주문을 처음부터 무리하게 쓰는 것이 아니냐고 누군가 물을 수도 있겠지만, 일단 계획을 완수하기 위한 제1의 전제 조건은 녀석에게 발각당하지 않는 것이니 다소 부담이 있더라도 이런 방법을 선택할 수밖에 없었다.

빌어먹을 안개 때문에 녀석을 발견하는 데 생각보다 많은 시간을 소모해야만 했다. 초조한 마음을 안으로 갈무리하고 한참이나 그렇게 지상을 수색하다가 드디어 커다란 나무 밑에서 한가로이 휴식을 취하고 있는 말을 발견할 수 있었다.

'에엑?!'

녀석의 예상외의 모습에 순간 난 아무런 말조차 할 수 없었다.

유니콘이나 페가수스의 혈통이라면 잡티 하나도 없는 눈부신 백마일 거라고 생각했었는데 녀석은 먹물을 뒤집어쓴 것처럼 새까만 흑마였다.

잘못 본 것인가 하고 조금 더 가까이 접근해서 살펴보자, 이마 가운데에 붉은 상처만 색이 다를 뿐 역시 흰 곳이라고는 눈을 씻고 찾아봐도 보기 힘든 완벽한 검은색의 말이었다.

'돌연변이인가?'

윤기가 도는 검은색 몸을 가진 녀석에게서는 일반적인 말과 비교할 수 없을 만큼의 박력이 물씬물씬 풍기고 있었다.

까마귀처럼 까만 말을 한참이나 멍하니 노려보다가 정신을 차리고 다시 한 번 주문을 캐스팅했다.

'난 오른쪽, 에린 씨는 왼쪽이었지.'

각각 다른 주문을 연이어서 녀석에게 사용하자고 미리 계획을 짠 상

태였다. 시간을 끌었기 때문에 맞은편에서 에린 씨가 초조해하고 있을
지도 모르니 움직임에 더 속도를 붙여야만 했다.

다행히 이번에 녀석에게 사용할 주문은 그렇게 어려운 것은 아니었
다.

'그럼 이제 메인디쉬를 먹어보자고!'

숨을 가다듬고 짧게 주문을 캐스트하자 곧 검은 기운이 엄청난 속도
로 녀석의 발 밑까지 쇄도해 가기 시작했다.

마법이 성공하자 나무 아래쪽 땅은 진흙과도 같이 변했다. 이상한
낌새를 느낀 녀석이 민첩하게 앞으로 나아가려 했지만, 그런 행동은 오
히려 자신의 몸을 조여오는 결과를 초래하는 것이었다.

"그리스(Grease)… 생각보다 잘 먹혀들어 갔군."

지면을 기름기 많은 물질의 층으로 덮어버리는 첫 번째 단계의 주
문. 가뜩이나 경사에 기복이 심한 땅에 이런 사악한 마법을 사용했으
니 아닌 밤중에 홍두깨라고 녀석이 당황하는 것도 당연했다.

하지만 이건 시작에 불과했다. 넘어지지 않기 위해 균형을 잡으며
뒤뚱거리고 있는 녀석을 향해 내 맞은편에서 에린 씨가 다른 주문을
사용한 것이었다.

"거미줄(Web)."

주문을 외우는 순간 집중이 풀렸기 때문에 투명화 마법은 깨져 버렸
다. 더 높은 수준의 투명화 주문은 마법을 사용하거나 심지어 전투를
해도 그 상태가 유지된다고 하지만, 능력이 안 되니 임시방편으로 이런
술수를 사용할 수밖에 없었다.

어찌 됐든 중심을 잡기 위해 안간힘을 쓰고 있던 녀석에게 엎친 데

덮친 격으로 다시 한 번 끈적한 점액질의 그물이 쇄도해 가자 상호 작용으로 인한 증폭 효과 때문에 녀석은 땅으로 곤두박질했다.

　두 번째 계획이 무사히 성공하자 조금 더 지면 근처까지 내려가 흑마의 상태를 관찰했다.

　바닥에 쓰러진 채 일어나기 위해 안간힘을 쓰며 발버둥 치는 흑마의 모습. 이런 광경을 바라보며 하하 웃으며 즐거워하는 건 정말 사디스트나 할 짓이란 생각이 들었다.

　아픔을 느끼고 감정이 있는 하나의 생명체가 자신을 속박하는 것에서 벗어나기 위해 미친 듯 몸을 움직이는 광경은 마음을 착잡하게 했다.

　"……."

　일단 저런 상황이라면 아무리 힘이 강하다 해도 쉽게 빠져나올 수 없을 것이다. 그렇게 강하게 믿고 있었지만 왠지 모르게 마음 한구석에서 불안함이 피어오르기 시작했다. 아무리 나 자신의 이익이 소중하다 해도 저렇게 다른 무엇을 괴롭히면서까지 손에 넣으려 한다는 건 정말 속박하기 싫어하는 내 성격과는 정반대의 행동이었다. 게다가 자존심 강한 녀석이 저런 방식으로 자신을 괴롭히는 주인에게 순순히 몸을 맡긴다는 건 상상하기도 힘든 일이었으니까.

　녀석이 주문을 벗어나서 달아났으면 하는 마음이 들었던 것도 사실이다. 착잡한 심정으로 발버둥 치는 녀석을 바라보다가 어느새 옆으로 다가온 에린을 향해 말했다.

　"인간은 정말 이기적인 존재인 것 같군요."

　"죄책감 느끼시나요?"

"아니라고 한다면 거짓말이겠죠."

왠지 모르게 슬픈 미소를 지으며 그녀는 날 향해 말했다.

"전 그렇게 생각하지 않아요."

"왜죠?"

"엘프들의 숲, 그러니까 이곳 에르쥬나는 무리없는 단 한 마리의 말이 평화롭게 살 수 있을 만큼 좋은 곳은 아니에요. 언뜻 보기에는 매우 평화롭게 보이겠지만."

"……"

"곧 본격적인 혹한이 시작될 텐데 저 세트르나이델이 살아남을 확률은 얼마나 될까요?"

"잘 모르겠습니다."

"아마 절반도 안 될 겁니다. 몬스터나 다른 포식자에게 잡아 먹히든지, 추위에 얼어서 죽든지, 먹이가 없어서 굶어 죽든지……."

차가운 한기가 온몸까지 파고드는 것 같다. 잠시 아무런 말조차 하지 않다가 미친 듯이 발버둥 치는 세트르나이델을 바라보며 에린은 다시 입을 열었다.

"언뜻 보기에는 평화롭게 보일지 몰라도 여기서 더 벗어나면 세상에서 손꼽히게 위험한 곳이니까요."

확실히 자유는 소중하다. 아마 그녀도 그 점은 나 이상으로 동감하고 있을 것이다. 하지만 아무도 없는 숲에서 쓸쓸히 죽음을 맞이하는 것은 그 이상으로 비참하고 슬픈 것이 틀림없다.

게다가 녀석은 야생의 동물이 아니다. 태어날 때부터 엘프들의 보살핌을 받으며 자라난 '길들어진' 동물이다. 그런 녀석이 도처에 위험이 널린 이 숲에서 얼마만큼 잘 적응할 것인가. 아무리 좋게 봐주려 해도 생각이 비관적으로 치우치는 건 어쩔 수 없는 일이었다.

있는 힘, 없는 힘 다 짜내어서 발버둥 친 녀석 때문에 주위에 있는 땅은 엉망진창으로 흐트러져 있었다. 주문의 효력이 사라질 시간이 거의 다 되어갈 때쯤 지쳐서 숨을 씩씩거리는 녀석을 향해 에린이 마지막으로 주문을 캐스트했다.

기절한 것인지 잠든 것인지, 곧 녀석은 눈을 감고 미동조차 하지 않았다.

두 번째 계획이 실패할 것을 대비해 다른 방법을 강구한 것도 말짱 헛수고가 되어버린 순간이었지만 죽은 듯 잠든 흑마의 모습을 아래에 두고 난 쓴웃음조차 지을 수가 없었다.

"제가 먼저 가서 마차와 사람을 구해오죠."

시야를 엉망으로 만들었던 안개도 서서히 걷히기 시작했다. 난 비르삐의 등을 타고 엄청난 속도로 마을로 향하는 그녀의 모습을 바라보며, 그렇게 한참 동안 아무런 말조차 하지 못한 채 서 있을 수밖에 없었다.

그로부터 얼마 후 우려한 것과는 다르게 일은 빠르게 마무리되었다. 다른 엘프들의 도움으로 마법을 이용해 쉽게 녀석을 짐마차 안쪽에 쑤셔 박고 마을까지 무사히 도달할 수 있었다.

마구간을 담당하는 엘프는 겉보기에는 생생해 보일지 몰라도 많이 굶주리고 피곤한 상태라고 말해 주었다. 녀석이 예상외로 저항이 약했던 이유도 다 그만한 이유가 있었던 것이다.

어쨌든 어렵지 않게 일을 처리할 수는 있었지만 그다지 기분이 좋지는 않았다.

녀석이 쉽게 내 명령을 들을 것인가 하는 문제도 그렇고 아까 에린 씨와 했던 대화도 여전히 앙금처럼 가슴속에 남아 있었으니 일을 완료했다고 해도 기분이 좋아질 리 없었다.

무사히 말을 마구간까지 옮기고 대충 몸을 닦은 후 묵은 피로를 풀기 위해 방으로 향했다.

"조금만 잘까."

그렇게 침대에 엎어져서 한참을 누워 있다가 언제 잠들었는지조차 모를 정도로 깊은 잠에 빠져들었다.

그리고 얼마 후 눈을 뜨고 밖으로 나오자 겨울이라 해가 짧아서 그런지 날은 이미 어둑어둑해져 가고 있었다.

그동안 꽤 피로가 많이 쌓였었나 보다. 여하튼 아침에 일어나고서부터 먹은 것 하나 없었으니 뭐라도 좀 얻어먹기 위해 난 에린과 쌍둥이 자매들의 집으로 향했다.

도착해 노크를 하자 곧 경쾌한 발걸음 소리와 함께 문 안쪽에서 목소리가 들렸다.

"누구서요?"

"베리 오빠."

"베리 오빠라는 인간은 잘 모르는데요."

"장난 그만 하고 문 열어, 세레스."

"그럼 당신이 베리 오빠라는 증거를 대세요."

"살인 태클을 당해서 아직도 허리가 아픕니다. 아마 평생 고통이 지속될 것 같아요."

"아앗, 거짓말! 귀여운 세레스가 베리 오빠에게 그런 흉포한 짓을 할 리가 없어요! 세레스는 연약하고 귀여운 여자 아이니까!"

"잘못하면 장가도 못 갈 것 같은데요."

"으응, 장가는 왜 못 가?"

"문을 열어주면 알려주지."

잠시 시간이 지나고 둔탁한 소리와 함께 문이 열렸다. 빼꼼 문 사이로 날 노려보다가 세레스 녀석이 다시 입을 열었다.

"문을 열었으니까 이유를 말해 줘."

"그렇게 하고 있으면 내가 안으로 못 들어가잖아."

"그래도 열리긴 열렸잖아."

"그럼 안으로 들어가서 알려줄게."

"앗! 거짓말쟁이! 알려준다고 말해 놓고서 이제 와서 그런 말을 하다니! 사나이가 돼서 한 입으로 두말할 셈인가?!"

"이봐. 난 오늘 아침부터 아무것도 먹지 못했다고. 웬만하면 좀 적당히 해주지 그래?"

"흥흥, 그런 말로 동정을 살 셈이야? 베리 오빠도 참 이기적인 인간이구나!"

"내일부터 실컷 놀아줄 생각이었는데 그런 말을 하다니……."

베에— 하고 혀를 내미는 세레스 녀석. 역시 그동안 놀아주지 않아서 단단히 삐친 모양이다.

"베리 오빠는 바보."

"뭐라고 해도 좋으니까 제발 밥 좀 줘."

"거지 같아!"

"…거지라고 하면 거지일지도 모르겠네, 주는 것도 없이 매일 공짜로 밥을 얻어먹으니."

"그런 걸 그렇게 쉽게 긍정하지 마! 자존심도 없어?"

"자존심이 밥 먹여주진 않는걸."

"바코!"

"네에~ 대왕마마, 전 바보입니다."

입을 쑥 내밀고 또 잠시 노려보다가 결국 포기한 모양인지 크게 한숨 쉬고는 문을 열었다.

"칫. 또 무슨 바쁘다는 핑계를 대면 진짜 문 안 열어줄 테야."

나름대로 열심히 협박하는 것 같지만 내 눈에는 그런 세레스가 귀엽기만 했다. 고개를 끄덕이며 알았다고 대답하고는 식탁이 있는 곳으로 향했다

부엌은 저녁 식사를 준비하고 있는 여자들로 활기가 넘쳤다. 새침한 표정을 짓고 아무 일도 없었다는 듯 모른 체하는 세레스에게 에린 씨가 엄한 어조로 말했다.

"왜 그렇게 시간이 걸린 거야? 너, 또 무슨 장난쳤지?"

"아, 아냐! 내가 무슨 짓을 했다고 그래!"

"정말이야? 너, 거짓말하면 혼난다."

"진짜 아니라니까 그러네! 그지, 베리 오빠? 나 아무 짓도 안 했지?"

"……."

"베. 리. 오. 빠?"

한 자 한 자 강조해서 그렇게 말할 것까진 없잖아! 세레스 녀석도 성

격이 포악해질 기미가 보이는군. 저렇게 나이를 먹다간 리체 녀석처럼 될지도.

"으응, 맞아. 아무 일도 없었지."

"것 봐! 아무 일도 없었다고 하잖아!"

의심이 풀리지 않은 듯 에린 씨의 표정은 처음과 같이 예리함 그 자체였다.

"그런데 무슨 음식 준비를 이렇게……."

"아참! 베리 오빠한테는 아직 말 안 했지? 응, 그러니까 세트르나이델을 얻는 데 성공하면 파티를 하기로 예전부터 우리끼리 계획했었거든."

"파티라……."

"설마 진짜로 성공할 줄은 몰랐는데. 헤헤, 어쨌든 뭐, 잘됐지."

어색한 웃음을 흘리더니 구석에 놓인 귀여운 앞치마를 목에 건 세레스가 에린 씨의 명령에 따라 분주히 음식 준비를 하기 시작했다.

상황이 이렇게 되니 한쪽에서 멀뚱히 보고 있는 나만 당혹스러울 뿐이었다.

"저도 도와드릴까요?"

"아뇨, 괜찮습니다. 피로도 풀리지 않았을 텐데 좀 쉬세요. 축하받을 사람이 직접 파티 준비를 하는 건 영 그러니까 말이죠."

뻘쭘한 표정으로 뒤통수를 긁적이다가 한쪽에 마련된 의자에 가 앉았다.

나를 위해 파티를 해준다는 것이 좋긴 했지만 조금 내키지 않는 것도 사실이었다. 생일 파티 한 번 해본 적 없었는데 새삼 이런 파티라니… 영 나와 어울리지 않는 일 같았다. 그래도 일단 열심히 준비하는 걸 보니 기쁘게 받아들이는 것이 좋겠다고 생각했다.

그렇게 한참을 멍하니 여자들 등만 바라보다가 세레스 녀석의 말에 번개에 맞은 듯 전율했다.

"에린 언니, 베리 오빠가 나 때문에 이제 장가도 못 간다는데 어떡해?"

"왜 그런 소리를?"

"응, 내가 저번에 막 베리 오빠 허리를 아프게 했거든. 그러니까 베리 오빠가 나 때문에 장가도 못 간다고 하던걸. 이제 베리 오빠 장가 못 가면 내가 시집가 줘야 하는 거야? 응? 어떻게 해야 해, 에린 언니?"

식칼을 오른손에 든 채로 천천히 내게 접근하는 에린 씨. 그런 그녀의 표정은 살기에 젖은 블랙 드래곤 살로빈 이상 가는 박력을 내뿜고 있었다.

이런 젠장! 왜 항상 난 이런 일만 일어나는 거냐! 한두 번도 아니고 요즘 들어서 여자들에게 너무 쉽게 오해를 사고 있잖아! 신이 농간을 부리는 건가?! 아니면 내가 너무 재수가 없는 탓인가.

"저, 저기… 그건 그런 말을 뜻한 게 아닌데……."

한겨울에 땀을 뻘뻘 흘리며 말하는 나. 세레스 녀석은 옆에서 이상하다는 듯 눈을 동그랗게 뜨고 바라볼 뿐이었다.

이봐, 너! 그렇게 보고만 있지 말고 제대로 말을 해주라고! 정말 날 죽일 셈이냐?! 예전에도 한번 말했지만 첫 키스 한 번 못해보고 죽는 건 억울하다고!

"내가 너무 과격하게 움직인 것도 사실이지만… 그것도 두 번씩이나 했으니까 말야. 반성하고 있다고. 또 베리 오빠는 엘프도 아닌데 엘프인 나랑 결혼할 수 있을까?"

댕댕. 까악까악—

까마귀가 울고 천사의 종소리가 울려 퍼진다. 한 많은 인생, 오늘로 그 종지부를 찍는구나. 식칼을 든 채 귀신과 같은 얼굴을 하고 천천히 다가오는 에린 씨를 바라보며 난 그렇게 지난 세월을 주마등처럼 떠올릴 수밖에 없었다.

그리고 식칼을 든 손이 천천히 올라간다. 안 돼! 그래도 이대로 죽긴 억울하다고!

"뭐 하세요?"

"사, 사실이 아닙니다!"

"칼을 치워야 하니까 좀 비켜주세요."

"네에?"

"거기다가 꽂아둬야 하거든요."

확실히 내 바로 옆쪽에 칼을 두는 곳이 마련되어 있었다. 입을 벌린 채 잠시 멍하니 앉아 있던 난 후닥닥 옆으로 비켜섰다.

"저 녀석 때문에 허리라도 다치신 모양이죠? 대신 사과드릴게요. 세레스, 너 나중에 나 좀 보자."

"아, 아뇨! 별건 아닙니다. 신경 쓰지 마세요."

"그렇게 말해 주시니 다행이군요. 그런데 이런 애들 앞에서 그런 말하시는 건 좀 적합하지 않다고 생각하는데… 뭐, 장난 삼아 하신 말이겠지만 그래도 그런 건 주의하는 게 좋습니다."

"네, 실수입니다. 앞으로는 그런 일 없도록 하죠."

못된 짓을 하다가 선생에게 걸린 아이처럼 어색한 표정을 짓는 나. 웃고 있는 것처럼 보이지만 에린 씨의 표정에서도 이질감 느껴지기는 마찬가지였다.

그렇게 짧은 신경전을 마치고 에린 씨는 모두를 향해 말했다.

"음식은 거의 다 준비된 것 같으니까 전부 의자에 앉아주세요."

에린의 말에 이구동성으로 '네' 하고 대답한 후 모두는 자신의 의자에 가 앉았다.

그리고 식사를 하기 앞서 에린 씨가 나를 향해 싱긋 미소 지으며 입을 열었다.

"아참, 얼마나 더 머물다 가실 거죠? 좀 더 머무시면 제가 말타는 법은 가르쳐 드리도록 하겠습니다. 세트르나이델을 목표로 해야 할 테니 수업은 매우 엄할 것 같지만 말이에요."

"가능한 부드럽게 지도 부탁드립니다."

"스승의 입장이 되면 전 조금 난폭해지는 편이라서요. 홋홋, 죄송하지만 조금 힘들 것 같네요."

"전 동물을 다루는 데는 영 소질이 없어서……. 아마 애를 많이 먹으실 것 같습니다."

"걱정하지 마세요. 세레스 같은 녀석도 가르쳐 본 경험이 있는데요 뭐."

"조금 위안이 되는군요."

침을 뚝뚝 흘리고 안색이 창백하게 변하기 시작하는 세레스와 셀브렛. 보다 못한 에린이 결국 한마디 내뱉을 수밖에 없었다.

"자자, 일단 먹고 이야기합시다."

난 며칠은 굶은 사람마냥 허겁지겁 음식을 먹는 두 귀여운 아귀를 바라보다가, 오늘 하루 종일 아무것도 먹지 못한 사실을 깨닫곤 쓴웃음 지으며 음식을 먹기 시작했다.

빈속에 무리하게 음식을 집어넣는 것만큼 무식한 일도 없을 테니 될 수 있는 한 가볍게 먹는 것이 좋을 듯했다.

어쨌든 내일부터는 새로운 각오로 승마 연습을 하고, 쌍둥이 자매들하고도 틈틈이 놀아줘야 무병장수에 지장이 없겠지.

즐거운 이야기를 좀 더 나누다가 음식을 말끔히 다 해치우고, 난 모자란 잠을 더 보충하기 위해 무거운 몸을 이끌고 방으로 향했다. 신나게 먹고 떠들다 보니 밤은 더욱 깊어져서 밖은 한 치 앞도 구별하기 힘들 정도로 어두워져 있었다.

그로부터 얼마 동안 나는 쌍둥이 자매와 그 언니에게 철저히 시달림을 받아야 했다. 끔찍한 고문이라고 할 수 있을 만큼 육체적으로 힘들고 괴로운 날들의 연속, 정신적인 피해는 그보다 배는 더 심하다고 할 수 있을 정도였으니 말로 표현하지 않아도 그 고통을 유추해 낼 수 있을 것이다.

어찌 됐든 참고 노력한 덕분에 많이 어설프긴 했지만 대충 이렇게 말을 타는 것이다, 라는 것 정도는 알게 되었다. 그동안의 노력이 헛수고는 아닌 것 같아서 조금 기쁘기도 했지만 지옥 같은 승마 연습을 생각하면 쓴웃음조차 쉽게 나오질 않는 게 사실이었다.

근육통으로 온몸이 욱신거렸지만 겉으로는 드러내지 않은 채 셀브렛의 손을 잡고 난 델리만의 방으로 향했다.

마지막이다라고 생각한 이 시점에서 생각해 보니, 그동안 숲에서 지냈던 것도 다 좋은 추억이 될 것 같은 불길한 예감이 들었다. 추억이란 미화되기 쉬운 것이니, 악마같이 말을 때리는 채찍으로 내 허벅지를 때리며 닦달하는 에린도, 놀아주지 않는다고 곤히 자고 있는 내 허리를 사정없이 내리찍는 세레스 녀석도 다 좋게 생각되어 넘어갈지도 모른다는 생각이 들었기 때문이다.

절대 그럴 리 없다고 다짐하며 단호한 얼굴로 난 문을 열었다. 밖에서 기다리고 있었던 모양인지 세레스와 티레스, 그리고 여신과 같은 미모의 에린이 날 바라보았다.

"오늘 돌아가시죠?"

"네."

세레스의 녀석의 눈 주위는 빨갛게 물들어 있었다. 울지 않으려고 입을 꼭 다물고 애쓰지만 점점 눈물이 눈가에 그렁그렁 맺히는 것은 어쩔 수 없는 일인 듯했다. 싱긋 미소 지으며 난 녀석의 머리를 쓰다듬어 주었다.

한쪽에서 무관심한 척 다른 곳을 바라보는 티레스 녀석도 평소와는 달리 표정이 많이 굳어 있었다. 이러니저러니 해도 헤어지는 것이 섭섭한 것은 모두의 공통된 마음인 것이다. 뭐, 그래서 미운 정이 무서운 법이라고들 하지만.

흐느낌을 감추기 위해 셀브렛 녀석은 조금 전부터 내 손을 꼭 붙들고 있었다. 감정을 컨트롤하는 것이 제일 힘든 녀석인만큼 예상했던 것처럼 눈물 콧물 다 흘리며 쌍둥이 자매를 보고 있었던 것이다.

해가 뜨기 전부터 별이 초롱초롱 뜨는 늦은 밤까지 매일매일 붙어 있던 여자 아이들이었으니 이렇게 이별을 슬퍼하는 것은 당연한 일일 지도 모른다. 게다가 엘프들의 숲이 아무 때나 언제든지 갈 수 있는 장소도 아니었으니 말이다.

아무 말 없이 우리는 천천히 발걸음을 옮겼다. 흐느끼는 셀브렛의 울음소리가 묘하게 내 마음을 착잡하게 했지만, 만남이 있으면 이별이 있다는 건 아주 오래전부터 알고 있었기에 나는 별다른 동요 없이 델리만이 기다리고 있는 곳으로 향했다.

"……."

혹한의 바람은 두툼한 외투조차도 무용지물로 만들었다. 얼마 전까지만 해도 느낄 수 없었던 그 추위에 마음까지 삭막해지는 것 같았다.

하지만 난 묵묵히 걸었다. 내 '집'은 이곳 엘프들의 숲이 아니었으니까. 걱정했던 문제가 해결되었으니 새로운 과제를 해결하기 위해 바보처럼 그렇게 나아가는 수밖에 없는 것이다.

그리고 언제나처럼 무미건조하고 주름살 가득한 얼굴로 델리만은 날 기다리고 있었다.

"준비는 다 했나?"

"네."

"그럼 저 녀석 옆으로 가라. 마법을 써야 하니까."

잘 먹고 잘 지낸 덕분에 녀석의 몸에서 뿜어져 나오는 위압감도 배는 더 커져 있었다. 꿀꺽 침을 삼키며 다가서자 머리를 들어 올리며 크르릉 울부짖는 세트르나이델. 난 꿀 먹은 벙어리처럼 입을 다물고 델리만의 눈을 쏘아보는 것밖에 별다른 도리가 없었다.

묘한 미소를 지으며 델리만은 녀석을 바라보고 있었다.

"너의 주인이 될 인간이다."

델리만의 입에서 말이 나오자 거짓말처럼 녀석은 잠잠해졌다.

"난 네가 필요하지 않다. 그러므로 이제부터는 이 인간이 너의 주인이다."

마치 달을 인간처럼 대하는 것 같은 델리만의 모습에 모두는 멍한 눈을 할 수밖에 없었다. 주위의 시선은 신경도 쓰지 않는다는 듯 델리만이 또 입을 열었다.

"처음부터 그것을 원한 것은 너였다는 걸 알고 있다. 그러니까 내가 다른 주인을 구해준 것이다."

부정하듯 묘하게 세트르나이델이 으르렁거리자 흥 하고 코웃음을 친 델리만이 이번에는 셀브렛을 향해 말했다.

"고양이, 빨리 저 인간 옆으로 서라. 마법을 쓰겠다."

셀브렛이 멈칫멈칫 세레스와 티레스 쪽을 한 번 바라보곤 내 옆쪽으로 다가왔다.

그러자 끝내 울음을 참지 못한 세레스가 울음 섞인 말을 내뱉었다.

"셀브렛, 잘 가. 나중에 꼭 다시 와야 돼."

"응, 알았어."

"약속했으니까 꼭 지켜야 해."

어제부터 몇 번씩이나 계속했던 말이지만 짜증보다는 애처로움이 더 강하게 들렸다. 순간 아무 말도 하지 않던 티레스도 힐끔 고개를 돌리고 무거운 입을 열었다.

"잘 가."

퉁명스러운 말투였지만 티레스도 굉장히 섭섭해하고 있는 것 같았다. 차가워 보이지만 잔정이 굉장히 많은 녀석. 아무런 말도 하지 않고 난 녀석의 볼을 쓰다듬어 주었다.

그리고 마지막으로 에린을 바라보았다.

"곧 다시 뵙도록 하죠."

"네."

몸이 녹을 것만 같은 아름다운 미소를 한 번 지어 보이더니 그녀는 그렇게 내 말에 짧게 대답했다.

순간 못마땅한 표정으로 마지막 작별 인사를 하는 다섯을 바라보던 델리만이 모두를 향해 다시 말했다.

"끝났으면 물러서도록. 마법의 범위 안에 닿을 수도 있다."

엘프 자매가 뒷걸음질치자 델리만은 마지막으로 날 향해 말했다.

"보기보다 온순한 녀석이니 걱정은 하지 마."

"온순… 하다고요?"

"훗. 뭐, 네 녀석 하기 나름이겠지만 말이다."

말과 동시에 델리만은 텔레포트 주문을 캐스팅했다. 실로 엄청난 운용 능력이라고밖에 표현할 수 없는 행동이었다.

"동물을 길들인다고 생각하지 말고 새로운 친구를 사귄다고 마음을 먹어라. 내가 해줄 조언은 여기까지다."

곧 엄청난 속도로 빛의 기둥이 생겨나 셀브렛, 그리고 세트르나이델을 덮치기 시작했다. 내가 뭐라고 물어보기도 전에 델리만이 텔레포트시켜 버린 것이다.

자기 할 말만 다 해버리고 내빼는 놈만큼 재수없는 놈도 세상에 없는 법이다. 어찌 됐든 조금은 찜찜한 마음으로 나와 셀브렛, 그리고 한 다리의 특별한 말은 다시 여관 앞으로 펑, 하고 텔레포트되었다.

◆ Chapter 2 ◆

좋아해요, 선배님

신학기가 되면 필연적으로 신입생이 들어오는 법이다. 때문에 파릇 파릇한 신입생을 괴롭히고 사랑(?)해 주기 위해서 2학년으로 진급한 어설픈 상급생들은 깃털처럼 가벼운 발걸음으로 등교를 하고 있었다.

대륙 최고의 기사를 양성한다는, 속칭 히어로 클래스라고 불리는 카이리온 기사 양성 학교. 수준이 높아도 그 본질은 어른이 되기에는 멀고도 먼 어린 학생들이 공부하는 곳. 생각하는 수준도 다른 학교와 크게 다르지 않다는 것이 사실이다.

예전의 같은 반 친구들과 헤어진다는 것이 조금 아쉽기도 했지만, 그래도 새로운 만남이 기다리고 있을 새로운 교실을 생각해 보면 저절로 가슴이 두근거렸다. 애인 없는 괴로운 과거의 일 년 따윈 우주 밖으로 떨쳐 버리고 핑크 빛 학창 시절을 위해 열심히 노력하자! 성적도 중요하지만 더 중요한 것은 후회없는 인생일 테니까.

…라고 성실한 일부 아이들은 생각하고 있을지도 모르겠지만 이질적이고 어떻게 보면 조금 신비롭기도 한 검은 머리의 소년에게는 눈곱만큼도 해당되지 않는 소리였다.

여하튼 녀석의 주된 관심사는 어떻게 하면 조금 더 시간을 아끼고 일을 덜 할 수 있을까. 한 달의 용돈을 어떻게 하면 조금 더 아껴서 돈을 모을 것인가. 오늘 식당에서 쓸 요리의 재료 값을 빼돌릴 방법은 없을까? 하는 경제적이고 조금은 한심한 것으로만 가득 차 있었으니 말이다.

두말할 것 없이 녀석의 이름은 바로 베리다. 특출난 아이들이 많기로 소문난 이 학교에서조차 이상한 녀석이라고 소문난 바로 그 녀석 말이다. 물론 본인 스스로는 완강히 부정하고 있지만.

여하튼 그 베리 녀석은 힐끔힐끔 쳐다보는 주위의 시선은 조금도 눈치 채지 못하고 금전적인 사소한 문제를 고민하며 자신이 배정받은 반으로 갔다.

베리의 한 손에는 모든 반의 위치와 교무실 등 비중있는 학교의 부서들이 적힌 조그만 종이 쪼가리가 자리잡고 있었다. 신입생들과 진급해서 반이 바뀌는 학생들을 위해 만든 학교의 조그만 성의라고 하나, 사실 신입생이나 머리가 나쁜 녀석들을 제외하면 별로 소용도 없는 물건이었다. 일단 이런 것도 다 학생들의 등록금을 써서 만든 물건일 테니 아까워서라도 철저히 사용해 주는 것이 이득이란 생각을 하고 있었기 때문에 말이다.

여하튼 보통의 2학년 반과는 달리 정반대의 장소로 자리잡은 반의 위치에 베리는 조금 이상하다는 생각을 했지만 큰 걱정은 하지 않고 있었다. 큰 사건 없이 좋은 성적으로 무사히 1학년을 마친 거라 할 수 있으니 아무리 귀족 중심의 카이리온 학교라 해도 별다른 차별은 하지 않을 것이라고 생각했다.

신입생으로 보이는 앳된 여학생들이 가끔 옆을 스치고 지나갔지만 베리는 별다른 관심을 보이지 않고 무심히 뚜벅뚜벅 복도를 지나갔다.

드디어 구석의 구석에 위치한 보통의 교실과는 조금 작은 그곳을 발견했을 때 베리는 반가움보다는 당혹함을 먼저 느껴야만 했다.

그곳은 초라하기보다는 기괴했다. 귀신이 사는 흉가에 느껴지는 분위기라고 해야 할까? 평소에 청소조차 제대로 하지 않은 모양인지 창문도, 출입문도, 복도도 음습하고 더러웠다.

카이리온 기사 양성 학교와는 절대 어울리지 않는 이미지… 라고밖에는 설명할 수 없는 그런 곳이었다. 그리고 왜 그런 곳이 자신의 반이라고 적혀 있는 것인지 이해하기 힘들었다.

아니, 이 학교에 이런 장소가 있었나 하는 의구심마저 들었을 정도이니 베리가 입을 벌리며 놀란 것도 새삼 무리는 아니었다.

그래도 필사적으로 마지막 남은 이성의 끈을 유지한 채 베리는 보잘것없는 고실의 문을 열었다. 나무가 마찰하면서 나는 끼기긱— 거리는 듣기 싫은 소리와 함께 문이 열리자, 순간 베리는 이성의 끈과 함께 자신의 혼마저 아스트랄한 우주 너머로 사라지는 것을 느꼈다. 그러니까 그 엄청난 정신적 충격 때문에 대략 정신이 멍해지고 뼛속까지 아픈 그런 느낌이라고 할 수 있었다.

선생님이 아직 안 왔기 때문에 아이들은 왁자지껄 떠들어대고 있었다. 여기까지는 어색함을 없애기 위해서 일부러 지나치게 소란을 피우는 신학기의 모습과 별반 다르지 않았다.

하지만 아이들의 숫자가 다른 반에 비해서 두 배 이상 적었다. 그에 걸맞게 교실의 크기도 절반 이상 크기고 말이다. 학교의 제일 구석진 데 있어서 그런지 점심인데도 불구하고 햇빛 한 점 들어오지 않는다는 것 또한 지적할 만한 것 중 하나였다.

교실만 이상한 게 아니라 아이들도 이상한 것은 마찬가지였다.

제대로 뛸 수나 있을지 의심이 갈 정도로 뚱뚱한 남자 아이, 다리를 저는 듯 움직임이 영 어색한 여자 아이, 교복을 화려하게 개조시켜서 치장한 성깔있어 보이는 여자 아이 등… 일반적인 기사 양성 학교의 모습으로는 상상조차 하기 힘든 아이들이 교실에 가득했던 것이다.

절망의 늪에서 허우적거리는 베리에게 회심의 일격을 가한 것은 다름 아닌 그의 동급생 중 하나였다.

"오오, 베리 군!"

듣기만 해도 심장이 멈추는 것만 같은 이 약간 높은 톤의 억양은… 마음속으로 수도 없이 아니라고 부정해 보지만 진실은 언제나 냉정하고 외면할 수 없는 법. 1학년 학교 생활의 절반 이상의 고민거리를 안겨주어야 했던 바로 그 녀석이었다!

"나의 베스트 프렌드! 같은 반이었던 모양이지?"

제발 이게 사실이 아니라고 누가 내게 말해 줘! 엄청난 충격에 휩싸인 베리는 두 손으로 머리를 움켜쥔 채 그렇게 속으로 외치고 또 외쳤다.

"하하, 우리의 인연이 질기긴 질긴 모양이야. 안 그런가?"

"…악연이라고밖에는 말할 수 없군, 이건."

"재회의 기쁨을 노래로 표현하고 싶군!"

"제, 제발 참아줘!"

이상한 아이들이 엄청 많은 곳에서 '뭐야, 저 이상한 녀석은?' 이라는 취급받는 건 죽어도 사양이었던 베리였다. 엄청난 속도로 카루 녀석의 목을 낚아채 빈자리로 갔다.

"캑컥, 자네도 반가움의 표현이 좀 과격하군 그래."

"그런 말투 좀 제발 쓰지 마, 닭살 돋으니까."

"내 말투가 뭐 어때서?"

"알면서 남을 괴롭히는 건 사디스트고, 모르면서 남을 괴롭히는 건 무지. 무지는 때때로 엄청난 죄가 되곤 하지. 네가 어느 쪽인지 나는 잘 모르겠군."

비아냥거리는 베리를 향해 카루가 씨익 하고 능글맞은 미소를 지어 보였다.

"그렇게 남의 시선에 맞춰서 사는 건 피곤할 텐데. 조금 더 자신감을 가져 보라고. 뭐든지 긍정적으로 생각하고 행동하는 게 좋으니까 말야."

"그럴지도 모르지. 여하튼 난 조용히 살고 싶다고."

대화를 끝내고 베리는 다른 쪽으로 눈을 돌려 다시 한 번 교실 안을 둘러보기 시작했다.

차라리 모든 게 꿈이었으면 좋겠지만 눈에 보이는 모든 풍경도, 허벅지를 고집으면서 느껴오는 이 고통도, 그리고 뭐가 그리 기분이 좋은지 옆에서 노래를 흥얼거리는 카루 녀석까지 모든 것이 냉정한 현실이었다.

'젠장.'

시간이 흐를수록 당했다라는 감정만 들 뿐이었다. 기본적으로 2학년으로 진급하기 위해선 성적이 어느 정도 밑받침돼야 가능한 일일 텐데 일 년 동안 지내야 할 이 반의 아이들은 좋게 말하면 개성이 엄청 풍부하고, 나쁘게 말하면 구제 불능의 모임이라고 할 수 있었기 때문이다.

뭐, 특이한 걸로 따지면 이 반에서 손꼽힐 정도로 이상한 놈이 바로 베리였지만, 자신은 스스로가 엄청 평범한 놈이다라고 생각하고 있었으니까 이런 상황이 벌어졌다는 것에 대해서 엄청 스트레스를 받는 것도 새삼 놀라운 일은 아니었다.

'냉정히 생각해 보자. 어차피 중요한 과목은 따로 지도받을 테니까 그렇게 반 배정이 중요한 건 아니라고 할 수 있잖아?'

그렇다. 1학년 때도 그랬지만, 중요한 것은 무슨 반에 소속되어 있느냐가 아니다. 중요한 것은 바로 성적이었다!

게다가 반에서 직접 수업을 받는 과목은 몇 개 되지 않았다. 점수에 큰 영향을 끼치지 못하는 역사라던가 수학 같은 기본적인 암기 과목 정도가 다였으니까.

'뭐, 아무리 반 분위기가 엉망이라 해도 열심히 하면 장땡일 테지.'

그렇게 생각해 보니 뭐, 새삼 놀라울 것도 없다는 생각이 들었다. 졸업에 큰 영향을 주는 검술 같은 과목은 수준별로 배우니까 아무리 반의 분위기가 개판이어도 그다지 영향을 받진 않을 것이다.

'그래, 고작 이런 일 가지고 포기할 수는 없지. 초심을 잃지 말자!'

아무리 힘들고 괴롭다 해도, 또 자신의 편은 아무도 없다고 해도 두 주먹 불끈 쥐고 맞서 싸워서 이길 각오로 집을 떠났다.

아무리 환경이 엿 같아도 남들보다 두세 배 노력하면 어느 정도 극복할 수 있을 것이다. 선천적으로 남들보다 뛰어난 것은 없었지만 끈기와 집념은 다른 사람에 뒤지지 않는다고 자부해 왔던 베리였으니까.

"어? 펠시 양도 우리와 같은 반인 것 같군."

열심히 각오를 다지는 베리를 향해 옆에서 대뜸 카루가 그렇게 말을 걸어왔다.

'펠시가?'

문을 열고 조용히 안으로 걸어 들어오는 여학생은 분명히 카루의 말대로 펠시였다.

성적도 나쁘지 않은 듯했고 특별히 이상할 것 없는 그녀가 왜 이 반에 들어온 것일까? 아니, 오히려 우등반에 들어간다면 이상할 것 없겠지만 열등반, 변태반에나 어울릴 이런 반에 들어왔다는 것 자체가 뭔가 엄청 수상했다.

'혹시 펠시도 나처럼 평민인가?'

생각해 보니 그건 아닐 듯했다. 작년에 반 아이들이 그녀를 대하는 것은 이질감이나 경멸 같은 감정보다 질투나 동경, 부러움, 시기심 같은 것들이 대부분이었으니까 말이다.

"곰곰이 생각한 건데 말이야."

인상을 찌푸리며 생각에 빠진 베리를 향해 카루가 진지한 눈초리로 입을 열었다.

"이 반 뭔가 이상하지 않아?"

"뭐가?"

"너도 그렇고 나와 펠시도 그렇고, 다른 아이들도 뭔가 굉장히 특별한 아이들만 뽑은 것 같은데… 어떻게 생각해?"

"동감이야."

"반 자체도 뭔가 수상한 분위기 아닌가?"

"엄청 수상하지."

"또 원래 2학년 교실은 이 부근이 아니잖아? 귀신이라도 나올 것처럼 음산한 데다가 학생 수도 적고."

동의하는 것도 귀찮아서 대충 고개를 끄덕이는 베리였다. 주의력이 산만하고 베리만큼이나 눈치가 없는 카루 녀석이 이 정도 추리를 했다는 것 자체가 칭찬받을 일이라고 할 수 있으니 다 알고 있었지만 열심히 들어주는 척하는 것이다.

"내 생각인데 말야."

"응?"

"이 반은 혹시……."

"혹시?"

"그러니까……."

"그러니까?"

"이 학교의 비밀 병기들만 모아놓은 장소가 아닐까?"

"……."

"저기 보이는 저 뚱뚱한 녀석도 그렇고, 저 화려한 교복을 입은 여학생도 그렇고 한 방면에 재주가 뛰어날 것 같은 예감이 들어!"

"그래서 비밀 병기?"

"맞아. 그런 거야! 내 직감이 틀림없어!"

"비밀 병기 반 같은 거 만들어서 뭐 하게?"

"그건 모르지. 국왕 전속 친위 기사단을 만들기 위한 포석이라던가, 학교의 중요한 대소사 일을 처리하기 위한 특별 기관이라던가."

삼류 소설에서나 나올 법한 스토리군. 반쯤 얼이 빠진 얼굴을 하고 베리는 그렇게 생각했다.

"대마왕 물리칠 용사라도 만들게?"

"그럴 수도 있지. 십 년 후 악의 대마왕이 부활하고 백성들이 혼란에 빠질 것을 대비해 나라에서는 비밀로 훌륭한 인재를 뽑는다!"

"너, 영웅 소설을 너무 많이 본 거 아니냐?"

"그다지. 뭐, 어쨌든 그럴 수도 있다는 소리야."

카루처럼 팔자 좋게 사태를 낙관해서 보는 것도 참, 어떻게 보면 복이라고 할 수 있을 것이다. 비록 낙관적인 것의 정도가 너무 지나쳐서 과대 망상에 가깝다는 것이 흠이긴 했지만.

옆에서 뭐라 떠들든 말든 무시하기로 하고 베리는 선생이 올 동안 책상에 엎어져서 휴식이나 취하는 것이 현명하겠다는 생각을 했다.

그렇게 한참을 시끄러운 아이들 속에서 책상에 엎드려 있던 베리가 다시 한 번 입을 벌리고 충격에 빠질 일이 생긴 것은 그로부터 얼마의 시간이 지나지 않은 후였다.

"저기… 이보세요. 여긴 잡상인 출입 금진데요."

웬 부랑자 같은 옷차림의 폐인이 누구의 허락도 받지 않고 대뜸 교실문을 열고 들어오자 참다못한 한 여학생이 어정쩡한 표정으로 그렇게 입을 열었다.

학생들의 불만스러운 시선을 한 몸에 받은 그 부랑자 같은 중년 사내는 아무런 말도 하지 않은 채 묵묵히 교단으로 향했다.

어색한 침묵이 좁은 교실 안에 흘렀다. 누구라도 좋으니 빨리 저 중년의 폐인 사내를 밖으로 내쫓아줘. 입을 열어서 말을 하진 않았지만 학생들의 표정은 한결같았다.

긴 회색 머리는 새집같이 엉망진창 삐죽삐죽 서 있고, 갈색의 코트는 원래 색이 그런 것인지 아니면 때가 타서 그런 것인지 분간하기 힘들 정도로 드문드문 검은색을 띠고 있었다.

지저분하게 자란 머리 때문에 어떻게 생긴 것인지 이목구비조차 확인하기 어려웠다. 씻지 않아서 몸 여기저기 시커멓게 그슬린 자국이나 기타 여러 가지 혐오감을 주는 요소로 인해 굳이 외모를 보지 않아도 사람의 인상을 찌푸리게 만드는 기운이 물씬물씬 풍기고 있는 사내였다.

사내가 입을 연 것은 학생들이 참지 못하고 한마디 하기 위해 막 입을 열려던 바로 그때였다.

"난 잡상인이 아니라 이 반의 담임이다."

순간 한겨울의 싸늘한 한기가 교실 밖에서 맹렬히 휘몰아치기 시작했다.

"네?!"

너무 황당한 나머지 맨 앞에 앉아 있던 한 학생이 그렇게 반문하자 폐인 같은 중년 사내는 조금 더 큰 소리로 모두를 향해 말했다.

"난 이 반의 담임 선생이라고 말했다."

"……"

"그러니 퇴학당하거나 자퇴하지 않는 한 싫어도 일 년 동안 내 얼굴을 보게 될 것이다."

멍하니 입을 벌린 채 베리는 이 사실을 자신이 어떻게 납득해야 하는가 하고 심각한 고민에 빠질 수밖에 없었다.

선생님이라고 하기보단 거지라고 하는 쪽이 더 사람의 공감을 살 그런 옷차림을 하고 있다는 건 제외해도, 도대체 어떻게 관리를 한 것인지 여기저기 얽히고설킨 봉두난발의 구제 불능 머리를 하고 있다는 것도 제외하고, 씻지 않아서 근처에 앉아 있는 학생이 인상을 찌푸리며 코를 막는 그런 풍경을 무시할 순 있어도, 왜 저런 폐인이라고밖에 설명 못할 인간이 이 학교의 선생으로 뽑힌 것인지⋯ 근본적이라면 근본적인 그 문제가 학생 모두의 머리를 어지럽히기 시작했던 것이다.

허스키하고 쉰 목소리가 다시 한 번 교실 전체에 울려 퍼졌다.

"큰 말썽 부리지 말고 잘 지내길 바란다. 더 할 말 없으면 오늘은 이만 해산하도록 한다! 그리고 이봐, 너. 곱상하게 생긴 놈!"

선생은 대뜸 베리를 향해 삿대질하며 외쳤다.

조금 기분이 나쁘기도 했지만 의외로 빠르게 침착성을 회복한 베리는 조용히 자리에서 일어나 선생의 말에 대답했다.

"저 말씀이십니까?"

"그래, 니가 오늘부터 반장이다."

"⋯⋯."

"반장단 빼고 집으로 돌아가도록."

우물쭈물 자기들끼리 뭐라고 속삭이던 학생들은 선생이 더 이상 아무 말도 하지 않자 집으로 돌아가기 위해 뿔뿔이 흩어져 그렇게 교실 밖으로 나갔다.

어느덧 빈 교실에 남은 것은 지저분한 외모의 선생이라고 하는 사내와 베리뿐이었다.

"오늘부터 니가 알아서 이거 작성하도록."

그가 건네준 것은 다름 아닌 출석부였다. 뭐라 대답해야 할지 고민에 빠진 베리를 향해 사내는 입을 벌리고 크게 하품을 하며 말했다.

"난 맞는지 안 맞는지 숫자만 새어볼 테니까 나머진 니가 알아서 작성해. 그리고 무슨 일 생기면 교무실 말고 휴게실이나 다른 곳 뒤져서 나한테 말하도록."

더 입을 열어 말하는 것도 귀찮은 모양인지 선생은 어기적어기적 교실 밖으로 나가 버렸다.

상황이 이렇게 되니 홀로 쓸쓸히 교실에 남은 베리만 불쌍해졌다. 새해가 밝아오고 얼어붙은 물이 천천히 녹아내리는 그 순간, 올해는 분명 좋은 일만 생길 것이 분명하다고 속으로 수도 없이 생각해 왔었는데… 하늘도 무심한지 갑자기 벌써 이런 일이 터져 버린 것이다.

지끈거리기 시작하는 머리의 통증을 무시하고 그렇게 열심히 출석부를 작성하는 베리.

'이런 짓을 일 년 동안 계속해야 하는 것인가?'

점점 눈앞이 캄캄해지고 머리 속이 백지처럼 새하얗게 지워지는 듯했다. 이것이 올 한 해에 닥쳐올 불행의 시작이라면 차라리 접시 물에 코 박고 죽는 쪽이 낫지 않을까 하는 생각도 들었다.

이러니저러니 해도 베리만큼 비관적으로 사는 학생도 이 학교에 손꼽힐지 모른다. 뭐, 이름도 밝히지 않고 학생을 해산시키는 선생 쪽도 문제가 닳은 것은 사실이지만 말이다.

그렇게 비 맞은 땡중처럼 중얼거리며 출석부를 완벽히 작성한 베리는 가방을 챙긴 뒤 천천히 교실 밖으로 나갔다.

방과 후 언제나처럼 부실에는 유유자적하게 차와 과자를 즐기는 리체와 엘티의 모습이 보였다. 방학 내내 보지 못했던 얼굴이기도 해서 조금 어색한 미소를 지어 보이며 베리는 둘을 향해 인사의 말을 건넸다.

"오랜만이네."

"아, 베리 왔구나."

"어서 와라."

씨익 웃고 있는 리체의 표정은 언제나처럼 장난기로 가득했다. 기분도 그렇고 해서 베리는 자리에 앉자마자 그런 둘을 향해 투덜거렸다.

"너희 둘은 정상적인 반이겠지?"

"정상적인 반? 아아, 그렇다고 하면 그럴 수도 있지."

"그러고 보니 베리야, 너희 담임 선생님이 그렇게 이상하다면서?"

발 없는 말이 천 리 간다는 옛말이 역시 거짓은 아닌 듯하다. 상상만 해도 끔찍한 선생의 모습을 떠올리며 베리는 추욱 어깨를 늘어뜨리고 둘을 향해 말했다.

"그냥 이상하다고 표현하기에는 부족함이 많지 않을까? 어쨌든 참 재수없게도 내가 반장으로 뽑혔다."

"뭐?! 니가 반장이라고?"

"그래."

거의 뒤로 넘어갈 정도로 크게 웃는 리체 녀석. 저절로 이가 갈리고 분노가 끓지만 필사적으로 평상심을 유지하며 베리는 다시 입을 열었다.

"뭐, 종례가 빠른 건 좋긴 하더군. 출석부 작성하느라 의미가 없어졌긴 했지만."

"베리, 너도 고생길이 훤하구나. 어쩌다가 나서기 싫어하는 니가 반장이 된 거니?"

"하고 싶어서 한 건 절대 아니고 그냥 담임이 나한테 시키더군."

그러고 베리는 대충 여러 가지 반에 대한 인상을 둘에게 말해 주었다.

한마디로 학생도 이상하고, 선생도 이상하고, 교실도 이상한 그런 괴상한 반이란 소리였다. 여하튼 재미있게 베리의 말을 듣던 엘리는 동정심 반 흥미 반 복잡한 심정을 금치 못하며 말했다.

"코인 오빠한테 조금 들은 게 있는데 말야, 그 괴상한 선생도 예전에는 굉장히 모범적이었다고 하나 봐. 초창기에는 학생들에게 인기도 많았다고 하던걸."

"농담이겠지."

"여하튼 보통 실력이 아닌 것은 확실해. 아무리 문제아 반의 담임이라고 해도 학교에서 길거리의 부랑자를 주워다가 선생으로 쓸 리는 없잖아."

생각해 보니 일리가 있는 말 같기도 했다. 인상을 찌푸리며 조용히 엘리의 말을 듣던 베리는 속으로 반쯤 수긍하면서도 고개를 가로저으며 그녀의 말에 반박했다.

"그래도 겉보기로 보면 검술은커녕 개 한 마리 못 잡을 인간 같던데. 내 눈으로 직접 보기 전에는 믿을 수 없을 것 같아."

"뭐, 자신의 눈으로 직접 확인하는 게 제일이겠지."

"그런데 베리야, 너 그런 반으로 기말 실전 테스트 잘 받을 수 있을 것 같아? 학생 수도 다른 반에 비해서 엄청 적다면서?"

갑작스레 표정을 바꾸며 베리에게 질문하는 리체. 그녀가 말하는 질문의 요지를 파악하지 못한 베리는 순간 당황할 수밖에 없었다.

"기말 실전 테스트라니? 그건 또 뭐야?"

"야, 설마 너 그런 것도 모르고 있었던 거야?"

"모르는데."

"으이구, 이 바보야! 그러니까 평소에 애들이 하는 말 좀 주의 깊게 들어야지!"

"나 먹고 살기에 바쁜데 그럴 여유가 어디 있냐."

"됐다, 됐어! 여하튼 기말 실전 테스트는 말 그대로 반을 주축으로 얼마만큼 실전에 적응력과 협조성이 뛰어난가 테스트하는 시험이야."

"어떻게 테스트하는데?"

"너, 검은 탑은 알고 있지?"

"그 환상의 던전 만드는 검은 탑?"

"잘 알고 있군. 그 환상을 이용하는 거지. 3학년생들이 주로 이용하는 탑이지만 2학년생도 기말 테스트로 사용해."

"구체적으로 어떤 시험을 하는 건데?"

"시험 내용은 아무도 몰라, 해마다 바뀌니까. 몬스터 토벌일 수도 있고, 인질 구출일 수도 있지. 여하튼 중요한 건 반 전체 테스트로 성적이 나쁜 반을 결정한다는 거야."

"뭐라고?!'

시체처럼 창백해진 얼굴을 하고 베리가 반문하자 리체는 그럴 줄 알았다는 듯 혀를 차며 입을 열었다.

"물론 꼴등한 반은 3학년 진급이 불가능하다고 하고."

"그, 그런 게 어디 있어!'

"나한테 얘기해 봤자 소용없다고. 뭐, 니네 반은 어느 정도 어드밴티지를 받을 수 있겠지, 질은 둘째 치고 숫자가 적으니까 말야."

성적에 지장받지 않는다는 사실을 유일한 위안으로 삼고 있던 베리에게는 리체의 말이 그야말로 사형 선고나 다름없었다. 두 손으로 머리를 움켜쥔 채 한참이나 아무런 말도 하지 못했다.

"쯧쯧. 뭐, 어쨌든 잘해보라고. 아무리 그래도 반에서 일등하는 아이라면 최소한 진급은 시켜주겠지. 게다가 넌 장학생이잖아."

"그래, 베리야. 이왕 이렇게 된 거 열심히 해봐."

두 소녀가 열심히 위로해 주었지만 베리의 기분은 조금도 나아지지 않았다.

그것은 마치 어둠 속에서 하나 남은 빛을 향해 열심히 뛰어가던 여행자가 자신이 가고 있던 길이 지옥 일번지로 통하는 길임을 깨닫는 순간과도 같았다.

"기말 실전 테스트……."

베리는 간신히 입을 열고 그 저주스러운 말을 입 밖으로 냈다. 엄청난 허탈감이 온몸을 억누르는 것 같았지만, 그래도 최후의 가능성을 찾기 위해 베리는 의자에서 몸을 일으켰다.

보석과 온갖 귀중한 수집품으로 점철되어 있는 소녀의 방은 그야말로 대낮처럼 새하얗게 빛나고 있었다. 화려하다라는 말의 극을 보여주는 느낌이랄까? 마법을 이용한 빛의 구슬들이 빈틈없이 방 안을 밝히고 있었고 그 한가운데에서 여러 명의 시녀가 아름다운 드레스를 들고 이리저리 바쁘게 뛰어다녔다.

드레스와 여러 가지 장신구 사이에 인형과도 같이 무표정한 얼굴로 의자에 앉아 있는 한 소녀가 있었다. 잘 손질된 긴 금발을 허리까지 늘어뜨리고 푸른색 촉촉한 눈으로 멍하니 방 한 켠을 쏘아보는 소녀는 그야말로 이질적인 느낌이 드는 단정한 외모의 소유자였다.

조금은 날카로운 느낌이 드는 쌍꺼풀의 푸른 눈은 어느새 시녀 중 한 여성에게로 가 있었다. 소녀의 시선을 받은 풍만한 체구의 여성은 넉넉한 미소를 지어 보이며 입을 열었다.

"피곤해도 조금 참으세요, 기사님에게 예쁘게 보여야 하니까."

"그 사람은 아직 기사가 아닌걸, 유모."

"그래도 몇 년 후면 훌륭한 기사가 되겠죠."

"여하튼 졸리니까 빨리 끝내."

"조금만 더 기다리세요."

"그 말은 30분 전에도 했었다구."

"그럼 30분만 더 기다리세요."

소녀의 하얗고 아름다운 이마가 살짝 찌푸려졌다. 그런 그녀의 날카로운 시선을 무시하고 유모는 즐겁다는 듯 미소 지으며 이것저것 아름다운 드레스를 입히고 벗겼다.

아직 다 성장하지 않은 소녀의 하얀 몸은 작은 은어처럼 가늘고 눈부셨다. 여러 번 겪어봤던 듯 조금의 어색함이나 부끄럼없이 소녀는 시녀들의 손에 몸을 맡겼다.

한참을 오도카니 자리에 일어서서 방 한곳을 노려보던 소녀는 갑자기 뭔가 생각이 난 듯 눈을 빛내며 유모를 향해 말했다.

"근데 유모, 나 처음 그 사람을 만난 것 기억해?"

"네, 기억하죠. 상처 입은 짐승 같은 이미지였다면서요?"

"응. 맞아, 그랬어."

덫에 걸린 늑대 새끼와 같은 이미지를 받았다고 할까. 어쨌든 소녀에게 있어 그 소년은 충격적이고 또한 감동적인 첫인상을 남겨주었다. 그래서 우연치 않게 장난 삼아 아버지에게 말해 본 것이 이런 상황까지 도달하게 했고 말이다.

"근데 아빠는 말야, 아빠 말고 다른 남자가 내게 접근하는 걸 끔찍이 싫어하는 사람이었잖아?"

"그렇죠. 주인님은 아가씨를 지나치게 사랑하시니까."

"근데 이번에는 왜 다른 거야? 큰 파티가 있다고 해도 아빠가 이렇게 직접 준비하시지는 않았잖아."

"글쎄요. 저야 명령받은 대로 할 뿐이니까요."

"뭔가 이상해. 숨겨놓은 비밀이 있는 것 같아."

눈에 넣어도 아프지 않은 딸이라 해도 과언이 아닐 정도로 사소한 투정 하나라도 놓치지 않고 들어주는 과잉 보호 그 자체. 단순한 딸 사랑을 넘어서서 주위의 눈살을 찌푸리게 할 정도로 소녀를 사랑하는 아버지였던 것이다.

'게다가 처음에는 그렇게 반대했으면서.'

처음 소년의 이야기를 들었을 때에 그녀의 아버지가 취했던 행동은 그야말로 폭주하는 괴물과도 같았다. 예상한 바와 같은 그의 대응에 소녀도 적잖게 실망하였지만 언제나처럼 쓴웃음 짓고 잊으려 노력했다.

사실 예전부터 소녀에게 접근하는 남자는 무수히 많았다. 그중에 그녀의 호감을 산 남자도 드물지만 몇 있었고 말이다.

하지만 그녀의 아버지의 반응은 한결같았다. 불같이 맹렬한 반대. 자신의 눈에 흙이 들어가기 전에는 절대 교제를 허락하지 못한다는 것이다.

농담 삼아서 다른 나라의 왕자가 청혼한다고 해도 거절할 것이다, 라고 말해 왔던 소녀의 아버지이다.

뭐, 이번에도 반쯤은 호기심으로 시작한 일이나 그렇게 후회는 하지 않았던 소녀였다. 그렇게 며칠이 지나고 점점 그녀의 기억 속에서 소년의 모습이 잊혀져 갈 때쯤 갑작스레 소녀의 아버지는 그녀에게 엄청난 말을 내뱉었다.

"너, 아직도 그 애송이가 좋으냐? 좋아, 그렇다면 죽을 각오로 고백해 봐라. 대신 후회는 하지 않기로 약속해야 한다."

이 나라에서 제일 부유한 남자답지 않게 그의 표정은 초조함으로 가득했다.

진지한 아버지의 말에 소녀는 반문하는 것도 잊은 채 멍하니 바라만 볼 수밖에 없었다.

"내 딸이니까, 난 널 믿는다."

확실히 뭔가 이상했다. 아무리 눈치가 없는 소녀라고 해도 갑작스런 아버지의 변심에 이질감을 느끼는 것은 당연한 일이었다.

입심과 배짱이라면 둘째가도 서러워할 소녀의 아버지였다. 귀족으로서의 지위는 낮은 편이었지만, 그 재산과 능력 때문에 왕조차도 쉽사리 대하지 못했다.

게다가 장래성이 없는 것은 아니었지만, 소녀에 비하면 소년의 명성과 능력은 그야말로 태양 앞에 반딧불이 같았으니… 굉장한 귀족의 외동아들조차 쉽사리 접근하지 못하게 했던 그녀의 아버지로선 파격적인 변신이라고밖에 설명할 수 없는 일이었던 것이다.

"베리 코퍼슨……."

순간 소녀, 아니, '아이샤'의 입에서는 짧은 말이 새어 나왔다. 옆에서 다른 시녀에게 잡다한 명령을 내리고 있던 그녀의 유모는 자신에게 무슨 명령이라도 한 것인 줄 알고 반문할 수밖에 없었다.

"아가씨? 뭐 할 말씀이라도 있으세요?"

"으응, 아무것도 아냐."

상처 입은 늑대 새끼와도 같은 소년 베리에게 일말의 관심을 가지고 있었던 아이샤는 그런 유모의 말에 아무렇지도 않다는 듯 표정을 추슬렀다.

유모가 다시 옷에 치장할 보석과 액세서리를 주의 깊게 둘러보기 시작하자 아이샤는 상념에 빠져 들어갔다.

검술 과목 교육 시간이 다가오자 아이들은 제각각 의자에서 몸을 일으켰다. 옆에서 종알종알 시끄럽게 떠드는 카루를 무시하며 베리가 천천히 걸음을 옮기려는 순간이었다.

갑작스레 부랑자 같은 차림새의 담임이 교실 안으로 들어와서 꽝 소리가 울려 퍼지도록 문을 닫고 외쳤다.

"모두 어디 가나? 어서 자리에 앉아라!"

어이없는 그의 말에 반장인 베리는 어쩔 수 없이 앞에 나서서 입을 열었다.

"검술 실기 시간이라서 수업 받으러 가는 것입니다."

"검술? 훗, 너희의 검술 지도를 담당할 사람은 나니까 걱정하지 말고 의자에 앉아라."

"네?!"

그의 말이 의미하는 것이 무엇인지 깨달은 학생들은 순간 입을 벌리고 경악의 목소리로 외칠 수밖에 없었다. 그중에서 제일 충격을 받은 베리는 거의 졸도할 것 같은 파리한 인상을 한 채 서 있었다.

"빨리 의자에 앉아라. 곧 수업을 시작하겠다."

"저, 저기, 선생님. 정말 선생님이 우리 반의 검술 지도를 담당하십니까?"

"무슨 소리 하는 거냐? 내 말을 못 믿겠다는 건가?"

"아, 아닙니다."

그중에서 제일 용감하고 정신 상태가 양호한 한 남학생이 물었지만 부랑자 같은 선생의 살기에 젖은 눈빛에 곧 움츠러들 수밖에 없었다.

학생들이 모두 정해진 자리에 앉자 선생은 잠시 목을 가다듬고 기침을 하기 시작했다. 순간 후각이 발달된 학생 중 몇은 선생이 취한 상태라는 걸 알 수 있었다. 적긴 하지만 입에서 술 냄새가 풍겼던 것이다.

"방금 전에도 말했듯이 오늘부터 내가 너희에게 검술 지도를 할 것이다. 검술이라 하면 검을 사용해서 상대를 제압하는 것이 일차적으로 중요한 목적이기 때문에, 앞으로 엄.격.하.고.도. 강.도. 높.게. 너희를 교육할 예정이다!"

부분 강조한 단어가 학생들의 눈살을 저절로 찌푸려지게 했다. 조금도 연연하지 않는다는 듯이 선생은 다시 심드렁한 표정으로 외쳤다.

"눈치 챈 사람도 많겠지만 이 반은 낙제되고 특수한 학생들을 모아다가 묶어놓은, 한마디로 열등생과 정상적이지 않은 녀석들의 집합이라고 할 수 있다! 이 상태로 가다가는 제대로 진급하기는커녕 울며 보따리 싸고 집에 갈 녀석이 더 많겠지!"

너무나 직설적인 선생의 말에 몇몇 학생은 노골적으로 불만 섞인 표정을 드러냈다. 그런 아이들을 향해 씨익 하고 미소 띤 얼굴로 훑어보더니 선생은 다시 입을 열었다.

"뭐, 한마디로 나처럼 쓰레기인 것이다. 인생의 패배자, 즉 상처 입고 자기들끼리 자위하는 얼간이들의 모임이지."

"……."

"개중에는 쓸모있는 녀석도 있는 것 같지만 대부분 내 말에 동의할 것이다. 아니, 필사적으로 부정하는 녀석도 있겠지."

교실 안은 어느새 싸늘하고 날카로운 기운만이 풀풀 날리고 있었다.

언제 폭발해도 이상하지 않을 것 같은 그런 분위기라고 할까.

"뭐, 내가 할 소리는 아닌 것 같지만 말이다. 여하튼 선택해라. 앞으로 나와 함께 너희가 할 수 있는 일은 두 가지뿐이다."

"……."

"첫째, 잘나시고 똑똑한 부잣집 도련님들을 물리치고 보란 듯이 이 학교를 졸업해 사회로 진출한다. 아마 굉장히 힘들고 고달픈 일이 되겠지만, 이게 그래도 남 보기에도 자신을 위해서라도 나은 선택이겠지."

"……."

"그리고 둘째, '나는 그래도 열심히 노력했어. 다만 운이 안 좋았을 뿐이야' 또는 '나 같은 녀석이 뭘 잘할 수 있겠어. 그냥 튀지 않고 적당히 하면 되는 거지' 라는 쓰레기 같은 생각을 하면서 적당히 즐기다가 학교를 나가는 거다. 이건 지나가는 똥개도 쉽게 따라 할 수 있을 정도로 쉽고 간단하며 편한 선택이지."

느릿느릿하지만 칼칼한 그의 목소리는 학생 모두의 가슴에 불을 지피기에 충분했다. 직접적으로 분노하며 부정하는 녀석도 있었고, 어느 정도 공감하며 인정하는 녀석도 있었다. 여하튼 부랑자 같은 사내의 말에 학생 모두의 감정이 변한 것은 틀림없는 사실이었다.

"자, 그러니까 이제 선택해라! 두 번째 것을 선택할 녀석은 지금 당장 이 반에서 나가면 된다."

"……."

"지금 나가는 녀석들에게는 앞으로 꾸준히 평균점을 주도록 하겠다. 이건 거짓말이 아니니까 믿어도 된다."

옷차림으로는 생각할 수도 없을 정도로 예리하고 능수능란한 선생의 말이었다. 동요한 학생들은 크게 술렁이며 자기들끼리 무엇이라 의견을 나누기 시작했다.

"참고로 남은 녀석은 '지옥'을 경험할 각오를 해야 할 것이다. 미리 경고해 두는데 나는 어중간한 것을 매우 싫어한다."

"……."

"또 여자라고 봐주는 것은 절대 없다. 난 공정한 사람이니까. 자, 어서 열심히 생각해라. 시간은 지금부터 약 5분 정도 주도록 하겠다."

말이 나온 순간부터 카드를 쥔 쪽은 이미 선생이었다. 느릿느릿한 몸짓으로 문으로 다가간 선생은 마지막으로 학생들을 향해 여유로운 표정으로 말했다.

"참고로 '친구들이 남았으니까 나도 남는다'라던가 어중간한 각오로 첫 번째를 선택하는 사람은 자퇴서 쓸 각오를 해야 할 것이다. 그리고 난 점수 주는 것이 매우 인색한 사람이니까 그 점도 유념하도록 하고."

말이 끝나자마자 선생은 다시 귀가 울릴 정도로 꽝— 소리를 내며 교실의 문을 닫고 나가 버렸다. 순간 수군거렸던 학생들이 쥐 죽은 듯 아무런 말도 없이 조용해졌고, 어떻게 결정을 내리면 좋을지 생각하기 위해서 제각각 상념에 빠져 들어갔다.

5분 후 단 한 사람도 교실을 나가지 않았음을 알고 선생은 입이 찢어져라 웃으며 말했다.

"지옥에 온 것을 환영한다! 내 이름은 레가스, 앞으로 너희를 인도할 사신이니 잘 기억해 두길 바란다."

자신이 선택한 결과였지만 그런 레가스의 악마 같은 미소에 벌써 모두는 불안감을 느끼기 시작했다. 어제의 부랑자 같은 이미지는 조금도 찾아볼 수 없을 만큼 강인해 보이는 그의 모습 때문에.

점점 복잡해져만 가는 사건들의 폭풍 한가운데에서 베리는 도대체 무슨 생각을 해야 할지조차 생각하지 못할 만큼 상황이 점입가경 엉망 진창으로 빠져드는 것을 느꼈다.

새카맣고 길게 뻗어난 수염이 인상을 조금 삭막하게 했지만 사내의 모습은 단정한 편이라 말할 수 있었다. 아니, 수염 자체도 남자다운 카리스마가 풍기고 있었으니까 꼭 마이너스적인 이미지라고 하기는 힘들었다.

햇빛 하나 안 드는 탑의 외딴 방은 흡사 매부리코의 마녀가 튀어나올 것 같은 그런 음산한 분위기였다. 어두운 탑의 방을 비추는 촛불을 하염없이 바라보다가 반대쪽에 있는 다른 사내가 천천히 그런 그에게 입을 열었다.

"전에 한 약속은 기억하고 있겠지?"

다른 사내, 그러니까 부랑자 같은 몰골의 레가스의 비웃음 섞인 말에 중년 남성은 살짝 인상을 찌푸릴 수밖에 없었다.

"물론."

"그렇다면 같은 말을 할 필요는 없을 듯하군. 다음 주부터 시작하도록 하겠네."

"환상이라고는 하지만 큰 충격을 받으면 생명에 지장을 줄 수도 있어."

"자네 입에서 그런 말이 나올 줄은 몰랐군. 나도 충분히 알고 있으니까 걱정하지 않아도 되네."

비릿한 미소를 지으며 고개를 돌려 자신을 노려보는 레가스에게 중년 사내가 작게 코웃음 치며 대꾸했다.

"그런데 도대체 그 꼬락서니는 뭐냐?"

"이미지 변신이라고 할까? 활동하기에는 이쪽이 더 편할 것 같아서 말야."

"너답지 않은 모습이군."

쿡쿡, 웃음을 터뜨리는 것으로 대답을 대신하고 레가스는 서서히 낡은 나무 의자에서 몸을 일으켰다.

삐걱거리는 소리와 함께 레가스는 낡은 문을 향해 다가갔다. 회색의 머리카락 뒤에 숨겨진 그의 표정은 흡사 배부른 포식자가 장난 삼아 초식동물을 죽일 때의 그것과 비슷했다.

십 년은 더 늙어 보이는 모습으로 베리는 천천히 식당의 문을 열었다.

바람의 정령 실프를 가지고 놀기에 정신이 없었던 셀브렛은 뒤늦게 그런 그의 존재를 눈치 채고 장난기 가득한 미소를 지으며 말을 건넸다.

"베리 오빠, 학교는 즐거웠어?"

침묵으로 대답을 대신한 베리는 털썩 테이블 한 켠의 의자에 주저앉았다. 검지손가락으로 볼을 긁으며 무안해하는 셀브렛은 포기하지 않고 다시 입을 열었다.

"표정을 보니까 별로 즐겁지 않았던 모양이네. 나라면 새로운 친구들도 많이 사귀고 좋을 텐데."

"세상일이 그렇게 쉽게 풀리진 않는 법이란다."

"왜?"

"저마다 하고 있는 생각, 추구하는 삶의 방식, 가치관이 다르니까."

"헤에~ 굉장히 어려운 말을 하네. 베리 오빠답지 않게."

"그건 니가 바보라서 그런 거고."

힘없이 중얼거리는 베리의 말에 입술을 내밀어 보이며 인상을 찌푸린 셀브렛. 부아가 치밀어 올라 한마디 쏘아붙여 줄 참에 등 뒤에서 시아가 뚜벅뚜벅 걸어와 말했다.

"다녀오셨어요."

주변의 공기가 저절로 따뜻해지는 그런 미소였다. 뭐, 기분이 꿀꿀한 덕에 베리는 고개를 돌려 바라보지도 않았지만.

검술대회가 끝나고 묘하게 베리와 시아의 분위기가 다정한 것을 눈치가 없는 셀브렛도 알 수 있었다. 심적인 변화라고 할까. 굴곡이 심한 소년, 소녀였지만 이번에는 주변 사람들도 쉽게 눈치 챌 수 있을 정도로 사이가 돈독해져 있었던 것이다. 조금 과장되게 말하면 사이좋은 연인이라고 할 수 있을 정도라고 할까?

"응."

"기분이 안 좋아 보이네요?"

"조금. 학교에서 귀찮은 일이 있었거든."

"무슨 일?"

"굉장히 골치 아픈 반의, 골치 아픈 선생과 일 년 동안 주욱 같이 지내야 한다는 것."

"골치 아픈 반과 선생님이오?"

"응. 뭐, 성적에 관련이 없다면 그러려니 하고 넘어갈 수도 있지만."

어깨를 추욱 늘어뜨린 베리는 작게 한숨 쉬며 말을 이었다.

"반 성적이 개인 성적과도 관련되어 있어서 말이야. 덕분에 올해는 작년보다 배는 더 노력해야 할지도 모르겠어."

"그렇게나요?"

"학년이 바뀔 때마다 공부해야 할 과목의 난이도도 배는 더 올라가니까. 뭐, 3학년 때부터는 철저하게 실전 위주의 교육이라고 하지만."

시아의 표정도 대화가 진행될수록 점점 어두워져 가기 시작했다. 쓴웃음 지은 채 아무런 말도 하지 않던 베리는 만사가 귀찮다는 듯 두 손을 들어 올리며 다시 입을 열었다.

"일단 뭐, 셀브렛 녀석처럼 무사태평하게 지내는 것이 좋을 것 같군."

"무사태평? 그게 뭐야?"

"무사(武士)가 태평하게 지낸다는 뜻이지."

"왠지 아닌 것 같은데."

"나이가 먹을수록 느는 건 눈치밖에 없구나."

어렸을 때부터 인간에게 길들어져 있던 셀브렛이었지만 역시 어려운 단어의 뜻은 모르는 것이 더 많았다.

의심스러운 눈으로 자신을 훑어보는 셀브렛을 바라보며 새삼 베리는 일 년이란 시간의 흐름을 느낄 수 있었다.

확실히 묘인족의 성장은 인간과 비교할 수 없을 정도로 빠르다. 여자보다는 꼬맹이란 느낌이 강하게 들었던 셀브렛도 '여자'라는 말이 무색하지 않을 정도로 성숙해졌다.

　게다가 천성적으로 똑똑하고 귀여운 녀석이었다. 처음에는 묘인족이란 이유만으로 손님들에게 안 좋은 눈초리를 받기도 했었는데 이제는 셀브렛을 보기 위해 식당을 들락날락거리는 사람도 있을 정도였다.

　들쭉날쭉 엉망진창으로 헝클어져 있던 갈색 머리도 이제는 단정하게 등까지 빗어 내린 상태였고, 지저분하고 거칠었던 피부도 탄력있고 뽀얗게 변해 있었다.

　하나 셀브렛의 그런 빠른 성장도 놀라웠지만 느리지만 갈수록 여성스러워지는 시아의 변화는 더 놀랍다고 할 수 있었다.

　아직은 앳된 모습이 강하게 들지만 키도 꽤 크고 전체적인 볼륨도 척 보면 눈치 챌 수 있을 정도로 성숙했다. 귀여운 모습에서 예쁘다라는 모습으로 변하고 있다고 할까. 전체적인 분위기도 그렇고 육체적으로나 정신적으로나 일 년 전과는 몇 단계 더 성장한 것이 틀림없었다.

　"……"

　사실 겉모습이 변한 걸로 따지면 저 두 사람보다 베리가 한 수 위였다.

　정작 자신은 눈치 채고 있지 못했지만 일 년 동안 뼈빠지게 검을 휘두르며 수련에 전념했던 베리의 몸은 처음의 볼품없고 부실했던 것과는 달리 적당히 근육이 붙은 단단한 것으로 변해 있었다.

　하루가 다르게 키도 점점 커지기 시작했고 말이다. 처음 검을 들었을 때는 보기만 해도 웃음이 터져 나올 정도로 엉망진창 애송이 같은 모습이었지만 고된 훈련의 성과인지, 이제는 겉보기에 위화감이 없을 정도로 발전되어 있었다.

"그러고 보니 머리가 좀 길었군. 아이린 누나한테 잘라달라고 부탁할까?"

"머리 기른 쪽도 보기 좋은데요 뭐."

"귀찮은데. 시야도 가리고, 붙잡히고, 감기도 불편하고."

"그래도 조금 더 길러봐요. 예전에 저한테도 머리 길러보라고 말했잖아요."

"그랬던가?"

"그래서 저도 죽 기르고 있는데, 기억 안 나시나 보죠?"

"생각해 보니 그랬던 것 같기도 하네."

"나만 기르는 건 공평하지 않아요."

뒷목을 덮는 베리의 검은 머리를 쓰다듬으며 시아는 다시 한 번 부드러운 미소를 지어 보였다.

"제가 매일 엉키지 않고 단장하게 빗어주고 있잖아요."

"일분 일초라도 시간이 아까우니까."

"그렇게 싫은 거예요?"

"아니, 뭐… 크게 상관은 없지만."

"그럼 기르세요."

조금 투덜거리는 베리 녀석의 뒤로 걸음을 옮겨 어린아이를 달래듯 부드럽게 말하며 베리의 등에 얼굴을 파묻는 시아였다.

'요즘 들어서 일방적으로 내가 당하는 느낌이 드는군.'

꼭 나쁘다고 볼 수는 없지만 왠지 모르게 한편으론 심통이 생기는 건 어쩔 수 없었다. 나중에 한번 따끔하게 말해 주기로 하고, 베리는 한숨을 쉬며 부드러운 등의 감촉과 온기를 즐겼다.

아이스= 라세이넌. 대륙에 손꼽히는 거상(巨商) 레하넌 라세이넌의 단 하나뿐인 혈육이자 카이리온 귀족들의 파티와 행사 시 꼭 초청해야만 하는 여성 톱텐에 들어갈 정도로 아름다운 소녀.

어려서부터 많은 사람들에게 존경과 질투의 눈초리를 받고 자란 그녀의 성격은 환경 그대로 적지 않게 삐뚤어진 것이 사실이었다.

원하는 것은 무리하지 않는 범위 내에서 무엇이든지 이룰 수 있는 사람이 있다면? 당연히 중도와 절제가 부족하고 오만함이 쌓일 것이 분명하다면 분명한 법이니까.

뭐, 겉 다르고 속 다르게 행동하는 것과 최대한 약점을 가리고 화려하게 자신을 치장하는 것이 귀족 소녀들에겐 제일 중요한 덕목이므로 대중들에게 비춰진 그녀의 이미지는 교양있고 예의있으며, 감히 올려다보지도 못할 정도로 고귀한 존재였다.

지나치게 포장되어 미화된 그녀의 실제 모습은 대부분의 남자가 상대하지 못하고 물러설 정도로 성격이 엉망이었지만.

여하튼 그런 그녀와 같이 수업을 받는다는 사실 자체가 귀가 얇은 소년들의 마음을 흔들기에 충분하고도 남을 큰 사건이라 할 수 있었다.

카이리온 기사 양성 학교 여자 신입생 중 특별 취급을 받는 소녀는 둘. 그중에 하나인 그녀였으니 주위의 관심이 절로 쏠리는 것이 당연하다면 당연한 것이다.

쉬는 시간 내내 주위로 벌 떼같이 몰려든 여학생과 멀리서 옷깃이라도 스치기 위해 주춤거리는 남학생들의 모습은 한마디로 추하다라고밖에 할 수 없었다.

이미 일상화되어 있는 풍경인 듯 아이샤의 얼굴엔 은은한 미소가 떠돌고 있었다. 똑같은 교복의 똑같은 사람이었지만 선천적이고 후천적인 노력으로 가꾸어진 그녀의 모습은 주위 공기의 흐름을 숨 막히도록 경직시키는 마력을 가지고 있었다.

가끔씩 손이라도 흔들거나 윙크라도 하는 날이면 남학생들은 벼락이라도 맞은 듯 움찔거리며 얼굴을 붉혔다. 좀 과장되게 말하면 소설에서나 일어날 법한 그런 일이 실제로 벌어진다고 할까. 뭐, 기절해서 실신하거나 눈을 뒤집고 헬렐레 하는 그런 광경은 없었지만.

'바보들 같으니.'

계획대로 잘 풀려 나가는 것 같아서 아이샤는 일단 어느 정도 만족감을 느꼈다. 마치 공주님처럼 자신을 우러러보는 남자 아이들의 눈초리, 그 사이에서 질투 섞인 모습으로 흘겨보는 소녀들……. 모든 것이 예상대로 펼쳐진 그녀의 주위 풍경이었다.

오히려 방해 요소가 눈곱만큼도 없다는 것이 조금 아쉽기도 했지만, 대충 이것으로 만족하고 그녀는 두 번째 계획을 실행하기 위해 조용히 때를 기다리고 있었다.

기마술과 초급 마상 전투 훈련은 실기 과목 중에서 특히 중요하다고 할 만한 것 중 하나였다. 검을 휘두르고, 빠른 속도로 말을 타고, 창을 찔러가는 기사의 모습이 거의 일반화되어 있는 만큼 그 비중도 다른 것에 비해 높은 것이 당연했다.

실제로 직접 말을 타고 공격하는 기술 등 모든 것을 가르치는 선생인만큼 레이젠의 말 다루는 솜씨는 훌륭했다.

카이리온 기사의 의무 중 하나가 후배를 양성하는 것이기 때문에 모든 기사는 의무적으로 일 년 동안 학교에서 봉사해야만 한다. 그리고 그 기사들은 졸업한 모교에서 활동하는 것이 대부분이다.

레이젠도 카이리온 기사 양성 학교 출신이었다. 귀족이라 해도 실력이 없으면 살아남기 힘든 세계에서 견딘 만큼 그런 그의 자부심은 대단했다.

대부분의 무능력한 귀족들과는 달리 지식도 풍부한 편이었고 기사로서 실력도 훌륭했다. 실력과 환경을 비추어볼 때 그런 그가 자신 스스로에 대해 자부심을 가지는 것은 당연하다고 볼 수 있었다.

직접 지원해서 전쟁터를 뛰어든 일은 수도 없이 많았고 공을 세운 일도 적지 않았다. 문무를 비롯해 그 가문의 명성과 뒤끝이 없는 말끔한 성격으로 과거에는 귀족 소녀 여럿을 홀렸다는 소문도 떠돌 정도였다.

당연히 학생들에게 인기도 대단했다. 우락부락하고 강압적인 다른 선생과는 달리 그의 수업 방식은 대단히 신사적이었으니 말이다.

아름다운 아내가 첫 번째 딸을 낳고 요양 중이라 몸이 근질거리는 것을 필사적으로 참고 학교에서 학생들을 지도한 지도 어느덧 일 년의 시간이 흐른 상태. 조금만 더 참고 견디면 기사로서의 지겨운 의무도 끝인 것이다.

'이놈은 그럭저럭 쓸 만하군. 저놈도 괜찮은 듯하고.'

어쨌든 그런 그가 눈을 빛내며 학생들의 말을 관찰하고 있었다.

기본적으로 학생들은 얼마 동안 자신이 고른 말을 학교 마구간에 맡긴다. 대륙 최고 규모의 마구간인만큼 그 규모는 어마어마해서 보는 사람의 입을 다물지 못하게 한다. 그 엄청난 규모로도 학생 전부의 말을 수용할 수 없었기 때문에 정기적으로 맡기고 반환하는 시스템을 쓰고 있다.

뭐, 말만큼 민감한 동물이 없다고 해서 학교의 제일 변두리에 위치해 있고 출입자도 통제하고 있는 형편이니까 평범한 학생들이 실제로 견학하는 경우는 드물었지만.

여하튼 학생들의 말에 이상이 없나 꼼꼼히 탐색하던 레이젠의 시선은 어느 순간 칠흑처럼 시커먼 색으로 점철된 한 마리의 거대한 말에 고정되었다.

그 말의 이름은 다름 아닌 세트르나이델. 이름 그대로, 평범한 말과는 비교할 수 없을 정도로 굉장한 카리스마를 뿜으며 주위의 존재들을 압도하고 있었다.

삼십 년을 넘게 살면서 숱한 명마를 보아왔지만 이번만큼은 레이젠도 놀라워할 수밖에 없었다.

"이 말은 누구 것이지?"

꿀꺽 침을 한 번 삼키며 긴장을 갈무리한 레이젠은 학생들을 둘러보며 말했다.

잠시 후 학생들 속에서 베리가 슬쩍 손을 들고 대답했다.

"제 말입니다."

"굉장한 말이군. 이름이 뭔가?"

"세… 나이델입니다."

"세나이델? 이름도 좋군."

"감사합니다."

"그런데 내가 한번 타봐도 될까?"

레이젠은 물론 자신의 말을 가지고 있었다. 그것은 명마라고 할 수는 없지만 그래도 굉장히 빠르고 혈통 좋은 축에 속하는 말이었다.

또 일반적으로 선생이 학생의 말을 타는 경우는 없었다. 하지만 명마에 대한 유혹은 주위의 시선을 무시할 만큼 컸던 것이다.

이런 일이 벌어질지 예상하지 못했던 베리는 식은땀을 흘리며 당황할 수밖에 없었다.

"흉포한 녀석인데……."

"하하하! 자네가 내 솜씨를 의심하는 건가? 뭐, 걱정하지 않아도 되네."

"그, 그렇지만……."

"거절하지 않는 걸로 알고 한번 타보도록 하지."

훗— 하고 미소 지으며 레이젠은 세트르나이델의 고삐를 붙잡았다.

앞으로 벌어질 일을 예상한 듯 베리는 한 손으로 이마를 짚으며 고개를 돌렸다. 차마 그 광경을 바라볼 용기가 없었던 것이다.

그리고 잠시 후,

"으아아!!"

바람이 휘몰아칠 정도로 엄청난 속도와 힘으로 세트르나이델이 고개를 휘저었다. 그리고 태풍에 휩쓸린 젓가락마냥 레이젠은 한참 떨어진 흙바닥으로 내동댕이쳐졌다. 순간 학생들의 고개와 눈이 날아가는 새를 뒤쫓는 것처럼 움직인 것은 말하지 않아도 될 일이다.

때는 이미 완연한 봄이었지만, 얼음 파편이 쏟아지는 것처럼 엄청난 한기가 학생 모두를 차갑게 하는 듯했다.

얼굴이 흙더미에 처박힌 채 대자로 널브러져 있는 레이젠은 한동안 그렇게 기절한 듯 몸을 움직이지 못한 채 굳어 있을 수밖에 없었다.

'이런!'

베리와 레이젠은 울고 싶을 뿐이었다.

말똥이 조금 함유된 짙은 색 흙덩어리를 손수건으로 한 번 닦아내고는 레이젠은 짐짓 아무렇지도 않은 듯 웃으며 말했다.

"하하하… 성질이 대단한 놈이군."

"하. 하. 하."

레이젠 선생의 '상큼한' 웃음에 학생 모두는 어색한 웃음으로 응수할 수밖에 없었다.

그 한가운데에서 당장이라도 죽을 것처럼 괴롭게 서 있는 베리를 향해 선생은 다시 입을 열었다.

"이런 녀석을 길들이다니. 학생 이름이 뭔가?"

"베리 코퍼슨입니다."

있는 힘을 짜내어 간신히 말하는 베리. 영원히 기억해야겠다고 다짐하며 레이젠은 슬며시 고개를 끄덕였다.

"아침을 안 먹어서 내가 힘이 없었던 것이네. 하하하. 그럼 이젠 제대로 시도해 보지."

다시 한 번 시도한다는 선생의 말에 베리의 표정은 엉망진창으로 구겨졌다.

하지만 무슨 일인지 이번엔 고삐를 잡아도 가만히 있는 세트르나이델 녀석.

속으로 안도의 한숨을 내쉬고 능숙한 솜씨로 레이젠은 안장을 걸터앉았다.

"하하하! 어떤가?"

경직되어 있는 학생들의 표정이 한결 밝아지려는 순간이었다.

베리는 선생이 제발 이 정도로 만족하고 녀석의 등에서 내려오길 빌었다.

그러나 선생은 무리한 욕심을 부렸다. 그것은 소중한 생명이 걸려 있을 만큼 무모하고 또 어리석었으며 용감한 행위였다.

용감한 - 선생은 가볍게 채찍으로 세트르나이델의 엉덩이를 친 것이다!

학생들은 흑색의 거대한 몸체가 순간 부풀어 오른다는 느낌을 받았다. 그리고 잠시 후 예고도 없이 물 찬 제비처럼 흑마는 질주하기 시작했다.

쏘아진 화살처럼, 바람 빠진 풍선이 날아가는 것처럼 엄청난 속도로 세트르나이델은 앞으로, 옆으로 종잡을 수 없이 몸을 날렸다.

아무렇지도 않다는 듯 미소 짓고 있던 레이젠의 얼굴은 귀신을 앞에 둔 어린아이처럼 공포에 질린 것으로 돌변한 지 오래였다.

"어, 엄마아―!!"

레이젠은 진심으로 공포에 휩싸여 소리를 질렀다. 그것은 피가 튀기고 살점이 날아가는 전쟁터에서조차도 내지 않던 원초적인 비명이었다.

하지만 학생 그 누구도 기사답지 않은 그의 비명을 비난하지 않았다. 아니, 오히려 동정하고 이해했다. 베리를 제외하곤.

세트르나이델이 좌우로, 그리고 하늘 높이로 심하게 요동칠 때마다 선생의 몸은 태풍이 몰아치는 파도처럼 위아래로 움직였다.

그리고 잠시 후,

"나, 난다!"

새는 날 수 있다. 하지만 말은 날지 못한다. 인간은 말할 필요조차 없다.

하지만 말과 인간이 공중으로 날아오르고 있었다. 그 광경에 학생 모두는 입을 벌리며 기절할 것처럼 소리 질렀다.

세트르나이델이 거대한 울타리를 뛰어넘었다. 착지의 충격을 견디지 못하고 레이젠은 잠시 후 튕기듯이 안장 밖으로 내팽개쳐졌다.

그 찰나의 순간, 엄청난 속도로 베리는 주문을 캐스트했다. 그것은 그의 평생의 노력이 담긴 필사적이고 숭고한 몸부림이라고 할 수 있었다.

"그리스(Grease)!"

그 순간 레이젠은 주마등처럼 자신이 살아왔던 인생을 떠올리고 있었다. 기마술 지도 선생이 낙마해서 죽다니……. 이것은 자신의 가문에 먹칠할 것이 틀림없었다.

한줄기 눈물이 허공으로 흩어졌다. 죽음을 앞둔 사형수가 자신의 목을 향해 떨어져 내리는 길로틴을 바라보는 것과 같은 심정으로 그의 눈은 갈색의 땅에 고정되어 있었다.

픽!

그러나 기적과도 같이 한발 앞서 주문이 완성되었다. 죽음은 면했지만 레이젠의 몸은 갯벌의 지렁이처럼 진흙더미로 뒤덮였다.

레이젠은 자신의 부인, 그리고 몇 살 되지 않은 딸의 이름을 속삭이며 그대로 눈을 감은 채 기절했다. 동시에 그의 사타구니에서 노란빛 액체가 바지를 적셨다.

한번 당한 술수에 또 당하지 않는다는 듯 세트르나이텔은 엄청난 움직임으로 균형을 잡더니 묘한 콧소리를 한 번 흘리곤 다시 어디론가 질주해 갔다.

그 모든 광경을 이해하기 위해 학생들은 한참 동안 아무런 말도 하지 않은 채 석상처럼 굳어 있을 수밖에 없었다.

소나기라도 내릴 모양인지 맑았던 푸른 하늘에 회색 빛 구름이 몰려들기 시작했다. 그리고 한 소년의 마음속에서도 차디찬 폭풍우가 몰아치고 있었다.

모든 수업이 끝나고 베리는 교실에 남아 출석부를 차근차근 기입하기 시작했다. 평소라면 아무도 없어서 을씨년스러울 교실이었지만, 오늘만큼은 일방적인 두 소년의 말소리로 인해 시장통처럼 시끌벅적거렸다.

"점심에는 정말 대단했어. 난 그렇게 높이 뛰는 말은 본 적이 없었다니까! 그 선생, 솔직히 느끼해서 좀 짜증났었는데 쌤통이라는 생각도 들었고 말야."

특유의 호탕한 웃음을 날리며 카루 녀석이 옆에서 재잘재잘 떠들고 있었다.

"응, 맞아. 나도 그렇게 높이 뛰는 말은 처음 봤어."

카루 녀석이 시끄러운 것은 하루 이틀이 아닌 일이었으니까 참고 넘어갈 수 있지만, 거기에 합세해서 오늘은 다른 소년까지 맞장구치며 시끌벅적하게 떠들고 있었다.

"하하하! 너도 그랬구나, 스테핑! 얼마나 놀랐으면 애들이 말이 날기 시작하는 줄 알고 착각까지 했을까! 여하튼 베리 녀석 말이 대단하긴 대단해!"

"저기… 내 이름은 스테빈인데."

"미안미안. 그런데 그 레이젠이란 선생은 어떻게 됐을까? 무서워서 오줌까지 쌌던데."

"곧장 양호실에 가서 치료받았다고 하던데. 외적인 상처는 크지 않지만 심리적으로 많이 불안하다고 그러더라."

"조금 불쌍하기도 하군. 그래도 솜씨만은 괜찮았던 선생이었는데. 쯧쯧. 안 그러냐, 스테핑?"

"…스테빈인데."

혀를 차며 건성으로 동정하는 카루를 향해 스테빈은 머리를 긁적이며 혼잣말을 했다.

뭐가 그리 기분 좋은지 웃으며 떠드는 바보 만담 콤비를 보며 베리는 작게 한숨을 내쉬었다. 자신은 아까부터 도살장에 끌려가는 소처럼 엉망진창인 기분인데 비웃는 것처럼 옆에서 저런 소리를 하고 있으니 말이다.

"베리는 참 대단한 것 같아."

두 손을 가지런히 모으고 스테빈은 얼굴을 붉히며 속삭였다.

"저 녀석 왜?"

"나 작년부터 쭉 베리를 봐왔거든."

"아, 스테핑! 설마 너 스토커였냐?"

"바보야. 스테빈은 작년에도 우리랑 한 반이었잖아."

"아, 그랬나?! 미안해, 스테핑."

"괜찮아. 내가 워낙 평범해서 그런데 뭐."

자신의 머리를 두들기며 어색하게 웃는 카루를 향해 스테빈은 신경 쓰지 말라는 듯 손을 흔들어 보였다.

확실히 여자 아이같이 작은 체구를 제외하면 스테빈은 지극히 평범하다고 할 수 있었다. 눈에 띄는 일 없이 조용히 뒤에서 맡은 바 일을 다하는 소극적인 아이라고 할까?

피부도 곱상하고 손발도 가늘어서 언뜻 보면 여자 아이라 착각할 정도로 작고 귀여운 아이였다. 뭐, 본인은 그런 점이 마음에 들지 않는 모양이지만.

"어쨌든 베리는 평민이지만 남들에 비해 배는 더 열심히 노력하잖아. 다른 아이들이나 몇몇 선생이 무시해도 신경 안 쓰고 말이야."

"저 녀석이 그랬나?"

"검술대회 때도 엄청 활약했잖아. 자룬 왕자하고도 친하고."

"헤어. 뭐, 그렇긴 하지."

"체구도 작은 편인데 강하고."

"좀 나쁘게 말하면 꼼수를 잘 쓴다고 해야겠지."

"그건 카루가 너무 강해서 그런 거 아냐?"

"하하하! 그런가?"

순간 베리는 왠지 모르게 스테빈에게 거부감이 들었다. 자신이 제일 경계해야 할 인간상이라고 해야 할까? 자세히 표현할 수는 없지만 대화가 이어질수록 가슴이 답답해졌다.

"난 순전히 아버지 덕분에 2학년으로 진급할 수 있었어."

"그게 무슨 소리야, 스테핑?"

"보다시피 성적도 좋지 않은 편이고 체력도 형편없어."

"아버지가 대단한 사람인가 보지."

"응."

"그래도 열심히 노력해 보지 그랬어?"

"글쎄. 열심히 해도 안 되는 건 어쩔 수 없으니까."

고개를 숙이고 침울한 얼굴로 스테빈은 속삭였다.

"얼마 전에 담임 선생님이 용기가 없는 사람은 나가라고 외쳤을 때도 난 나가고 싶었는걸. 아마 한 사람이라도 교실 밖으로 나갔더라면 나도 좋아서 나갔을 거야."

가뜩이나 왜소한 몸을 더 웅크리니 스테빈의 체구는 꼬마처럼 작아 보였다.

카루는 뒤통수를 긁적이며 아무런 말도 할 수 없었다. 그로서는 스테빈의 말과 행동이 전혀 이해가 되지 않았기 때문이다. 눈곱만큼도 구속되지 않고 자유롭게 사는 카루 녀석이 소심한 한 소년의 마음을 동정하는 일은, 역시 달팽이가 사막을 여행하는 것처럼 불가능한 일이 었으니 말이다.

"너무 그렇게 풀 죽지 마, 스테핑. 어차피 한 번뿐인 인생인데 화끈하게 살다가 죽어야지. 안 그래, 베리?"

"말 걸지 마, 이 바보야."

"하하하! 어쨌든 할 수 있는 데까지 해보고 안 되면 그냥 웃어넘기면 되지. 너무 그렇게 심각하게 고민하지 말라고."

"으응."

카루는 스테핑의 작은 어깨를 두들기며 교실이 흔들릴 정도로 웃어댔다.

"자, 그럼 베리 녀석의 말 세나이델을 위해 내가 노래 한 곡 부르도록 하지."

"제발 좀 닥쳐 줘, 정신 산만하니까."

베리가 옆에서 목을 조르고 옆구리를 찔러도 카루 녀석은 큰 소리로 웃으며 노래를 불렀다. 승리한 기사를 찬양하는 내용의 유명한 행진곡을 즉석에서 개사한 노래를 말이다.

옆에서 조용히 바라만 보던 스테빈마저 카루 녀석의 노래를 따라 부르자 베리는 포기하고 조용히 출석부 작성에 전념하기 시작했다.

한참을 떠들썩하게 노래를 부르고 웃는 가운데 베리가 괴로워하며 문서를 조성하던 그때,

똑똑.

노크 소리가 들려왔다.

너무 떠들어 다른 선생이 주의라도 주러 온 것 같았다. 작게 인상을 찌푸린 베리가 자리에 일어서서 문 쪽으로 갔다.

"들어오세요."

정적이 흐른 뒤 드르륵— 거리는 마찰음과 함께 문이 열리고 한 소녀가 교실 안으로 들어왔다.

"……."

소녀의 모습을 확인한 순간 세 소년은 살짝 입을 벌린 채 아무런 말도 할 수 없었다.

묻어날 것 같은 하얀 피부, 한여름의 잘 정돈된 모래사장과도 같은 긴 금발을 휘날리며 소녀가 교실 안쪽으로 뚜벅뚜벅 걸어 들어왔다.

팔만 뻗으면 닿을 정도의 거리까지 베리에게 다가온 소녀는 살짝 미소 띤 얼굴로 입을 열었다.

"처음 뵙겠습니다."

사람의 혼을 빼앗아갈 것만 같은 깊고 푸른 눈을 가진 소녀, 아이샤 라세이닌과 베리의 악연은 그렇게 시작되었다.

첫 번째 대답은 조금 바보 같았다.

"네?"

"안녕하세요."

두 번째 대답은 한결 나았다.

"안녕하세요. 그런데 누구……?"

"아이샤 라세이닌이라고 합니다. 베리 코퍼슨 선배님이시죠?"

가지런히 두 손으로 치마를 잡은 채 무릎을 살짝 구부리며 공손히 머리를 굽힌다. 빈틈 따위는 좁쌀만큼도 보이지도 않을 정도로 숙련되고 훌륭한 몸가짐.

순간 베리는 저런 여자와 자신이 만난 적이 있었나 급속도로 머리를 회전시키며 생각하기 시작했다.

'모르겠는데.'

저렇게 예쁜 여자라면 평생 잊지 못할 것이 분명하다. 역시 기억에 없었다.

"실례지만 기억에 없는 이름이군요."

"네. 당연히 그러시겠죠, 오늘 처음 만났으니까."

아주 당연하다는 듯 입을 가리고 살짝 미소 짓는 아이샤. 순간 지금 자신이 학교 괴담에나 나오는 귀신에 홀린 것은 아닌지 베리는 현실의 정체성에 대해 다시 한 번 진지하게 생각해 봐야 했다.

"드릴 말씀이 있어서요."

"저한테 무슨 말을……?"

분명히 아이샤는 베리보다 한 학년 아래였다. 교복에 붙은 조그마한 장신구에도 분명히 검 하나만이 달려 있었고 말이다.

선배와 후배의 관계는 엄격했다. 보통의 경우라면 나이 차가 심하게 나지 않는 한 반말을 하는 것이 당연했으니까.

하지만 베리의 존대에는 조금도 어색함이 들어 있지 않았다. 아니, 설령 선생이라고 해도 그녀에게 쉽게 반말을 하는 건 어려운 일일 것이다.

아이샤는 대답하지 않고 잠시 뒤에서 멍하니 바라보고 있는 카루와 스테빈을 훑어보았다. 그녀의 시선을 좇은 베리는 볼을 붉적이며 말했다.

"자리를 옮길까요?"

"아뇨. 상관없을 것 같네요. 오늘은 한 말씀만 드리면 되니까."

그녀는 더욱더 미소를 짙게 짓고 대답했다. 눈부신 그 모습에 베리는 살짝 얼굴을 붉혔다.

잠시 동안 아이샤는 푸른 눈으로 뚫어져라 베리를 주시했다. 긴장하지 않으려 해도 베리는 저절로 침이 목젖을 넘어가는 걸 느꼈다.

아이샤가 베리를 향해 성큼 한 발자국 앞으로 다가왔다. 이제 팔을 뻗으면 안을 수 있을 정도의 거리였다. 그리고 그녀는 살짝 고개를 숙이고 입을 열었다.

"그러니까."

베리의 심장이 쿵쿵 뛰기 시작했다. 멀리서 학생들의 발걸음 소리가 들려왔다가 잦아들었다.

잠시 후 촉촉한 눈을 하고 드디어 아이샤는 굳게 닫혀 있던 입을 열었다.

"저와 교제해 주시겠습니까?"

카루와 스테빈의 입이 쫘악 벌어졌고, 현기증이 인 베리는 살짝 중심을 잃었다. 그건 과장이 조금도 담겨져 있지 않은 순수한 행동이었다.

더 더욱 현실과의 괴리감을 느낀 베리는 혹시 나를 놀리기 위해서 엄청난 환상 마법을 누가 건 게 아닐까 고민할 수밖에 없었다.

타이밍 좋게도 그 순간 회색 빛 하늘에서 한 방울 두 방울 비가 떨어져 내렸다.

"그, 그러니까……."

봄 날씨에 베리는 식은땀을 흘리고 있었다. 그만큼 그녀의 말이 뜻하고 있는 의미의 파장은 대단했다.

"지금 꼭 말씀 안 해주셔도 됩니다. 오늘은 일단 물러가도록 하죠."

수줍은 듯 웃으며 말하는 그녀의 모습은 남자의 가슴을 흔들기에 충분했다. 더 더욱 답답함을 느낀 베리는 아무런 말조차 하지 못하고 그녀의 모습을 시선으로만 쫓았다.

　살짝 고개를 숙이고 인사한 아이샤는 긴 금발 머리를 휘날리며 교실 밖으로 나가 멀어져 갔다. 그녀의 뒷모습이 완전히 보이지 않을 때까지 소년들은 아무 말도 못하고 멍하니 그 모습을 바라볼 수밖에 없었다.

　금방 멈추지 않을 것같이 빗줄기는 점점 더 거세져만 갔다.

　한참을 그렇게 넋을 잃고 있던 베리가 쓰러지듯이 의자에 몸을 묻었다.

　잠시 후,

　"이, 이, 이……!!"

　너무 흥분한 나머지 카루는 제대로 말을 할 수조차 없었다.

　"배신자—!!"

　카루의 주먹이 정확히 베리의 볼에 꽂혔다. 맞은 이유를 뼈저리게 알고 있었던 베리는 순간 화내는 것조차 잊었다. 아니, 오히려 아픔으로 인해 이것이 꿈이 아니라는 사실을 알게 되었으니 카루에게 조금 감사한 생각도 들었다.

　카루의 눈에서 피눈물이 흐르고 있었다. 그것은 인기없는 남자들의 원혼이 가득 담긴 울부짖음 그 자체였다.

　"우어어어—!"

　참지 못하고 야수처럼 달려들어 베리를 패는 카루. 스테빈이 뒤에서 말리지 않았으면 의자째 머리를 내리찍을 뻔할 정도였다.

　"야, 야! 그만 해!"

　점점 온몸 여기가 쑤셔오자 참지 못한 베리가 소리를 질렀다.

"왜 너 같은 녀석에게! 한 번도 아니고 두 번씩이나!!"

"레스민 선배는 경우가 좀 다르다고! 게다가 지금은 발렘 선배랑 사귀고 있다잖아!"

"문. 답. 무. 용! 악. 귀. 처. 단! 불구대천 원수!"

"이, 이봐! 그렇다고 불구대천 원수는 너무하잖아!"

"얌전히 죽어엇!"

발정난 망아지처럼 베리와 카루는 좁은 교실을 뛰어다니며 처절한 사투를 펼치기 시작했다.

이미 평범한 사람이 말릴 영역이 아닌 듯해서 스테빈은 멍하니 그 광경을 바라볼 수밖에 없었다. 회색 빛 하늘에서 번개가 번쩍이고 곧이어 귀를 울리게 할 정도로 천둥 소리가 울려 퍼졌다.

복잡한 학교 생활 때문에 정신이 없었던 베리의 머리는 더 더욱 소나기가 내리는 하늘처럼 혼란스러워졌다.

카루의 발광이 끝난 것과 비가 멈춘 것은 그로부터 한참 시간이 지난 후였다.

"오, 오빠! 그건 후추 통이에요!"

음식에 소금을 넣는다는 것이 그만 실수로 후추를 뿌린 것이다. 멍하니 갈색의 고운 입자로 뒤덮인 자신의 음식을 바라보다가 잠시 후 화들짝 놀라 베리는 입을 벌렸다.

"헉! 뭐, 뭐야, 이건?!"

"베리 오빠, 맛이 없어서 불평하는 거지?"

"아냐!"

"정말 맛이 없으신 거예요?"

셀브렛의 비웃음 섞인 말 뒤에 시아가 눈물을 글썽이며 물었다. 땀을 흘리며 당황해하다가 베리는 격렬하게 손을 흔들며 대답했다.

"아냐, 엄청 맛있어!"

후추가 엄청 들어가 있음에도 베리는 열심히 음식을 퍼먹기 시작했다. 자룬 왕자와 아이린, 그리고 심지어 기르디마저 그런 베리를 이상하다는 듯 바라보았다.

"저 인간 어디 아프냐?"

블랙 드래곤이라는 살로빈마저 그렇게 말했을 정도니 베리의 상태가 안 좋아 보인다는 것은 다시 설명할 필요조차 없었다.

음식이 코로 들어가는 것인지 입으로 들어가는 것인지조차 구분 못할 정도로 베리는 아무렇게나 포크를 휘둘러 음식을 뱃속으로 처넣었다.

"무, 물 드세요."

입을 벌리고 베리는 조용히 시아가 건네준 컵을 받아 들었다. 그리고 안으로 아무렇게나 흘려 넣었다.

"오, 오빠! 역류하고 있잖아요!"

입가를 타고 물이 줄줄 바지를 적시기 시작했다. 너무 정신이 없었던 나머지 물을 목구멍으로 넘기는 일조차 잊어버린 것이다.

그렇게 한참 원맨쇼를 벌이다가 베리는 의자를 빼고 일어나서 인사하는 것조차 까먹고 방으로 향했다.

베리의 모습이 사라지자 아이린이 눈을 동그랗게 뜨고 모두에게 물었다.

"베리한테 무슨 일 있었어?"

"응, 셀브렛은 잘 몰라."

"저도 잘 모르겠어요."

"드디어 미쳤나."

마지막으로 중얼거린 기르디를 흘겨보는 아이린. 노려보든 말든 기르디는 음식을 먹을 뿐이었다.

"비 쫄딱 맞고 감기라도 걸린 거 아냐?"

"아뇨. 열은 없는 것 같은데요."

"그럼 학교에서 무슨 일이라도 있었나?"

"요즘 학교 때문에 고민이 많긴 많은 모양인데… 아마 그럴지도 모르겠네요."

걱정스러운 눈빛으로 시아는 아이린의 말에 대꾸했다. 그리고 혹시나 싶어서 자룬 왕자의 얼굴을 바라보았다.

"전 잘 모르겠습니다. 큰일이 벌어진 건 아닐 거라 생각합니다만."

싱긋 웃으며 하는 자룬 왕자의 말에 고개를 끄덕이는 것으로 대답을 대신한 시아는 음식을 먹는 둥 마는 둥 하고 베리를 좇아 몸을 일으켰다.

"잘 먹었습니다."

"시아 언니, 이 생선 내가 먹어도 돼?"

"응. 다 먹어."

아무렇게나 대충 말하고는 베리의 방으로 가는 시아. 그런 그녀의 눈에는 걱정스러운 기미가 가득했다.

"귀신한테 홀린 건가?"

잠시 고개를 끄덕이며 생각하다가 피식 웃음을 터뜨린 후 아이린은 남은 음식을 먹기 시작했다.

창문을 열고 비가 그쳐서 이제 축축해진 밤 공기를 폐 속 가득히 집어넣는다. 신경 쓰지 않고 아무렇지 않게 행동하려 해도 그 엄청난 사건 때문에 집중력이 흐트러졌다.

루그테크 데이 때 레스민 선배에게 선물 받은 적도 있긴 했지만, 그건 고백이라고 보기에는 영 부적합했다. 레스민 자신도 별 뜻 없이 사과와 어느 정도 관심의 뜻으로 준 것이니까 말이다. 줄 사람이 아무도 없었던 차에 운 좋게 베리가 눈에 뜨인 것이라고 할까?

하지만 이번에는 달랐다. 난생처음 보는, 그것도 굉장히 귀여운 소녀가 먼저 교제를 신청해 온 것이다!

쥐구멍에도 볕 들 날이 있다는 말이 거짓이 아니라는 듯 신학기 내내 재수없는 일만 벌어졌다가 드디어 이런 감동적인 사건이 터진 것이었으니 베리의 감동은 당연하다고 할 수 있었다.

"……."

누구에게 고민 상담이라도 하고 싶었지만 안심하고 이야기할 사람이 보이지 않았다. 아이린 씨가 그나마 제일 적합할 것 같지만, 아쉽게도 그녀는 여자였으니……

시원한 바람이 그래도 한결 마음을 가볍게 해주는 듯했다. 잠시 그렇게 멍하니 밤하늘에 뜬 번쩍이는 별들을 보다가 노크 소리에 베리는 정신을 차렸다.

"누구세요?"

"오빠. 나예요."

“아, 들어와.”

걱정스런 눈초리를 한 시아가 베리의 방으로 들어왔다. 살짝 미소 지으며 베리는 그녀를 향해 말했다.

“무슨 일이야?”

대답도 하지 않고 시아는 베리의 옆으로 다가왔다. 이상하다는 듯 그런 그녀를 바라보다가 베리는 다시 밤하늘로 시선을 옮겼다.

그렇게 둘은 잠시 동안 아무런 말도 하지 않고 반짝이는 별들만 쳐다보았다. 시간이 흐를수록 어색함은 점점 줄어들어 갔다.

살짝 시아는 베리의 어깨로 머리를 기댔다. 코끝을 간질이는 시아의 머리를 바라보다가 드디어 베리가 용기를 내어 먼저 입을 열었다.

“오늘 좀 이상한 일이 있었어.”

“무슨 일이요?”

“비밀.”

“그러지 말고 알려주세요.”

“나중에 알려줄게. 별일 아니었으니까.”

조금 부아가 치밀었는지 시아가 베리의 옆구리를 살짝 꼬집었다. 몸을 비틀고 따가워하더니 어색한 미소를 띠고 베리가 말했다.

“게다가 재미없는 일이라고. 아니, 오히려 들어봤자 화만 낼걸?”

“일단 듣고 판단하도록 하죠.”

“내게는 묵비권을 행사할 권리가 있습니다.”

“법보다는 주먹이 가깝다는 걸 잊지 마세요.”

“범죄라고, 그건.”

“선택의 권리는 없습니다. 어서 말해 주세요.”

살짝 인상을 찡그리며 침묵하더니 긴 한숨을 한 번 내쉬곤 베리가 입을 열었다.

"진짜 재미없는 일인데."

"무슨 일인데요?"

"알아맞혀 봐."

"돈, 사람, 학교, 몸, 검술."

"사람."

"남자, 여자."

"여자."

"예쁘다, 안 예쁘다."

"예쁘다."

"매우 예쁘다, 그럭저럭 예쁘다."

"잘 모르겠어."

"매우 예쁜 여자인가 보네요."

괜히 입을 열었다 싶어서 베리는 더욱 인상을 찌푸렸다. 대충 어느 정도 감을 잡은 시아는 기대었던 머리를 들어 올리고 말을 이었다.

"고백을 들은 거죠?"

"응."

"오빠는 거짓말 절대 못하는 타입이니까 얼굴만 봐도 알 수 있다고요."

"사기꾼은 절대 못 되겠군."

"그래서 어떻게 할 거예요?"

"비밀."

말이 끝나자마자 시아는 다시 베리의 옆구리를 꼬집었다. 그것도 아까 전보다 배는 더 강하게.

"그만 해, 진짜 아프다고."

웃으며 뒷걸음질친 베리는 팔을 뻗어 시아의 목을 감싸 안았다. 따스한 온기와 기분 좋은 향기가 코를 자극했다.

아무런 대답도 하지 않고 시아는 다시 창밖으로 눈을 돌렸다. 그러자 이번에는 베리 쪽에서 옆구리를 간질거렸다.

"그, 그만 해요."

몸이 예민한 편이라 이런 공격에 약했던 시아는 웃음을 터뜨리며 베리를 밀쳐 냈다.

그리고 짧은 소강 상태. 꼬집고 간질이기 위해 둘은 눈을 빛내며 상대방의 허점을 관찰했다.

"에휴. 재미없으니까 장난하지 말아요!"

짐짓 화난 모습으로 시아는 몸을 돌리며 말했다. 그 작전에 완벽하게 속은 베리는 뻘쭘한 표정으로 뒤통수를 긁적일 수밖에 없었다.

"미안해."

"뭐가요?"

"그냥."

"괜찮으니까 하고 싶은 대로 하세요."

"보통 그런 말 하면 오히려 하고 싶은 대로 할 수가 없지 않나."

"몰라요."

재미없는 농담에 살짝 부아가 치밀어 올랐다. 말을 걸어도 냉담하게 반응하기로 마음먹고 시아는 팔짱을 긴 채 베리의 시선을 피했다.

"…… ."

갑자기 어색한 긴장감이 작은 방을 맴돌았다. 괜한 말을 한 것 같아 고민하던 두 사람은 상대방이 먼저 말을 걸기를 기다렸다. 그리고 그것이 더욱 어색함을 증폭시켰다.

잠시 숨을 크게 한 번 들이킨 베리는 팔을 뻗어 시아의 작은 몸을 뒤에서 끌어안았다. 작살 맞은 고기마냥 움찔거렸지만 그녀는 별다른 제재를 하지 않았다.

둘의 얼굴은 동시에 붉어지기 시작했다. 피가 섞인 남매도, 연인 사이도 아니었으니 갑작스런 이런 행동에 당황하는 것은 당연하다고 볼 수 있었다.

작년이었다면 오히려 놀랍지 않은 행동일지 모른다. 하지만 지금은 달랐다. 둘은 몸도 마음도 더욱 성숙했고, 그래서 남녀가 유별하다는 사실쯤은 충분히 알고 있었으니까.

후회 반 부담 반, 베리는 아무런 말도 하지 않고 그저 그녀의 작은 몸을 감싸 안고 있을 뿐이었다.

거절할 것인가, 아니면 거들어야 할 것인가. 무슨 말과 행동을 해야할지 몰랐기에 시아로서도 더욱 당황할 수밖에 없었다.

"……."

그러나 아무런 말도 하지 않은 것이 오히려 더 좋았다. 서로의 체온, 향기, 떨림, 그리고 숨소리… 그 모든 것이 서서히 몸과 마음의 안정을 되찾게 했다.

사실은 자신의 몸이 큰 것인데 베리는 시아의 몸이 예전보다 조금 줄어들었다고 느꼈다. 움츠리고 있던 시아는 서서히 어깨를 펴며 베리의 팔을 양손으로 마주 잡았다.

그리고 둘은 조용히 눈을 감았다. 한껏 달구어졌던 몸도 서서히 밤바람에 식어가기 시작했다.

그렇게 영원할 것만 같은 짧은 시간이 흐르고,

"날까?"

잠시 후 갑작스레 베리가 엉뚱한 말을 꺼냈다. 베리가 무슨 말을 하는 것인지 몰라 당혹스러웠던 시아는 어색하게 입을 열었다.

"뭘요?"

"날고 싶어?"

"어디 아프세요?"

아무런 말도 없이 베리는 조용히 주문을 캐스트했다. 동시에 반딧불, 요정과도 같은 빛의 구슬들이 시아의 주위를 맴돌았다.

놀란 가슴을 가라앉힌 시아는 조용히 베리를 바라보았다. 씨익 짓궂은 미소를 지어 보이던 베리는 다시 한 번 마법을 시전했다.

세 번째 단계의 주문인 덕에 이번에는 캐스팅하는 데 시간이 조금 더 걸렸다. 잠시 후 창문을 활짝 열더니 시아를 한 손으로 안아 든 채 밖으로 뛰어내렸다.

"꺅!"

떨어져서 납작해질 자신이 떠올라 시아는 눈을 감고 당황할 수밖에 없었다. 그러나 한참 시간이 흘러도 통증은커녕 기분 좋은 바람만 볼을 스쳐 갈 뿐이었다.

"뭐 해?"

"주, 죽은 건가요?"

"죽긴 왜 죽어?"

"그런데 왜 아프지 않죠?"

"아, 놓치면 진짜 그렇게 될 수도 있겠네."

"무슨 소리를 하는 거예요?"

"귀여운 승객님, 눈을 뜨고 밑을 보세요."

실눈을 뜨고 시아는 살짝 아래쪽을 훑어보았다. 그리고 더욱더 힘껏 비명을 질렀다.

"끼이아아—!"

"소리 지르지 마. 집중력이 흐트러지잖아."

"그, 그치만 무서운걸요."

"뭐, 사이좋게 죽고 싶다면 마음대로 해."

발 밑으로 보이는 식당의 모습이 점점 작아지고 있었다. 무서워하던 시아는 시간이 흐를수록 점점 입을 벌리며 놀라워했다.

"지금 우리가 날고 있는 건가요?"

"설마 그걸 이제 안 거야?"

"상식적으로 볼 때 누구든 떨어질 거라고 생각한다구요!"

"뭐, 그건 그렇군."

어느 정도 선까지 올라간 후 베리는 그대로 공중에서 멈춰 섰다.

"기분은 어때?"

"조금 무서워요."

"곧 괜찮아질 거야. 처음에는 나도 약간 무서웠으니까."

무릎 근처에서 불빛들이 춤추고 있었다. 왠지 자신이 요정이라도 된 것 같아서 시아는 살짝 미소 지을 수밖에 없었다.

"하늘을 날고 있다는 게 이런 기분인가요?"

"내 힘으로 날고 있는 건 아니지만 새의 느낌도 이것과 비슷하겠지. 춥지는 않아?"

"시원하네요."

너무 놀라서 눈물까지 글썽거렸을 정도다. 나중에 땅으로 내려가면 허락없이 이런 짓을 왜 했냐고 따끔하게 따지는 것이 좋을 것 같았다.

시아가 그런 생각을 하고 있을 때 베리는 정신을 집중하며 살짝 앞쪽으로 몸을 날렸다.

"……."

마법을 건 것은 한 사람분이었으니까 떨어지지 않기 위해서 둘은 꼭 안고 있어야만 했다. 어떻게 보면 고단수 바람둥이 마법사들이 자주 쓰는 수법일지도 모른다.

공중에서 본 도시의 야경은 환상적이었다. 장난감 같은 조그만한 건물들이 수도 없이 발 밑에 존재하고 있었기 때문이다. 반짝이는 불빛, 그리고 어둠…… . 숨이 막혀오는 그 모습을 바라보다가 시아는 조용히 눈을 감고 베리의 체온을 느꼈다.

한참을 그렇게 주위를 선회하다가 베리는 천천히 그리고 조심스럽게 식당 쪽으로 다가갔다.

"벌써 내려가요?"

"집중력이 흐트러져서 그래. 나 혼자라면 모르겠지만."

"나 무겁죠?"

"아니, 엄청 가벼운데."

"거짓말."

"무게보다는 조금 더 원초적인 것 때문에 그렇다니까."

"원초적인 거? 그건 또 뭔데요?"

"절대 비밀."

쿡쿡 웃음을 웃던 베리는 자신의 방 창문 쪽으로 날아갔다. 조심스레 몸을 웅크리고 방 안으로 들어가 드디어 지면에 발이 닿자 준비했던 대로 시아는 베리의 옆구리를 최대한 힘껏 꼬집었다.

그리고 한 소년의 비명 소리가 을씨년스럽게 도시 주위로 울러 퍼졌다.

보름달이 은은하게 주위를 비추는 하늘에는 구름 한 점 보이지 않았다. 아마 내일 날씨는 좋을 듯했다.

방과 후 교실 밖에는 웬일인지 다른 학생들로 바글거리고 있었다. 수업은 예전에 끝나서 베리는 밖에 싸움이라도 난 줄 알았지만, 정작 아이들이 모인 이유는 베리 때문이었다.

"⋯⋯."

교실 밖에서 정체를 알 수 없는 사람들이 우글거려도 베리는 상관하지 않고 출석부 작성에 전념했다. 아니, 오히려 카루나 그 스테빈이라고 하는 녀석이 있는 것보단 교실 밖에서 싸움질이 일어나는 쪽이 낫다는 생각을 하고 있었다.

잠시 후 무슨 일인지 떠들썩했던 교실 밖이 쥐 죽은 듯 잦아들었다. 이상하다 싶어서 베리가 고개를 옆으로 돌리는 순간 타이밍 좋게 교실 문이 열리고 한 소녀가 안으로 들어왔다.

아이샤였다.

베리는 시선을 고정시킨 채 잠시 그렇게 아무런 말도 할 수 없었다.

앵두 같은 붉고 작은 입술을 열고 아이샤가 말했다.

"안녕하세요."

베리는 조금 가슴이 답답해지는 걸 느꼈다. 딱히 뭐라고 대답해야 할지 생각이 나지 않았다. 그런 그의 심정을 눈치 챈 것인지 아이샤는 미소 띤 얼굴로 말을 이었다.

"어제의 대답을 들을 수 있을까요?"

교실 안과 밖은 바늘 하나 떨어지는 소리도 들릴 정도로 조용했다. 순간 베리는 밖에 서 있는 군중이 다름 아닌 자신과 아이샤를 보기 위해 모여든 것이라는 걸 알았다.

흡사 지옥의 불길과도 같은 충혈된 눈을 한 남학생들은 베리의 얼굴을 노려보고 있었다. 아마 살기만으로 사람을 죽일 수 있다면 자신은 백 번 죽어도 부족할 것이다.

잠시 창문 밖에 서 있는 사람들을 훑어보다가 베리는 살짝 아이샤를 향해 고개를 끄덕였다. 그러자 순간 바라보던 학생들의 입에서 짧은 탄성이 터져 나왔다.

"……."

엄청난 긴장감이 교실 안팎을 맴돌았다. 결심에 찬 눈을 하고 드디어 베리가 입을 열었다.

"미안하지만 거절하겠어."

콰콰광—!

벼락이나 폭탄이 떨어진 것은 아니지만 모든 학생들의 충격은 한결같았다. 실제로 베리의 선언은 학교에 폭탄이 터진 것과 비슷한 강도를 가지고 있었다.

그리고 제일 충격받은 사람 중 하나였던 아이샤는 중심을 잡지 못하고 휘청거릴 수밖에 없었다.

절망, 부끄러움. 복잡한 감정의 소용돌이의 폭풍은 십 년을 넘게 간직하고 있던 영원하리라 생각했던 오만한 황금성을 무너뜨리기에 충분했다.

소녀에게 있어서 고백은 곧 전쟁이다. 그것은 목숨을 앗아가기도, 엄청난 이득을 안겨주거나 절망을 주기도 한다. 아이샤는 그 사실을 충분히 알고 있었다. 그리고 자신은 영원히 주도권을 가지고 있을 것이라 착각했다.

예측하지 못한 패배보다 쓰라린 것은 없다. 닳아빠진 검을 들고 엉망진창으로 상처 입은 늙은이라 해도 거대한 용을 쓰러뜨리지 말라는 법은 없는 것이다.

돈, 명예, 지식, 외모. 실제로 그 모든 조건이 완벽하다고 봐도 좋을 정도로 아이샤는 잘난 사람이었다. 그에 비하면 베리란 존재는 아주 보잘것없다고 해도 좋았다. 하지만 그녀는 '차였다'. 그녀의 관점에서 보자면 '패배자'였다.

"왜죠?"

"이유는 없어."

그렇게 대답하고 베리는 시선을 돌렸다. 이제 그에게 있어서 아이샤의 존재는 필요없다고 해도 좋았다. 그 사실을 눈치 챈 그녀는 더욱 절망에 빠질 수밖에 없었다.

이렇게 많은 사람들이 모여 있었다는 사실이 아이샤를 더욱 괴롭게 했다. 평생 부러움과 시기, 동경으로 가득 차 있는 시선만 받던 그녀에게 사람들의 눈은 너무나도 따가웠고 아팠다.

타인의 시선을 즐기고 이용하던 그녀가 그 무서움을 최초로 맛본 순간이었다.

퍽!

술에 취한 것처럼 비틀거리다 발이 엉켜서 결국 그녀는 차가운 돌바닥에 엎어졌다.

동시에 단정한 교복 위로 코피가 은은하게 퍼지기 시작했다.

손을 내밀고 손수건을 건네줄 사람은 어디에도 없었다. 이를 악물고 그녀는 사람들의 눈을 피해서 빠르게 걸음을 옮겼다. 눈물이 나올 것 같았지만 허벅지를 꼬집으며 참았다.

수군거리는 학생들은 잠시 베리를 바라보다가 어디론가 뿔뿔이 흩어지기 시작했다. 바야흐로 폭풍 전야의 고요함만이 작은 교실을 맴돌고 있었다.

◆ Chapter 3 ◆

지옥의 사신

지옥의 사신

침묵만이 교실을 감돌고 있었다. 두 번째 검술 시간이었지만 무슨 일인지 러가스의 모습이 보이지 않았던 것이다.

'젠장. 도대체 어딜 간 거야.'

한순간에 반장이 되어버린 베리만 불쌍할 뿐이었다. 교무실이나 휴게실 등 이곳저곳 선생들이 있을 만한 곳을 찾아보았지만 역시 별 성과는 없었다.

시간이 흐르자 교실의 분위기도 소란스러워지기 시작했다. 더 이상 놔두면 안 되겠다 싶어서 베리는 교단 위로 올라가서 외쳤다.

"모두 조용히 해!"

예상했던 대로 반 아이들은 못마땅한 표정을 지었다. 그중 뚱뚱하고 여드름이 덕지덕지 난 덩치 좋은 놈이 외쳤다.

"니가 뭔데 큰 소리야!"

베리의 표정도 서서히 구겨지기 시작했다. 마음 같아서는 당장 그의 머리통에 파이어 볼을 갈기고 싶었지만, 고양이도 아닌 이상 정해진 목숨은 하나였으니 참을 수밖에 없었다.

"난 반장이다. 불만있으면 선생한테 따져라. 그리고 수업 시간에 떠들지 않는 건 학생으로서 당연하다. 때로는 개인의 자유보다는 사회 간의 정해진 약속이 더 중요하기 때문이다. 그것이 마음에 들지 않는다면 학교를 때려치우던지."

"뭐야!"

"이해가 안 가는 모양이지? 알기 쉽게 다시 말해 줄까?"

비웃음 섞인 베리의 말에 뚱뚱한 녀석은 주먹을 부르르 떨며 흥분했다. 상황이 험악해지자 다시 교실은 침묵으로 뒤덮였다.

"이 기회에 확실히 말해야겠군. 성적에 지장이 되지 않는 범위 내에서 학교에서 너희가 무슨 미친 짓을 하든 난 상관하지 않는다. 하지만 물귀신처럼 다른 사람 붙들고 늘어지는 녀석은 용서하지 않겠다. 수업 시간에 딴청을 피우는 것은 좋다. 그래 봤자 성적이 떨어지는 건 자신들일 테니까. 하지만 떠들거나 장난은 치지 말도록. 또 지나친 사건을 일으켜서 반 이미지를 추락시키는 것도 용서하지 않는다. 방금 전에 말했다시피 난 반장이니까."

"재수없는 놈."

"욕을 하든 말든 신경 쓰지 않는다. 그리고 내 방식이 싫다면 학교를 때려치워라, 다른 사람 방해하지 말고."

본심을 털어놓으니 베리는 한결 마음이 가벼워진 것 같았다. 언젠가 한번 꼭 말하고자 다짐했던 말이었으니 후회는 없었다.

속으로 구시렁거리거나 노골적으로 불만을 드러내는 아이들도 적지 않았다. 하지만 대부분의 학생들은 베리의 말에 동의했다. 당연하다면 당연한 기본적인 의무를 상기해 준 것이었으니까.

짝짝짝!

난데없는 박수 소리에 학생 모두는 뒤를 돌아보았다. 귀신처럼 홀연히 나타난 레가스가 벽에 기대어 거만한 미소를 띤 채 박수를 치고 있었다.

"반장 말이 옳다. 그런 최소한의 기본 교칙도 지키지 않을 거라면 학교를 나가는 쪽이 낫겠지."

동의를 얻었음에도 베리의 표정은 밝지 않았다. 선생이 왔으니 천천히 교단을 내려와 자신의 자리로 돌아갈 뿐이었다.

팔짱을 낀 채 레가스는 학생들에게 말했다.

"수업 시간이다. 모두 날 따라오도록."

그리고는 성큼성큼 교실 밖으로 향했다. 멍한 표정으로 그걸 바라보던 아이들은 인상을 찌푸리며 그의 뒤를 좇을 수밖에 없었다.

레가스가 향하는 곳은 바로 검은색 탑이었다. 베리가 예전에 한번 곤혹을 치른 적이 있는 정체를 알 수 없는 이상한 곳.

얼굴을 찡그리며 베리는 펠시의 표정을 살폈다. 언제나처럼 무미건조한 얼굴로 그녀는 구석에서 조용히 걷고 있을 뿐이었다.

"탑의 담당 선생에게 동의를 얻어야 이용할 수 있을 텐데."

걱정스런 표정으로 옆에서 스테빈이 중얼거렸다. 동의를 받지 않고 탑이 환상 마법을 이용할 경우 큰 사건이 발생한다는 걸 베리는 눈치 챌 수 있었다.

"걱정 마, 스테핑. 저 선생이 그것도 모를 정도로 바보인 건 아니겠지."

"몇 번이나 말했지만 내 이름은 스테빈이라고. 그리고 앞서 보여줬던 엽기적인 짓을 봐도 그럴 가능성은 충분할 것 같은데."

"하하하! 그럼 사이좋게 퇴학하는 거고."

"그러면 아마 난 아빠한테 맞아 죽을 거다."

말만 들어도 섬뜩하다는 듯 스테빈의 표정은 죽을상이었다. 멍하니 둘의 대화를 듣던 베리는 퍽 하는 소리와 함께 통증을 느꼈다. 뒤에서 아까 전의 뚱보 녀석이 어깨로 등을 밀치고 지나가는 것이 보였다.

보기만 해도 재수없는 그런 웃음을 지은 뚱보 녀석은 무리를 지어서 앞으로 나가고 있었다.

"룩슨 패거리야."

옆에서 조심스럽게 스테빈이 말했다.

"저 뚱뚱한 애가 매쉬고 키가 작고 안경 쓴 아이가 릭키, 빨간 머리 여자애가 율리아, 얼굴에 상처난 남자애가 룩슨이지."

"유명해?"

"룩슨의 실력은 대단하다고 해. 1학년 때도 퇴학당할 정도로 큰 사고를 많이 일으켜 선배들도 꺼릴 정도라던데."

좋은 먹잇감이라도 발견한 듯 눈을 빛내며 카루는 패거리들을 노려봤다.

"그래? 그런 녀석들이란 말이지? 이봐, 베리. 저 룩슨이란 녀석은 내

몫이다. 건들지 마."

"좋을 대로."

"너, 너희… 설마 룩슨 패거리랑 싸울 셈이야?"

"글쎄. 일단 시비를 걸어오면 참을 수 없지. 걸어온 싸움은 반드시 응해주는 성격이라서 말이야."

"부탁이니까 제발 그만두라고. 잘못하면 크게 다칠지도 몰라."

걱정스런 눈초리로 카루를 바라보는 스테빈이었다.

"걱정 마, 스테핑. 난 평화를 사랑하는 남자니까. 여기 옆에 있는 베리는 물론이고."

쿡쿡. 웃음을 지으며 카루는 스테빈의 충고를 무시했다. 불안이 풀리지 않은 듯 스테빈의 표정은 탑에 도착할 때까지 어둡기 그지없었다.

예전에 봤던 문을 열고 들어가자 끝을 알 수 없는 긴 통로가 학생들의 시선을 사로잡았다. 예전에 한번 탑을 경험해 본 베리와 카루, 펠시는 언제 튀어나올지 예상할 수 없는 적을 경계하며 조심스레 걸었다.

그리고 어느 순간 반짝이는 빛에 모두는 눈을 감고 주춤거릴 수밖에 없었다. 하얀 빛은 망막을 태울 것처럼 끔찍하게 모든 것을 사로잡았다.

빛이 가시고 모두가 눈을 떴을 때 신세계가 펼쳐진 것처럼 모두는 입을 벌리고 주위를 둘러보았다.

그곳은 끝을 알 수 없을 만큼 길게 뻗어진 초원이었다. 무릎까지 자라난 풀과 드문드문 뻗어 있는 늙은 나무를 제외하면 주위에는 아무것도 찾을 수 없었다.

"뭐, 뭐야?"

푸른 하늘 위에 이글거리는 태양, 가끔씩 몸을 적시는 시원한 바람, 그리고 모든 느낌이 이것이 환상이 아니란 걸 증명해 주었다. 주춤거리던 학생들은 한결 나아진 모습으로 주변을 탐색할 여유를 찾았다.

악랄한 환상에 한 번 당해본 적 있던 베리와 카루는 긴장의 끈을 놓지 않고 끊임없이 주위를 탐색했다.

"조심해. 곧 공격할지도 몰라!"

손도 쓰지 못하고 개죽음당하는 것은 절대 사양이었으니까. 베리는 아이들이 경계심을 늦추지 않도록 외쳤다.

"여기 뭐가 있다는 거야."

한참이 지나도록 몬스터는커녕 지렁이 한 마리 발견하지 못하자 뚱뚱이 매쉬가 불만 가득한 표정으로 베리에게 말했다.

길게 자라난 풀 빼고는 매쉬 말대로 아무것도 없었다. 식은땀을 흘리며 주위를 경계하던 아이들도 시간이 지나면서 차츰 짜증을 내기 시작했다.

주위에는 분명히 아무것도 없는데 옆에서 베리와 카루는 끊임없이 산만하게 뭐라고 떠들고 있었던 것이다. 그리고 잠시 후 대부분의 아이들은 참지 못하고 털썩 제자리에 주저앉았다. 개중에는 룩슨 패거리처럼 베리에게 불평의 말을 던지는 녀석도 있었다.

"제기랄."

욕지거리를 중얼거리며 베리는 카루 옆에 나란히 섰다.

"힘 빼지 말고 베리랑 카루도 여기 앉아서 좀 쉬는 게 어때?"

옆쪽에서 스테빈이 헤헤 웃으며 둘에게 말했다. 대답하는 것도 짜증이 나서 베리는 인상만 찌푸릴 수밖에 없었다.

그렇게 하염없이 시간이 흐르고 아이들의 경계심도 바닥을 드러내기 시작했다.

웃고 떠들며 장난치는 녀석, 아예 드러누워서 낮잠을 즐기는 녀석, 아무런 말도 하지 않고 멍하니 푸른 하늘을 바라보는 녀석… 보고 있는 베리만 초조해질 뿐이었다.

"……."

나뭇가지를 꺾어서 만든 임시방편의 형편없는 무기를 들고서 카루는 뭐라고 중얼중얼 노래를 부르고 있었다. 옆에서 조용히 카루의 뒤쪽을 노려보던 베리는 풀숲을 헤치고 누군가 이쪽으로 뛰어오는 걸 보았다.

다름 아닌 펠시였다. 땀에 젖어서 엉망인 몰골로 그녀는 베리와 카루를 향해 외쳤다.

"오크가 온다!"

"숫자는?"

"활을 든 녀석이 열. 도끼나 칼을 든 녀석이 스물 정도. 뒤쪽에 더 있을지도 모른다!"

그리그 침착하게 주위를 살피던 베리는 목이 터져라 외쳤다.

"피해—!"

호랑이처럼 풀숲에서 조용히 몸을 웅크리고 다가오던 오크들이 베리의 외침을 시작으로 고함을 지르며 아이들에게 쇄도해 왔다.

"끼야아아!"

한 여학생의 외침이 시작이었다. 멍청한 표정으로 바라보던 아이들은 칼 한 번 제대로 휘두르지 못하고 화살에 맞아 쓰러지기 시작했다.

기습이란 것을 제외해도 준비된 작전, 경험, 전의, 무기, 진형, 심지어 개개인의 기량마저 오크들은 아이들보다 우위였다. 카루나 베리, 펠시 같은 아이들은 예외라 해도 전체적인 그 사실만큼은 변함없었다.

내장을 쏟고 뇌수가 흘러내리며 잘려진 자신의 팔을 바라보며 고함을 질러대는 아이들……. 그것은 일방적인 살육이었다. 스테빈은 기절할 것처럼 창백해진 얼굴로 잔뜩 몸을 웅크리고 중얼거렸다.

"이건 환상이야… 환상이라고……."

초록색 풀은 붉은 피로 물들고 바닥은 어느새 아이들의 시체로 가득했다.

"가속화(Haste)!"

베리의 주문으로 인해 카루와 펠시의 움직임은 눈에 보이지 않을 정도로 빨라졌다. 죽은 오크의 칼을 손에 든 카루는 선봉에 서서 아수라와 같은 모습으로 검을 휘두르기 시작했다.

베리와 펠시, 카루의 노력에도 불구하고 살아 있는 아이들의 수는 극히 적었다. 그리고 그들 중 싸움에 임하고 있는 아이들은 손가락에 꼽힐 정도였다.

적과 아군의 피를 뒤집어써서 카루의 몰골은 흡사 지옥의 악마와도 같았다. 그는 지치지도 않는지 상처 입은 것은 개의치 않고 검을 휘둘러 오크들의 목숨을 취했다.

포기하지 않고 미친 듯이 검을 휘두르는 카루와 펠시, 베리의 존재로 인해 손쉬운 승리를 거둘 것이라고 예상했던 오크들도 크게 당황하는 모습이었다.

"거미줄!"

타이밍 좋게 베리의 마법이 오크들의 무리에 작렬했다. 끈적끈적한 거미줄이 시야와 움직임을 방해하기 시작했다.

움직임에 제약을 받은 오크들을 향해 카루는 도끼를 던지고, 펠시는 단검을 던졌으며, 베리는 마법을 썼다. 무기가 없으면 바닥에 떨어진 돌이라도 들고 싸웠다.

한 녀석의 외침을 필두로 부상을 입거나 살아남은 오크들은 풀숲 너머로 퇴각하기 시작했다. 펠시는 부지런히 화살을 날리고 있었다.

"헉헉……."

비교적 큰 상처를 입지 않은 베리는 숨을 고르고 주위를 살폈다. 카루는 두식한 도끼를 들고 크게 부상을 입거나 움직일 수 없게 된 오크의 머리를 내려쳤다.

다리 쪽에 큰 상처를 입은 모양인지 펠시의 안색은 좋지 않았다. 살아남은 아이는 베리와 카루, 펠시를 포함해서 다섯 명에 불과했다. 아직 완전히 숨이 끊어지지 않은 모양인지 피를 토하며 고함을 지르는 아이들도 있었지만.

주위의 풍경은 말로 표현할 수 없을 만큼 잔혹했다. 한 번도 죽음이란 것을 경험해 보지 못했던 베리는 손에 든 검을 바닥에 내팽개치고 토하기 시작했다, 더 이상 토할 것이 없어서 시큼한 위액이 나올 때까지.

목이 끊어진 아이, 눈알이 빠지고 내장이 터진 아이, 팔다리가 끊어져서 울겨 바닥을 기는 아이, 그리고 이런 곳으로 자신을 보낸 레가스라는 선생……. 그 모든 것이 역겨워서 참을 수 없었다.

"크크크."

뭐가 그리 좋은지 뒤쪽에서 누군가 웃고 있었다. 고개를 돌려 바라보자 그 룩슨이란 녀석이었다.

눈 위쪽부터 난 긴 상처는 턱까지 닿을 정도로 길게 뻗어져 있었다. 손에 잡히지 않을 정도로 짧은 금색의 머리를 한 그는 즐겁다는 듯 웃으며 죽은 오크의 시신을 검으로 내려치고 있었다.

아무 말도 하지 않고 카루는 조용히 그에게 다가갔다.

"그만 해."

웃음을 멈추고 룩슨은 고개를 돌려 카루를 노려보았다. 하얀 피부에 난 긴 상처 위에 붉은 선혈이 방울방울 떨어지고 있었다.

"닥쳐!"

"그만 하라고 했다."

"시끄러워!"

"미친 자식."

자랑이라도 들은 듯 룩슨은 카루의 말에 다시 한 번 쿡쿡 웃음을 터뜨렸다. 참지 못하고 카루가 몸을 움직이려는 순간 다시 한 번 하얀 빛이 모든 것을 태울 것처럼 주위를 뒤덮기 시작했다.

환상에서 깨어난 베리는 조용히 주위를 둘러보았다. 기절하거나 울부짖으며 욕을 하는 아이들, 벽에 대고 토하는 아이 등이 시야 안으로 들어왔다.

역시 환상에서 깨어난 아이들은 충격에 휩싸여 있었다. '환상'이 아니라 '또 다른 세상'이라고 해도 좋을 정도로 완벽한 마법이었다. 아니, 오히려 아무런 감정을 느끼지 못하는 쪽이 비정상이라고 해도 좋았다.

긴 한숨을 쉬고 베리는 차가운 벽에 기댔다. 너무 긴장한 나머지 팔다리는 중풍에 걸린 것처럼 떨리고 온몸은 땀에 젖어 엉망이었다.

잠시 후 그런 아이들을 향해 뚜벅뚜벅 레가스가 걸어오기 시작했다.

그나마 제일 멀쩡한 아이에 속해 있었던 카루는 그런 그를 향해 몸을 날려 복부를 노리고 주먹을 휘둘렀다. 기습이란 것을 제외해도 정말 귀신같은 솜씨였다.

"소용없다."

코웃음 치며 레가스는 카루의 주먹을 낚아챘다.

"제길!"

주먹에서 엄청난 통증이 느껴졌지만 카루는 비명 한 번 지르지 않고 레가스를 노려보았다.

"네가 그래도 제일 쓸 만한 녀석이더군."

"당신한테 그런 소리 들어도 전혀 기쁘지 않은걸."

"언제든지 상대해 줄 테니 오늘은 포기해라, 애송이."

"그 말 기억해 두지."

비웃음 섞인 그의 말에 카루는 코웃음 치며 대꾸했다.

"자자, 모두 일어나서 깨끗이 청소하도록. 앞으로 자주 이용할 곳인데 더럽히면 안 되지."

무미건조한 레가스의 말에 학생들은 더욱더 화가 치밀어 올랐다. 배알이 꼴리오기 시작했지만 입술을 깨물며 참았고, 베리는 그런 그를 향해 물었다.

"검술 시간은 항상 이렇게 하실 예정입니까?"

"물론이다. 탑의 주인에게도 허락받았으니까 걱정하지 말도록."

선생의 말에 깨어 있는 학생들의 표정은 죽을 것처럼 변했다. 한 번도 아니고 이런 짓을 계속해야 한다는 건 맨 정신으로 도저히 할 수 없는 일이었기 때문이다.

"앞으로 더 힘들어질 텐데 고작 이런 일로 힘들어하면 안 되지."

풀썩 기절해 쓰러지는 한 여학생을 바라보며 레가스는 가 말했다.

순간 모든 학생들은 자신들의 적은 환상이 아니고 눈앞에 보이는 저 선생이란 걸 눈치 챘다. 증오심 가득한 시선을 외면하고 회색 머리의 사신은 아무렇지도 않게 기절한 학생들의 뺨을 때려 깨우고 있었다.

다음날 마음이 여린 아이들은 학교에 오지 않았다. 아니, 오고 싶어도 오지 못했다는 게 정확한 표현일 것이다.

드문드문 보이는 빈자리를 한숨 쉬며 바라본 베리는 결석한 아이들의 이름을 종이에 적었다.

소심하고 울기도 잘하는 스테빈 역시 충격이 컸던 모양인지 자리가 비어 있었다. 언제나처럼 옆에서 떠들썩하게 중얼거리던 그가 없자 카루는 조금 아쉽게 느껴지기도 했다.

검술 훈련 시간이 다가오자 학생들 모두는 흙빛을 하고 천천히 검은 탑 쪽으로 향했다. 할 수만 있다면 학교 밖으로 뛰쳐나가고 싶은 심정이었지만, 악랄한 선생에게 한 방 먹여주기 위해서라도 참고 싸우는 수밖에 도리가 없었다.

그래도 이번에는 쉽게 당하지 않겠다고 모두는 속으로 강하게 마음 먹었다. 저번에는 어처구니없이 방심해서 대부분 손도 쓰지 못하고 몰살당했지만 이번에는 최소한 검이라도 휘두르고 죽는 게 덜 억울할 것 같았다.

탑의 문을 연 후 모두는 침을 삼키며 천천히, 그리고 신중히 앞으로 걸음을 옮겨갔다. 긴 통로는 한 치 앞도 구분하지 못할 정도로 어두웠지만 최소한 이렇게 경계하고 있으면 기습은 당하지 않을 듯했다.

침을 삼키고 베리와 카루는 선봉에 서서 환상이 다가올 것을 대비했다. 예상한 대로 망막을 태울 것 같은 빛이 모든 것을 집어삼킬 듯 통로 전체를 덮쳐 왔다.

차 한 잔 마실 정도의 시간이 흐르고 눈을 떠서 주위를 살피자 학생들은 입을 벌리며 놀라워할 수밖에 없었다.

제일 먼저 볼 수 있었던 것은 어느 정도 시야를 확보할 수 있을 만큼의 횃불이었다. 아이들은 불이 꺼지거나 옮겨 붙지 않도록 소중히 그것을 손에 들고 주위를 밝혔다.

어둠, 그리고 눈이 쌓인 숲. 장비를 든든하게 챙긴 숙련된 여행자가 아니라면 모두가 꺼릴 그런 환경이었다.

살짝 깔린 안개와 축축한 숲의 풍경이 베리에게는 에르쥬나와 비슷하다는 느낌을 들게 했다. 늙고 거대한 나무가 햇빛 한 점 보이지 않게 하는 에트쥬나에 비하면 그래도 이쪽이 많이 나은 편에 속하는 것이겠지만 말이다.

"어떻게 하지?"

바닥에 떨어져 있는 방한용 외투와 단검 같은 무기를 챙겨 든 학생 대부분은 멍하니 반장인 베리를 쳐다보기 시작했다.

약한 사람은 누군가에게 의지하고 싶어한다. 책임을 회피하려는 본능적인 사람의 욕망이라고 할까? 베리 자신도 어느 정도 각오했던 일이기 때문에 쓴웃음을 짓고 입을 여는 수밖에 도리가 없었다.

"일단 앞으로 나아가는 수밖에. 가만히 있다가 죽을 순 없으니까."

베리가 선두에 서서 걸어가자 아이들은 불평없이 그의 뒤를 쫓아갔다.

정리가 되지 않은 숲을 걷는 것은 매우 힘들다. 그것이 시야가 확보되지 않는 밤이라면 배는 더 어려울 수밖에 없다. 날씨마저 좋지 않다면 더 이상 말할 필요조차 없다.

그래도 어느 정도 경험이 있었기 때문에 베리는 힘들어도 참고 앞으로 나아갔다. 땀을 뻘뻘 흘리며 도태되지 않으려고 아이들은 그의 뒤를 따랐다.

얼마 지나지 않아 뒤로 처지는 아이들이 생겼다. 점점 그 차이가 벌어지기 시작하자 베리는 얼굴을 찌푸리며 쉴 만한 곳을 찾았다.

커다란 나무 밑을 중심으로 비교적 젖지 않은 나뭇가지를 모아다가 모닥불을 피우고 옹기종기 모여서 불을 쬐며 숨을 고르기 시작했다.

"괜찮아? 더 갈 수 있겠어?"

턱까지 차 오른 숨을 고르며 땀을 비 오듯 흘리는 한 여자 아이에게 베리는 조심스레 물었다.

"으, 응."

힘들어도 뭐가 그리 좋은지 헤헤 웃으며 여자 아이가 대답하자 옆쪽에서 못마땅한 표정으로 매쉬가 중얼거렸다.

"저런 병신은 그냥 놔두고 가도 될 텐데."

베리가 손을 쓰기도 전에 카루가 먼저 매쉬에게 다가갔다. 그리고 멱살을 잡은 채 밤하늘 높이 들어 올렸다. 체중 차이가 적지 않은데 엄청난 근력으로 그 갭을 메운 것이다.

"뭐, 뭐야!"

점점 숨이 막혀오자 매쉬는 팔과 다리를 휘저으며 무의미한 저항을 했다. 시간이 지나서 매쉬의 숨소리도 거칠어지기 시작하자 어쩔 수 없이 베리는 카루에게 풀어주라고 말할 수밖에 없었다.

화가 풀리지 않은 모양인지 카루는 하얀 눈 바닥으로 매쉬를 내동댕이쳤다. 동시에 엄청난 충격으로 인해 사방에서 눈과 흙이 튀어 올랐다.

쓰러진 매쉬와 룩슨 패거리를 향해 베리가 말했다.

"죽어도 같이 죽고 살아도 같이 산다. 한 사람도 포기할 수 없다. 숨이 붙어 있는 한, 발이 잘려도 팔이 떨어져 나가도 데려간다."

똥 씹은 표정으로 룩슨 패거리가 베리를 노려보았다. 쐐기를 박는 듯 베리는 그런 그들을 향해 말을 이었다.

"내 방식에 불만있을 수도 있겠지만 참고 따라와 주길 바란다. 가뜩이나 숫자가 부족한데 여기서 무리가 갈리면 결과는 더 비참해질 것이다."

카루는 조용히 매쉬를 노려보았다. 살기에 젖은 눈동자에 겁이 질린 모양인지 매쉬는 몸을 추스르지도 않고 고개를 끄덕였다.

"그럼 계속 가자."

잠시 휴식을 취한 베리는 얼마 되지 않는 짐을 챙긴 후 일어섰다. 힘들고 지쳤지만 아이들은 그를 따라 몸을 일으키곤 앞으로 나아갔다. 스산하게 깔린 안개와 축축하게 젖은 나무만이 그들을 반기고 있었다.

짐승 소리가 점점 가까워지자 아이들을 인도하는 베리의 마음도 초조해지기 시작했다. 언제 다가왔는지 홀연히 나타난 펠시가 그를 향해 말했다.

"이리 떼다. 매우 굶주려 있는 것 같다."

얼마 지나지 않아 습격이 시작되었다. 일행에서 제일 뒤처진 아이를 향해 이리 떼는 달려들어 공격했고, 체력이 떨어진 아이는 큰 저항도 해보지 못한 채 목을 물어 뜯겨 절명했다.

게걸스럽게 죽은 아이의 몸을 뜯어 먹기 시작하는 이리 떼. 순간 베리는 어떤 선택을 해야 할지 고민할 수밖에 없었다.

싸우면 이길 수도 있다. 하지만 이쪽도 큰 타격을 받을 것이다. 죽은 아이의 시체를 외면하고 간다면 도덕적인 책임은 피할 수 없을지 몰라도 무사히 숲을 빠져나갈 수 있을지 모른다.

물론 변수는 많다. 배고픈 이리들이 시체 하나 가지고 만족하리라는 보장은 어디에도 없다. 그럼 뒤처진 아이들은 계속해서 이리에게 죽임을 당할 테고, 상대적으로 일행의 전력도 계속 줄어들게 될 것이다.

하지만 변변한 무기 하나 없이 배고프고 흉포한 이리 떼를 상대한다는 것은 분명 무리다. 선천적으로 녀석들은 인간에 몇 배는 뛰어난 턱힘과 빠른 다리를 가지고 있고, 당연히 싸우려는 의지도 이쪽보다 강했다.

멍하니 시체의 내장을 파먹는 이리 떼를 바라보며 베리는 눈물을 흘릴 수밖에 없었다. 아무리 환상이라고 해도 사람의 생명을 저울질한다는 건 용서하지 못할 행위이자 범죄다. 하지만 분명히 자신은 선택해야만 했다. 도태된 아이들의 생명과 싸워서 죽은 아이들의 생명. 무엇이 소중하고 무엇이 나은 선택이 될 것인가.

이리 떼에게 목숨을 잃은 사람은 역시 다리를 절던 여자 아이였다. 자신이 아이들의 짐이 될까 봐 힘들어도 미소 지으며 버티던 아이. 자신을 욕한 매쉬라는 녀석에게 오히려 먼저 손을 내밀어준 착한 마음을 가지고 있던 아이였다.

"베리, 어떻게 할 거냐?"

카루를 선두로 학생 모두는 베리의 얼굴을 멍하니 바라보았다. 깨문 입술에서 피가 터져 나왔지만 내색하지 않고 베리는 모두를 향해 외쳤다.

"싸운다!"

"짜식, 괜히 심각한 척하긴."

그럴 줄 알았다는 듯 피식 웃음을 터뜨린 카루는 단검을 고쳐 쥐었다. 개죽음당할 수 없다고 생각한 아이들은 제각각 심각한 표정으로 이리 떼를 노려보았다.

시체의 몸을 뜯어 먹느라 정신이 없는 무리와 으르렁거리며 아이들을 노려보는 무리. 그중 앞쪽의 무리가 향해 베리는 주문을 캐스트했다.

"파이어 볼(Fire Ball)!"

이리 몇 마리는 제대로 된 비명 한 번 지르지 못하고 그대로 불에 타 죽었다. 크게 당황한 모양인지 이리 떼가 우왕좌왕 어수선해지기 시작했다.

곧 아이들은 고함을 지르며 이리 떼를 향해 뛰쳐나갔다. 멍청히 앉아서 죽을 순 없다는 모두의 의지가 몸을 움직이고 무기를 휘두르는 원동력을 만들어주었다.

"개새끼들! 죽엇!"

한 손에는 횃불, 한 손에는 단검을 든 채 베리는 피 묻은 입을 하고 있는 이리의 배를 공격해 갔다.

앞서 터진 파이어 볼 때문에 그래도 시야에 큰 장해가 없다는 것이 다행스러웠다. 물 만난 고기처럼 카루는 늑대의 목을 따고 횃불을 휘둘러 태웠다.

하지만 역시 이리는 강했다. 날카로운 이를 번뜩이며 녀석들은 아이들의 몸을 덮쳤다. 발을 휘두를 때마다 선혈이 튀고 목이라도 물어 뜯으면 피가 분수처럼 하얀 눈을 적셨다.

죽느냐 사느냐, 잡아먹느냐 잡아먹히느냐. 원초적인 약육강식의 세계. 웃으며 떠들고 밥 걱정 없이 따뜻한 곳에서 잠을 자고 여가를 즐기는 아이들에게 애초부터 이리 떼와 싸운다는 것은 불가능에 가까운 일이었다. 다행히 카루나 펠시, 베리가 잘 싸웠기 때문에 그럭저럭 평형을 이룬 것이다. 기습적인 파이어 볼이 없었더라면 아이들은 모두 이리에게 잡아 먹혀서 환상에 풀려났을 것이 분명했다.

곧 이리들은 꽁무니 빼고 뒤쪽으로 달아나기 시작했다. 승리했음에도 아이들의 표정은 어둡기 그지없었다. 죽은 아이들도 많았고 부상당한 아이들은 그에 비해 배는 많았다. 환상이지만 함께했던 친구가 죽었다는 사실은 참기 힘들고 슬펐다.

죽은 늑대와 시체를 한곳에 모아 불태운 뒤 베리는 눈물을 흘리며 다시 앞으로 나아갔다. 시체가 타는 매캐한 냄새는 환상을 벗어나도 한동안 콧속을 떠나지 않을 것 같았다.

부상 입은 아이들을 부축하며 힘겹게 앞으로 나아가고 있었다. 가뜩이나 느린 이동 속도가 부상자 때문에 더욱 굼벵이처럼 느려졌지만 아이들은 아무런 말도 하지 않고 묵묵히 자신의 일을 다했다.

하지만 몸이 아프고 힘든 것은 참을 수 있어도 누군가 자신을 공격해 올 것이란 공포심은 참기 힘들었다.

휴식과 이동의 간격도 자꾸만 줄어들기 시작했다. 도태되고 싶지 않은 아이들은 눈물 콧물 흘리며 베리의 모습을 바라보았고, 베리는 그것을 외면할 수 없었다.

추우니까 불을 피우자는 아이들의 말에 베리는 단호히 고개를 저었다.

"연기나 불을 보고 다른 적이 습격해 올지 모른다."

당연하다면 당연한 기초적인 상식이었지만 아이들의 표정은 납득하기 힘들다는 모습이었다.

"쿨럭쿨럭."

제일 큰 부상을 입고 있던 매쉬가 참지 못하고 기침을 해댔다. 단단하게 묶었지만 허벅지에선 피가 줄줄 흘러나왔고 여기저기 상처도 많았다.

끊임없이 피를 토하고 신음을 흘리던 그가 간신히 숨을 고르고 베리에게 말했다.

"나, 날 내버려 두고 갈 거지?"

약한 아이들을 놀리고 괴롭히던 매쉬였지만 일순간 베리는 그런 그의 모습에 동정심을 느꼈다.

"아무도 내버려 두고 가지 않는다."

단호하게 말했지만 매쉬의 표정은 불신에 차 있었다. 그는 고개를 저으며 두려움에 가득 찬 표정으로 반문했다.

"거짓말하지 마! 넌 나를 싫어했잖아!"

"특별히 그렇게 생각한 적은 없다."

"병신 같은 놈, 니가 천사도 아니고 그럴 리가 없어! 그래, 차라리 이 대로 날 내버려 두고 가! 난 몸이 크니까 저 미친 개새끼들도 만족하고 뜯어 먹겠지!"

슬프고 자조적인 말투였다. 피를 줄줄 흘리면서도 매쉬는 이를 악물고 고통을 참으며 울부짖었다. 말을 끝마친 그는 한결 편한 모습으로 눈물을 흘리며 헤헤 웃었다.

베리가 천천히 매쉬에게 다가갔다.

"다시 한 번 말하지. 난 아무도 내버려 두고 가지 않을 거다. 숨이 붙어 있는 한 발이 잘려도, 팔이 잘려도 데려간다."

"……."

"기어서라도 쫓아올 수 있다고 판단되면 데려간다. 그 사람이 약하 든 강하든, 몸집이 크든 작든 그건 중요하지 않다. 그리고 난 병신이 아니다. 알겠냐?"

눈물을 흘리며 매쉬는 베리의 모습을 바라보지 못한 채 고개를 돌렸다. 더 이상 그가 말을 하지 않자 베리는 몸을 일으키고 외쳤다.

"그럼 이제 다시 출발한다!"

말없이 아이들이 몸을 일으켰다. 카루는 직접 매쉬의 몸을 부축하고 앞으로 걸음을 옮겼다.

잠시 후 영원할 것만 같던 어둠과 안개도 위대한 태양의 존재 앞에 굴복해 자리를 내줄 수밖에 없었다.

아이들은 숲을 벗어남과 동시에 뒤쪽에서 솟아오르는 일출을 바라보았다. 그것은 평생 잊지 못할 만큼 아름답고 감격적인 해돋이의 모습이었다. 빛은 모든 것을 태울 것처럼 하얗게 사방을 물들이기 시작했다.

눈물 흘리며 그 광경을 바라보던 아이들은 어느 순간 자신들이 환상에서 풀려났음을 눈치 챘다. 그러나 환상이 끝났음에도 불구하고 아이들의 표정은 모두 큰 충격에 빠진 것처럼 엉망이었다.

처음 때보다는 많이 나아진 편이었지만 아이들은 제정신을 차리기 위해 많은 시간을 지체해야만 했다. 그만큼 탑의 환상 마법은 완벽했다.

"자자, 오늘은 이걸로 해산이다!"

레가스의 외침에 아이들은 천천히 탑을 벗어나 교실로 향하기 시작했다.

봄날의 따스한 날씨를 받으며 걷던 베리는 한 소녀에게로 다가갔다. 그리고 고개를 숙였다.

"미안해."

제일 먼저 희생당했던, 다리를 절던 그 여자 아이였다. 왜 자신에게 사과하는지 이해할 수 없다는 듯 그녀는 눈을 동그랗게 뜨고 베리를 바라보았다.

아무런 답변도 주지 않고 베리는 몸을 돌려 교실로 걸어갔다. 멍하니 그 뒷모습을 바라보던 여자 아이는 살짝 이를 드러내고 웃음을 지었다.

그리고 잠시 후 기적 같은 일이 벌어졌다.

"미안하다."

비대한 몸집을 가진 남자 아이가 얼굴을 붉히며 그녀에게 그렇게 중얼거리곤 지나쳐 갔다. 한껏 미소 짓던 소녀는 그런 그의 뒤를 따라 절뚝거리며 교실로 향했다.

환상이 끝나고 아이들 마음속에 앙금 지어 있던 안개가 걷히는 순간이었다.

쏘아진 화살처럼 시간은 흐르고 어느덧 카이리온 기사 양성 학교의 축제일이 다가왔다. 아이들은 화려한 옷을 입고 학교 여기저기를 돌아다니며 부서들이 준비한 행사를 즐겼다.

베리 자신도 '미소년 사랑 동호회'의 임원이었지만, 올해 들어서 그쪽에는 관심을 끈 상태였다. 아니, 머리 속에서 그 끔찍한 사실을 기억하는 것조차 괴로웠으니 공부와 검술 연습, 그리고 반장 일에 바빠서 잠시 잊고 있었다가 정확할 것이다.

1학년 때에 비해서 공부의 강도도 높고 상대적으로 그만큼 쉴 시간이 없었던 아이들이다. 얼빵하게 대충 놀았던 작년과는 달리 아이들은 적극적으로 이성에게 구애하거나 춤을 추며 축제를 즐겼다.

우연히 만난 미레시아와 함께 베리는 이곳저곳을 구경하고 있었다. 학교도 오늘만큼은 일반인에게도 공개된 터라 어디를 가도 발 디딜 곳을 찾을 수 없을 만큼 사람들로 북적였다.

그것도 아직 저녁이 되지 않아서 많이 나은 편이라 할 수 있었다. 밤이 되고 본격적인 댄스 파티가 시작되면 수도의 여자 아이들은 학교로 다 모인다고 봐도 좋을 정도였으니 말이다. 옷깃에 재학생이란 표시로 검 장식이 달려 있으면 남자의 얼굴이 엉망진창이라고 해도 여자 아이들은 같이 춤을 추기 위해서 벌 떼처럼 몰려든다.

사실 베리도 혼자 축제 구경하고 있던 중 몇 번이나 여자 아이들에게 소위 말하는 헌팅을 당했다. 굳이 미레시아와 동행하는 걸 선택한 이유도 그것이었고 말이다.

"연극 보러 갈래요?"

"연극?"

"아는 녀석들도 있고 해서."

평생 잊지 못할 '사건' 을 만들어준 연극부의 녀석들이었지만 미운 정도 있고 해서 베리는 그렇게 미레시아에게 제의했다.

"다리도 아프고 귀찮았던 참에 잘됐네."

활짝 웃으며 미레시아는 베리의 팔짱을 꼈다. 그리고 둘은 천천히 연극이 벌어지고 있는 강당으로 향했다.

강당에는 연극을 보기 위해 모여든 사람들로 인산인해를 이루고 있었다. 그런 사람들의 물결을 바라보다가 괜찮겠냐는 듯 미레시아는 베리의 얼굴을 바라보았다.

"걱정 마세요."

사람들을 뚫고 베리가 강당 뒤편에 있는 조그만 문을 열고 들어가자 출연자들이 초조한 눈빛으로 대사를 외우는 풍경이 눈에 들어왔다.

"여긴 일반인 출입 금지… 아, 너 베리 아니야?!"

"연극 보러 왔습니다."

레티라는 이름이었던가? 베리는 기억 속에 묻혀진 선배의 이름을 기억해 내고 어색한 미소를 지었다.

"하하, 잘 왔어. 베리는 우리 연극부의 히든카드이자 희망이니까 언제든 환영한다고."

"히든카드?"

"아, 아무것도 아닙니다! 이봐요, 선배. 그 일은 비밀로 하기로 약속했잖아요!"

"그랬지. 미안해. 어쨌든 일등석을 준비할 테니 여기서 잠깐 기다리라고."

능글맞은 미소를 한 번 지어 보인 후 레티 선배는 어디론가로 가버렸다. 궁금한 것이 있으면 참지 못하는 성격이었던 미레시아는 한참이 지나도록 비밀이 뭐냐고 꼬치꼬치 질문을 해서 베리의 마음을 아프게 했다.

"야, 베리! 왔으면 나한테 먼저 말을 했어야지!"

그냥 시아, 미레시아, 그리고 마지막 루시아. '시아 세 자매'의 중간격이라고 할 수 있는 그녀가 화가 난 듯 인상을 찡그리며 외쳤다.

"미레시아 언니도 있었네? 헤에~ 둘이 데이트라도 하는 거야?"

못 볼 것을 봤다는 듯 인상을 찡그리는 베리를 무시하고 루시아는 씨익 미소 띤 채 말을 이었다.

"데이트는 무슨. 그냥 우연히 만난 거야."

"너, 오래 살고 싶으면 적당히 해."

"호호. 무서워서 말도 못하겠네. 어쨌든 오늘은 바로 이 몸이 주연이니까 잘 보도록 해!"

베라를 향해 새침하게 혀를 한 번 내민 그녀는 다시 분장실 쪽으로 바쁘게 가버렸다. 잠시 후 레티 선배가 건네준 표를 받아 들고 둘은 조금 어색해진 표정으로 강당으로 향했다.

블랙 드래곤 살로빈을 주인공 왕자와 여기사가 힘을 합쳐 물리친다는 내용의 연극이었다. 유명한 소설을 원작으로 한 이 연극은, 비록 여기사와 왕자가 적대 세력인 나라였지만 대의를 위해서 서로가 양보하고 결국에는 사랑까지 이룬다는 굉장히 동화적이며 허무맹랑한 스토리였다.

여기사 역을 맡은 건 루시아, 왕자 역을 맡은 건 레티 선배였다. 둘은 조금의 어색함도 없이 진지하게 자신의 맡은 역할을 다하고 러브씬이 나오면 정말 사랑하는 연인 사이처럼 얼굴을 붉히며 대사를 읊었다.

브레스에 맞아 크게 상처 입은 왕자는 결국 블랙 드래곤 살로빈의 마법검을 꽂고, 여기사는 신에게 자신의 생명을 걸고 왕자의 목숨을 구해줄 것을 빈다. 기적적으로 되살아난 왕자는 여기사의 입술에 키스하고 둘은 행복하게 오래오래 살았다는 내레이션과 함께 연극의 막이 내렸다.

전체적으로 유치하고 진부하지만 그래서 대중적인 인기를 얻을 만하다는 느낌이었다. 연극이 끝나고 베리가 옆을 돌아보자 눈물을 뚝뚝 흘리며 감동에 빠져 있는 미레시아의 모습이 보였다.

신전에서만 살아서인지 이런 종류의 이야기에 유난히 약한 미레시아였다. 등을 두드려 주며 감정이 진정될 때까지 기다린 베리는 잠시 후 강당 밖으로 빠져나왔다.

'살로빈 녀석이 예전에 엄청 악행을 많이 저지른 모양이군.'

드래곤은 절대 늙어 죽지 않는다. 아니, 인간과는 정반대로 나이를 먹을수록 더 힘이 강해지는 특징을 가지고 있다. 비단 몸집이 커지고 힘이 강해지는 것뿐 아니라 마법적인 능력도 점진적으로 상승하기 때문이다.

살로빈의 나이와 힘은 인간으로서 측정하기 힘들다. 고대 마법을 알고 있는 대륙의 존재는 손가락에 꼽힐 정도인데, 그중 그것을 제일 많이 기억하고 또 능숙하게 쓸 수 있는 것 중 하나가 바로 살로빈이었다.

잊혀진 고대의 마법. 오만한 물질계의 존재들이 신의 천벌을 받고 동시에 빼앗긴 것 중 하나, 사람과 신의 경계가 제일 얕았다는 그 당시의 쓰여졌던 마법이었으니 그 파괴력과 힘은 측정할 수 없을 대단할 것임이 틀림없었다.

물론 델리만이나 인간 대마법사 몇도 살로빈 못지않게 그 금지된 마법을 알고 있었다. 하지만 사용할 수는 없다. 강한 힘에는 그에 상응할 만큼 강한 반발력을 가지고 있기 때문이다. 드래곤 정도 되는 엄청난 정신력과 제어력을 가지고 있지 않는 한 주문을 쓰기도 전에 몸이 터져서 즉사할 것이 분명했으니까. 아니, 기적적으로 주문을 완성시킨다고 해도 그 뒤가 더 문제다.

여하튼 예전부터 엄청난 악행을 저지른 그녀였지만, 힘없는 것이 죄라는 말처럼 인간과 다른 존재들은 이를 갈며 참고 견디는 수밖에 없었다. 이 연극의 원작인 소설이 대중들에게 크게 어필할 수 있었던 이유도 그것이었고 말이다.

날이 완전히 어두워지자 미레시아는 신전으로 돌아가야 한다고 베리에게 갈했다. 아쉽지만 손을 흔들며 작별한 베리는 시아와 일행과 만나기로 한 약속 장소로 향했다.

시간이 더 늦어졌음에도 댄스 파티를 즐기기 위한 사람들로 학교는 북적거렸다.

끊임없이 자신을 유혹하는 여자 아이들. 일행이 기다리고 있다는 핑계를 대는 것도 지칠 무렵 드디어 베리는 약속 장소에 도달할 수 있었다.

약속 시간보다 조금 일찍 도착한 시아와 셀브렛, 그리고 아이린 씨는 벤치에 앉아서 사람들을 기다리고 있었다.

베리를 발견한 셀브렛은 부끄럽게도 큰 소리로 손을 흔들며 베리의 이름을 불러댔다. 주변 사람들의 시선이 자신 쪽으로 쏠리자 베리는 얼굴을 붉히며 급히 일행 쪽으로 갔다.

"베리 오빠, 여기야, 여기!"

도착하자마자 베리는 셀브렛의 입을 틀어막고 목을 졸랐다. 조금 심한 장난 같기도 했지만 검술대회 이후로 이름이 일반인에게도 알려진 베리에게는 셀브렛의 행위가 영 못마땅했기 때문이다.

발 없는 말이 천 리 간다는 속담처럼, 가뜩이나 여자 아이들이 치근덕거리는 바람에 곤란해 죽겠는데 여기서 더 심해진다는 건 정말 참기 힘들 정도로 곤혹스러운 일이었다.

"오빠, 셀브렛 머리 헝클어지니까 적당히 하세요."

댄스 파티에 걸맞게 셀브렛의 복장과 머리 모양도 평소와는 달리 많이 꾸미고 준비한 모습이었다. 캑캑거리며 베리의 얼굴을 쏘아보더니 셀브렛은 혀를 내밀고 아이린의 등 뒤로 숨었다.

셀브렛뿐만 아니라 아이린과 시아의 모습도 평소의 모습과 달리 굉장히 아름답고 귀여웠다. 특히 아이린은 그녀가 엘프라는 사실 때문에 인간에 비해 두 배는 이목을 더 받고 있는 상태였다.

혹시 코인 녀석이 시아를 발견한 건 아닌가 하고 베리는 주위를 살살이 둘러보았다. 다행스럽게도 주변에는 신기한 눈초리로 아이린과 셀브렛을 바라보는 사람들밖에 없었다. 남자 한 명이 여자 셋을 거느리고 있는 모습에 불만 가득한 표정으로 노려보는 사내들도 있었지만.

잠시 그렇게 넷이 한가로이 잡담을 나누고 있을 때였다.

"하하하!"

언제 나타난 것인지 카루 녀석이 베리의 등 뒤에서 웃음을 터뜨리고 있었다.

"안녕하세요."

"오랜만이네요."

어느 때와 같은 활기찬 모습으로 카루는 아이린과 시아, 셀브렛을 향해 인사했다. 못마땅한 표정으로 잠시 그런 카루를 노려보더니 베리는 심드렁한 투로 입을 열었다.

"펠시는?"

"저기 뒤에 있어."

"진짜?"

"하하하! 설득하느라 꽤 애를 먹었지. 두 번 다시 하고 싶지 않을 정도로 힘들고 외로운 싸움이었어."

감회에 젖은 눈으로 뭐라 더 중얼거리는 카루 녀석을 무시하고 베리는 카루 뒤쪽을 바라보았다.

정말로 영 어색한 표정을 하고 이쪽을 노려보는 펠시의 모습을 발견할 수 있었다. 가까이 가서 말을 걸고 싶었지만 도망가 버릴지도 모른다는 생각이 들었기 때문에 이 정도로 만족하고 참을 수밖에 없었다.

"더 올 사람 없지? 자룬 왕자는 높은 분 상대하느라 바쁜 것 같고, 기르다나 그 깜둥이 도룡뇽은 올 턱이 없을 테고."

기르다나 살로빈이 댄스 파티에 온다면… 춤을 추고 남들과 어울리는 것도 끔찍하고, 녀석들답게 깽판을 부리는 것도 끔찍하다고 할 수 있었다.

"오빠나 그녀는 오지 않을 것 같아. 내가 말은 해봤지만 대꾸도 안 하던걸."

"정말 부탁을 했단 말씀이십니까?"

"응."

피와 살이 튀기고 수급이 날아다니는 그런 살육 파티라면 모를까 꿈과 희망에 찬 소년, 소녀들이 어울리며 춤추는 이런 자리에 그런 대량 살상 무기를? 창백해진 얼굴로 베리는 그렇게 생각할 수밖에 없었다.

"자, 그럼 가도록 하죠."

앞장을 선 카루는 무도회장으로 향했다. 신기한 눈으로 이쪽을 바라보는 사람들의 시선은 오히려 그의 기분을 즐겁게 해주었다.

따라오지 않을까 봐 베리는 도중에 몇 번이나 뒤를 돌아보며 펠시의 모습을 확인했다. 얼음땡 하는 것도 아니고 베리가 등을 돌릴 때마다 펠시는 몸을 주춤거렸다. 셀브렛은 그런 둘이 웃긴 모양인지 가는 내내 쿡쿡거렸다.

잠시 후 드디어 일행은 특별히 준비된 무도회장에 도착했다. 아직 본격적인 파티가 시작된 것은 아니었지만 춤을 추고 이야기를 나누는 사람들로 발 디딜 틈 없이 북적거렸다.

아는 얼굴이 없나 해서 베리는 주변을 살폈다. 하지만 장소가 너무 넓고 사람들도 많다 보니 금방 포기할 수밖에 없었다.

"저와 한 곡 추실까요, 레이디."

단정한 얼굴과 엘프라는 이미지로 인해 무도회장에 도착하자마자 아이린은 남자들에게 춤 신청을 받았다.

곤란한 얼굴로 거절하더니 결국 한 멋들어진 수염의 중년 기사에게 이끌려 그녀는 일행 중 처음으로 춤을 추기 시작했다.

무대의 중앙에서 아름답게 춤을 추는 아이린의 모습을 바라보다가 시아와 베리, 그리고 카루와 셀브렛도 분위기에 이끌려 천천히 중앙으로 걸어나갔다.

시간이 흐를수록 회장의 음악도 점점 흥겨워지고 춤을 추는 사람들의 표정과 몸짓도 격앙되어 갔다.

현란한 음악과 거대한 조명……. 쓴웃음을 지은 채 벽에 기대서 있던 펠시는 그런 일행의 모습을 바라보았다.

눈에 보이진 않지만 저들과 자신 사이에는 딱딱한 벽이 하나 있는 것 같았다.

어려서부터 칼을 휘두르고 엄격한 훈련을 강요받던 그녀에게 화려한 조명과 춤은 어울리지 않았다. 무기가 오고 가는 전쟁터라면 모를까.

"……."

명령을 받은 이상 자신은 감정없는 기계이자 꼭두각시다. 몇 번이나 마음이 흔들렸지만 자신을 길러주고 강하게 만들어준 스승을 위해서라도 그녀는 끊임없이 자신을 채찍질하고 달랠 수밖에 없었다.

평범한 또래의 소녀들을 동경하지 않았던 건 아니다. 아무도 없는 지하실의 독방에서 홀로 쓸쓸히 자신을 구해줄 왕자님을 꿈꿀 때도 있었다. 하지만 세월이 흐르고 나이를 먹을수록 그녀는 자신의 운명을 순응하고 인정할 수밖에 없었다. 소설에 나오는 기사나 왕자는 없다. 운명을 바꾸는 것은 자신의 힘과 노력이었을 뿐 아무리 잠겨진 철문을 바라보며 기도하고 눈물 흘려봐도 그럴수록 몸만 더 피곤해질 뿐 실제로 변하는 것은 눈곱만큼도 없었다.

순간 웃으며 춤을 추던 아이린과 펠시의 눈이 마주쳤다. 펠시는 슬픈 웃음을 한 번 지어 보이고 천천히 무도회장을 빠져나가기 위해 걸음을 옮겼다.

"나랑 한 곡 출래?"

순간 그녀의 움직임을 막은 것은 한 소년의 딱딱한 말이었다.

"……."

대답하지 않고 펠시는 조용히 뒤를 돌아보았다. 어색한 얼굴을 하고 베리가 그녀에게 춤을 청하고 있었다.

'이럴 때는 어떻게 거절해야 하더라?'

고개를 숙이고 고민하고 있는 그녀에게 베리는 조금 단호한 투로 입을 열었다.

"미안하지만 잠시 실례하겠어."

말이 끝나기가 무섭게 베리는 팔을 뻗어 펠시의 손을 마주 잡았다. 그리고 천천히 중앙으로 걸어나갔다.

사람들의 시선이 너무나 무서워서 펠시는 홍당무처럼 새빨갛게 얼굴을 붉혔다. 괴물과 싸우고 상처 입는 것은 조금도 두려워하지 않던 그녀였지만 이런 경험은 참기 힘들 정도로 자극적이었다.

무대 중앙에 선 베리는 천천히 펠시의 허리에 손을 대고 어색한 미소를 지으며 입을 열었다.

"못해도 괜찮으니까."

당장이라도 무대 밖으로 뛰쳐나가고 싶었지만 긴장한 나머지 그럴 용기도 없었다. 그녀는 거의 울 것 같은 표정을 한 채 베리의 가슴을 노려보았다, 얼굴을 바라볼 용기까지는 생기지 않았음으로.

그렇게 세상에서 제일 어색한 둘은 세상에서 제일 어색한 춤을 추기 시작했다.

주위의 몇몇 커플들이 그런 둘을 귀엽다는 듯 바라보았다. 펠시는 그것이 비웃는 것인 줄 알고 더욱 딱딱하게 몸을 움직일 수밖에 없었다.

"천천히."

그녀의 귀에 대고 나지막하게 베리가 중얼거렸다. 이런 상황에서 긴장하지 말라고 말해 봤자 역효과만 날 것을 알고 있었으니까.

어색한 펠시의 움직임은 작년 처음 춤을 추던 베리와 비슷했다. 춤을 춘다는 그 사실을 즐기지 못하고 딱딱하게 상대방의 움직임을 관찰하며 따라 하던.

쿡쿡 터져 나오는 웃음을 간신히 참고 베리는 펠시를 리드하며 스텝을 밟고 몸을 움직였다. 시간이 흘러도 적응이 안 되는 모양인지 펠시는 화가 난 것처럼 얼굴을 붉히고 기계처럼 몸을 움직였다.

한 곡의 음악이 끝날 때까지 펠시는 정말 평생 살아도 쓰지 못할 용기와 인내심, 살인 충동, 부끄러움을 감내해야만 했다.

그리고 곡이 끝나자마자 12시가 된 신데렐라처럼 후닥닥 회장을 빠져나갔다.

"이제 넌 죽었다. 아마 평생 이 일을 저지른 걸 후회하게 될 거야."

"부디 경복을 빌어줘."

동정에 가까운 눈을 하고 카루는 베리를 바라보았다. 긍정한다는 듯 살짝 고개를 끄덕이고 베리는 다음 춤출 상대를 찾아 움직이기 시작했다.

회장 안에 시아와 춤을 추는 베리를 증오에 불타는 눈빛으로 바라보는 두 사람이 있었다. 한 사람은 남자였고 한 사람은 여자였으며, 남자는 중년이었고 여자는 소녀였다.

다름 아닌 둘의 이름은 레이젠과 아이샤. 베리 때문에 자존심에 크게 상처를 받았다는 점에서 둘의 목적과 아픔을 일치했다. 사건의 계기는 자신이 초래한 것이라는 사실도 두말할 것 없이 물론 동일했고 말이다.

그동안 이를 갈며 둘은 베리의 약점을 찾기 위해 정보를 수집하며 상처받은 자존심을 회복했다. 어느 정도 성과가 있었던 것은 사실이었지만, 워낙 개성없이 살려고 노력하는 베리이었기에 섣불리 몸을 움직이지 않은 터였다.

역으로 자신이 당할 가능성도 있으니 더 더욱 신중을 기해서 조심스럽게 행동하는 것이다. 목적을 위해선 수단과 노력을 아끼지 않는다는 점에선 참으로 훌륭하다고 말할 수 있겠지만, 아무리 봐도 밴댕이 소갈

딱지라는 말을 피할 수 없는 두 사람이었다.

그리고 잠시 후 그런 두 사람을 하늘이 도운 것인지, 술을 물인지 알고 마셨다가 취한 셀브렛이 그만 넘어지면서 테이블이 엎어지는 일이 발생했다.

대충 베리와 셀브렛이 일행이라는 걸 알고 있었던 두 사람은 기회다 싶어서 재빨리 몸을 움직이고 입을 열었다.

"아니, 이게 무슨 일이야!"

"어머! 저 아이 좀 봐!"

팔을 걷어붙이고 레이젠은 셀브렛의 실수를 비난하기 시작했다. 그리고 아이샤는 그런 그의 말을 맞장구치며 동의했다.

"아무리 예의가 없는 묘인족이라지만 저건 좀 너무한 거 아냐! 쯧쯧, 도대체 보호자는 뭐 하고 있는 건지 원."

"정말 엉망이네요. 정신이 없어도 어쩜 저렇게까지 할 수 있을까! 일부러 저렇게 만들기도 힘들 것 같은데."

어느새 다가온 아이린이 고개를 숙이며 사과했지만 레이젠과 아이샤의 비난은 끊이질 않았다. 너무 놀란 나머지 셀브렛은 뚝뚝 눈물을 흘리며 당황해할 수밖에 없었다.

그리고 소동으로 다가온 베리가 아이린에게 무슨 일이냐고 묻는 순간, 기회다 싶어 레이젠은 입을 열었다.

"학생은… 베리 아닌가? 설마 학생이 저 묘인족의 보호자인가?"

"네, 그렇습니다만."

"상식이 없어도 정도껏 없어야지. 도대체 저렇게 만들 때까지 뭘 보고 있었던 건가?"

"죄송합니다."

"죄송하다고 사과해서 일이 풀리면 세상에 걱정이 하나도 없을 테지. 사고뭉치만 모인 반이라고 들었지만, 이런 날에 또 말썽을 일으킬 줄이야……!"

쯧쯧, 혀를 차며 레이젠은 관계없는 베리의 반까지 물고 늘어졌다. 가만히 듣고 있던 베리도 슬슬 열받기 시작했지만 아이린이 실수한 것은 사실이었음으로 참고 견디는 수밖에 없었다.

"허구한 날 싸움질을 하질 않나, 소중한 학교 기물을 파손하질 않나, 이번에는 또 이렇게 파티 때 테이블을 엎어버리다니……. 도대체 학생으로서 자각이 있는 건지, 정말 큰 벌을 한번 받아야 정신을 차릴 녀석들이군."

그렇게 레이젠이 베리의 반이 여태껏 저지른 악행을 말하며—대부분 룩슨 패거리가 일으킨 짓이다—대중에게 이번 실수와 자신의 주장을 확고히 하던 중이었다.

그때 뜻하지 않은 지원군이 그런 그의 말에 대꾸했다.

"자네, 내가 맡은 반에 무슨 불만이라도 있는 모양이지?"

언제나처럼 귀신같이 홀연히 등장한 레가스였다.

"선생님?"

말끔히 차려입은 정장이 훤칠한 키와 몸매를 돋보이게 해주고 있었다. 엉망진창 엉클어진 긴 회색 머리도 단정하게 뒤로 묶어 넘긴 채 그는 한 손에 포도주 잔을 들고 서 있었다.

"레가스."

은빛 철가면을 썼기에 모습은 보이지 않았다. 비록 얼굴을 확인할 수는 없었지만, 베리는 폐인이라는 예전 그의 고정된 이미지가 한순간 우르르 무너져 내림을 느꼈다.

"불만이 있으면 나한테 직접 말하게."

갑작스레 나타난 레가스의 모습에 레이젠도 좀 당황한 것 같았다. 하지만 이왕 일이 이렇게 된 거 화끈하게 하는 쪽이 나을 듯해서 그는 당당한 얼굴로 말했다.

"물론 불만이 있지. 자네가 맡고 있는 그 문제아 집단 때문에 우리 학교 이미지가 불량배들 우글거리는 뒷골목같이 되어버렸으니까."

"크크. 그건 내가 앞으로 천천히 고치도록 할 테니 걱정하지 않아도 되네. 또 다른 할 말이 있는가?"

"그런 문제아들이 도대체 뭘 할 수 있다는 건가? 당장 모두 퇴학시켜 버리는 쪽이 낫지."

레이젠의 어이없는 말에 베리는 물론 레가스의 표정도 살짝 굳어졌다.

"그럼 자네, 나랑 내기 한 가지 하겠는가?"

"내기라니?"

"우리 반이 이번 기말 실전 시험에 일등을 하면 자네는 '나는 바보입니다' 라는 팻말을 들고 운동장을 열 바퀴 돌도록 하게."

"일등을 하지 못한다면?"

"그러면 내가 이 학교를 나가도록 하지."

갑작스런 레가스의 폭탄선언에 사정을 아는 사람들은 입을 벌리며 놀랄 수밖에 없었다. 레이젠은 기쁜 감정을 속으로 갈무리하고 사뭇 진지한 표정으로 말했다.

"좋군. 거기에 추가로 한 가지 조건을 덧붙이고 싶네."

"말해 보게."

"만약 자네 반이 일등을 한다면 난 자네 반 학생 모두에게 만점을 주도록 하지. 하지만 일등을 하지 못한다면 이유 불문하고 0점을 주겠네. 동의하는가?"

"그렇게 하도록 하지."

한참 동안 서로를 노려보더니 코웃음 치며 둘은 회장 밖으로 나가 버렸다. 단순한 일이 왜 그렇게 복잡하게 꼬여가는 것인지…… 한동안 미동조차 하지 않고 아이린의 품에 안겨서 훌쩍이는 셀브렛의 모습을 보다가 레가스가 사라진 방향을 좇아서 베리도 걸음을 서둘렀다.

레가스의 모습을 찾는 것은 힘들지 않았다. 은색의 철가면을 제외한다고 해도 다른 사람의 머리 하나는 큰 키를 가지고 있는 그였기 때문이다.

숨을 고른 베리는 그의 앞으로 다가갔다. 베리의 모습을 발견한 레가스는 움직임을 멈추고 먼저 입을 열었다.

"자네도 나한테 무슨 볼일이 있는가?"

고개를 끄덕인 베리가 무거운 입을 열었다.

"방금 전의 내기를 취소해 주십시오."

"왜지?"

"이유는 여러 가지가 있습니다."

"시간은 충분하니까 자세히 말해 보도록 하게."

"일단 우리 반은 일등을 할 수 없으니까요."

"크크. 다른 이유는?"

"그 선생님이 노리는 것은 저 하나입니다. 관계없는 다른 아이와 선생님까지 말려들게 하고 싶지 않습니다."

"그래서 자기 자신만 희생하면 된다는 건가?"

"그렇습니다."

"다른 이유는 없나?"

"조금 이상하다고 생각하실지도 모르겠지만, 전 선생님이 좋습니다."

레가스의 얼굴에 희미한 미소가 떠올랐다. 표정 하나 변하지 않고 당당히 자신을 바라보는 베리를 향해 그는 짧게 반문할 수밖에 없었다.

"이유는?"

"선생님이라면 정말 우리 반을 변화시킬지도 모른다는 생각이 들었으니까요."

베리의 말이 끝나기가 무섭게 크게 입을 벌리며 레가스는 웃음을 터뜨렸다. 이상하다는 듯 자신을 바라보는 주변 사람들의 시선은 조금도 신경 쓰지 않으며 말이다.

한 번도 선생의 이런 모습을 보지 못했던 베리는 혹시 자신이 무언가 실수한 것이 있는 게 아닌가 하고 인상을 찌푸렸다.

"웃어서 미안하군. 여하튼 대답은 해주지."

"……."

"난 한번 건 내기는 절대 중도에 취소하지 않는다. 생명이 걸려 있든, 전 재산이 걸려 있든, 아니, 설령 그것이 질 것이 확실한 내기라 할지라도."

실망한 얼굴의 베리를 향해 레가스는 천천히 말을 이었다.

"납득할 수 없다는 표정이군. 그럼 자세히 설명해 주지. 첫 번째 이유는 우리 반은 이번 기말 실전 시험에서 절대 일등을 할 것이기 때문이다. 둘째는 반의 대표라 할 수 있는 사람이 얼굴에 먹칠을 당하는데 손가락 빨고 그것을 멍청히 바라만 볼 수는 없다. 난 선생이니까. 셋째는 사람들 앞에서 그렇게 비난받을 정도로 니가 실수한 건 없다고 판단했기 때문이다. 그리고 마지막으로 제일 중요하고, 내가 내기를 하기로 결심한 근본적인 네 번째 이유는… 그냥 저 레이젠이란 놈이 마음에 들지 않기 때문이다."

"우리 반이 정말 일등할 수 있다고 생각하십니까?"

"물론. 그 사실에는 추호의 의심도 없다."

"숫자도 부족하고 문제아라 불리는 이상한 아이들만 모여 있는데도?"

기가 막힌다는 듯 말하며 자신을 바라보는 베리를 바라보며 레가스는 씨익 하얀 이를 드러내며 웃었다.

"물론 숫자는 중요하다. 하지만 그것이 언제나 이득이 되는 건 아니다."

"……"

"실전에 충분히 적응이 되면, 망설임없이 적의 목을 베고 죽이는 단계까지 간다면 그 다음부터 승리할 수 있는 방법을 배운다."

아무런 동요 없이 그런 대단한 말을 내뱉는 레가스였지만 베리는 문득 저 선생이면 그렇게 할 수 있을지 모른다는 생각이 들었다.

더 이상 할 말이 남아 있지 않은 모양인지 레가스는 등을 돌렸다.

"마지막으로 한마디 더 하지. 넌 좋은 반장이다."

쿡쿡 웃음을 터뜨리며 레가스는 베리의 시야 밖으로 멀어져 갔다. 회색 머리가 완전히 보이지 않을 때까지 멍하니 그 광경을 바라보다가 베리는 일행이 기다리고 있는 무도회장으로 다시 걸음을 돌렸다.

베리의 말을 들은 반 아이들의 표정은 복잡했다. 대놓고 웃음을 터뜨리며 좋아하는 녀석도 있었고, 성적이 떨어질 것이란 사실에 인상을 찌푸리며 분통을 터뜨리는 녀석도 있었다.

회비가 엇갈리는 교실에서 베리는 씁쓸한 표정으로 말했다.

"미안하다. 나 때문에 관계없는 너희까지 말려들게 해서."

"뭐, 괜찮아, 반장. 저 미치광이 선생이 학교를 떠나는 것도 좋은 일이고 기말시험에 일등을 하는 것도 좋은 일이잖아. 성적이 더 떨어진다는 게 좀 아쉽긴 하지만 말이야."

"맞아. 난 저 선생이 이 학교를 그만둔다면 실기 과목 하나 낙제받는 건 상관하지 않겠어."

예상외로 대부분 아이들의 반응은 긍정적이었다. 일단 이 반의 제일 큰 공공의 적은 다름 아닌 레가스 선생이었으니까 말이다.

게다가 룩슨 패거리의 반응은 더욱 놀라웠다.

"오, 비실이! 니가 오랜만에 큰 건 하나 터뜨렸구나!"

"잘했어, 반장! 내가 뽀뽀해 줄까?"

룩슨 패거리는 이번 사태를 쌍수 들고 환영하는 분위기였다. 워낙 생각없이 놀기 좋아하고 성적에는 신경도 쓰지 않는 녀석들이었으니 성적이 떨어진다는 것은 제쳐 두고, 귀신같은 선생이 퇴출된다는 사실에 기뻐하는 것이었다.

베리는 새삼 그런 그들의 반응에 웃어야 할지 울어야 할지 고민할 수밖에 없었다. 평범한 반 아이들의 분위기를 지배하고 있는 녀석들이었으니까 일단 이렇게 되면 자신을 공개적으로 비난할 사람은 없겠지만, 그렇다고 저런 칭찬을 듣는 건 양심상 영 내키지 않았던 것이다.

여하튼 이번 일로 제일 기분이 좋았던 것은 다름 아닌 영원히 돌아오지 않을 것이라 생각했던 스테빈이었다. 그는 기말시험만 끝나면 더 이상 검은 탑에 가지 않아도 된다는 사실에 정말 눈물을 글썽이며 감격해하고 있었다.

"야, 스테핑! 선생이 나가는 게 그렇게 좋냐?"

"당연하지! 카루 넌 나처럼 약한 사람의 심정을 모를 거다."

"헤에. 난 그렇게 좋진 않은데 말야."

"성적 때문에?"

"아니, 그건 상관없지. 하지만 아직 저 선생 얼굴에 제대로 한 방 먹여보지도 못했으니까."

"너, 정말 선생이랑 싸울 셈이야?"

"당연하지! 지금은 내 실력이 부족하니까 참고 있는 거다!"

스테빈은 질린 표정으로 카루의 분해하는 모습을 바라보았다. 어찌 됐든 일이 그럭저럭 수습되자 베리는 아이들을 향해 다시 한 번 말했다.

"쉬는 시간도 끝나가니까 이제 이동하자."

도살장에 끌려가는 소처럼 아이들은 풀이 죽은 얼굴로 검은 탑을 향해 걸음을 옮겼다.

언제 가도 적응이 되지 않는, 아니, 오히려 가면 갈수록 두려움이 배가되는 곳이었다. 몸이 부들부들 떨리는 것이 눈에 보일 정도로 스테빈은 겁에 질려 있었다. 아이들의 뒤를 좇아서 반사적으로 몸을 움직이고 있을 뿐, 본심은 당장이라도 학교 밖을 벗어나 어디론가 달아나고 싶은 심정이었다.

탑 안으로 들어가 어느 때처럼 그 지렁이 같이 구불구불 이어진 통로로 가자 아이들의 공포심도 극에 달했다.

'이번에는 또 뭐냐.'

한참 어둠 속을 걷다가 드디어 정신을 잃을 듯한 환한 빛과 함께 모두는 현실 같은 환상 속으로 빠져들었다.

"뭐, 뭐야?!'

예상을 초월하는 환상 속 주위 풍경에 모두는 정말 턱이 빠질 정도로 입을 벌리며 놀라워할 수밖에 없었다.

시야에는 엄청나게 변화한 밤의 시장 풍경만이 보일 뿐이었다. 이름을 알 수 없는 발전된 도시인 듯한 이곳은 대낮처럼 불을 밝히고, 수도 없이 몰려드는 사람들을 향해 상인들이 제각각 자신의 물건을 소리쳐 선전하고 있었다.

한참이 지나도록 아무런 위험도 찾을 수 없자 아이들은 그만 맥 빠진 얼굴을 하고 베리를 바라보았다.

"일단 여긴 보는 눈이 너무 많으니까 다른 데로 이동하지."

비교적 사람들의 왕래가 적은 곳을 찾아 베리는 천천히 걸음을 옮기기 시작했다. 이런 곳에서 사람들 눈에 띈다는 것은 최악에 가까운 상황이라고 할 수 있었으니까.

꽤 많은 인원들이 몰려갔지만 그보다 훨씬 많은 인파가 즐비해 있었기 때문에 사람들의 이목은 조금도 받지 않았다고 장담할 수 있었다. 확실히 저런 곳에서 주의 깊게 오고 가는 사람들을 관찰하는 건 소매치기 정도뿐이다.

비교적 사람들이 없는 공터에 도착해서야 베리는 다시 입을 열었다.

"아무래도 귀찮은 곳에 떨어진 것 같은데."

"왜? 평화로운 도시 같은데?"

웃고 있는 스테빈을 향해 눈살을 찌푸리며 베리가 대답했다.

"그렇게 간단한 게 아니야. 분명히 우리를 노리는 적이 있을 테니까."

"설마.'

"100% 그럴 거라고 장담할 수 있어. 게다가 우린 땡전 한 푼 없는 거지야. 이런 번화한 도시에서 무일푼으로 밤을 보내야 하는데 정말 최악이라고 할 수밖에 없지."

베리의 말에 카루가 살짝 고개를 끄덕이며 긍정했다. 어떻게 하면 좋은 선택이 될 것인가. 그다지 좋은 생각은 떠오르지 않았지만 걱정스런 눈빛으로 자신만 바라보는 아이들을 위해서라도 베리는 결정을 내려야만 했다.

"그런데 왠지 무지 배고프지 않아?"

"응. 나도 그런데."

"밥 먹은 지 얼마 안 됐는데."

"아픔이나 다른 감각까지 제어할 수 있는 환상이니까 배고픔을 조절하는 건 쉬운 일이겠지."

생각하면 할수록 정말 무서운 마법이었다. 보이는 것은 제외한다고 해도 사람의 감각마저 송두리째 컨트롤할 수 있다니……. 이 정도 능력이면 거의 신이라고 봐도 무방할 것이란 게 한결같은 모두의 생각이었다.

여하튼 무대 위 꼭두각시의 심정이라고 해야 할까. 시간이 지날수록 마음만 착잡해질 뿐이었다. 가만히 있는다고 좋은 생각이 떠오르는 게 아니었으니 일단 빨리 몸을 움직이는 것이 좋겠지만, 그렇게 한다면 몇 가지 난관을 마주치게 된다. 대충 생각을 정리하고 드디어 베리는 아이들을 바라보며 말했다.

"일단 당장 두 가지 중 하나를 선택해야만 해. 첫째는 눈에 띄겠지만 이렇게 몰려다니는 거고, 둘째는 일행을 몇 개의 그룹으로 나누는 거야. 두 가지 모두 각기 장점과 단점이 있는데, 첫째의 경우는 안전성을 확보할 수 있지만 적의 눈에 더욱 잘 띌 테니 언젠가는 한번 전면전을 벌여야겠지."

"둘째는?"

"그건 그룹이 하기 나름이지. 재수가 좋은 쪽은 조금도 다치지 않고 무사히 환상을 빠져나갈 테고, 재수가 없으면 사이좋게 몰살하겠지. 하지만 두 가지 모두 예측에 불과해. 언제나처럼 변수는 많지."

대충 알아들은 듯 모두는 고개를 끄덕였다.

"무슨 개미새끼도 아니고 이런 곳에서 떼 지어서 몰려다니냐? 난 죽더라도 두 번째를 선택하겠어."

뚱보 매쉬는 참기 힘들다는 듯 인상을 찌푸리며 말했다.

"저, 저기, 그래도 첫 번째가 더 안전하지 않을까?"

용기를 짜내 입을 여는 스테빈을 향해 매쉬는 비난의 눈초리를 보냈다. 베리는 그 둘의 관계가 흡사 쥐와 고양이인 듯해 실소할 수밖에 없었다.

"어쩔 수 없군. 각자 한 명씩 나와서 나한테 의견을 말해 줘. 다 듣고 내가 다수결로 정할 테니까."

"잠깐. 그럼 니가 사기를 쳐서 하고 싶은 대로 하면 어쩌려고?"

룩슨 패거리 중에 유난히 키가 작고 주근깨가 난 소년이 그렇게 말하자 베리는 불쾌한 표정으로 그런 그를 향해 대답했다.

"릭키라고 했던가? 너희가 날 믿지 못한다면 앞으로의 싸움은 더욱 힘들어질 거야. 개인적인 친분은 잊어주길 바라. 그리고 이런 일 가지고 사기를 쳐서 내가 이득 볼 게 뭐가 있는지 상식적으로 생각해 보도록 해."

"생각해 보니 그 말도 일리가 있군."

어느 정도 납득한 모양인지 릭키라는 소년도 더 이상 반대하지 않았다. 베리는 거리를 벌려놓고는 한 명씩 아이들을 불러서 의견을 들었다.

잠시 후 아이들이 선택하자 조금은 피곤한 얼굴로 베리가 결과를 말해 주었다. 결론적으로 두 번째 의견 쪽에 아이들이 더 많은 동의를 구했다라는 말에, 매쉬는 헤헤 웃음을 터뜨리며 좋아했고 스테빈은 10년은 더 늙은 얼굴로 고개를 숙였다.

"자, 그럼 어떻게 그룹을 정할 건지 결정하기로 하자."

먼저 각기 그룹의 리더를 정하고 그 그룹에 들고 싶은 사람은 거수를 한다. 최종적으로 그룹의 리더로 뽑힌 것은 다음과 같았다. 베리, 카루, 룩슨, 매쉬, 그리고 아네스라는 이름의 한 소녀.

아네스. 베리처럼 평민인 그녀는 여자 아이치고는 굉장한 검술을 가지고 있어서 학생들 사이에 유명했다. 펠시 정도는 아니었지만 여성부 검술대회에서도 좋은 성적을 거뒀었고 다른 과목의 성적도 나쁘지 않은 터라 잘만 적응한다면 평민 최초로 정식 졸업을 할 수 있을 정도였다.

꽤 부유한 집안에서 태어난 그녀는, 어려서부터 나이 많은 동네 남자 아이들을 싸움으로 제압할 정도로 무(武)에 선천적인 재능을 가지고 있었다.

평범한 남자들보다 체구도 좋았고, 꾸준한 운동을 즐긴 탓에 여자라 하기 뭐할만큼 근력도 대단했다. 게다가 선천적으로 성격도 활달해서 친구도 많은 편에 속했다.

그런 그녀가 이런 반에 속해 있다는 건 사실 여러모로 부적당한 일이었다. 연줄을 트기 위해 훈련받아 길러진, 닭 한 마리 제대로 잡지 못하는 단정한 얼굴의 귀족 소녀보다는 그녀 쪽이 상식적으로 몇 배는 더 우수하다고 말할 수 있었으니 말이다.

어쨌든 정해진 운명에 좌절하지 않고 끊임없이 웃으며 맞서 싸우는 게 바로 그녀의 성격이었다. 자신의 앞에 방해가 되는 것이 있다면 무슨 수를 써서라도 이겨낼 각오를 하며 말이다. 스테빈의 말에 의하면 그녀는 '카루와 베리를 더하고 매쉬를 나눈 느낌의 여자 아이' 였다.

대충 다섯 명을 전후로 그룹을 만들고, 날이 밝으면 다시 이곳에서 만나기로 약속하며 모두는 그렇게 사방으로 뿔뿔이 헤어졌다.

"……."

기계처럼 무표정한 얼굴로 펠시는 베리의 등을 좇았다. 사실 베리는 아네스타는 여자 아이보다 펠시가 그룹의 리더로 나서주길 원했지만 그녀의 성격을 알고 있었으니 쓴웃음 짓고 포기할 수밖에 없었다.

아이들이 모두 해산하자 베리도 서서히 스테빈, 펠시, 그리고 세르넨과 마키라는 소년, 소녀와 함께 서서히 걸음을 옮기기 시작했다.

"어디로 갈 거야?"

"몰라, 일단 돈이라도 벌어서 요기를 해야겠지."

"어떻게 돈을 벌 건데?"

"정상적인 방법으로는 힘들 테니까 조금 도박을 하는 수밖에."

딱딱한 표정으로 말하는 베리를 바라본 스테빈은 그 일이 굉장히 위험을 동반하는 작업임을 직감했다.

"무슨 일인지는 잘 모르겠지만 한 번 더 생각하고 결정하는 게 어때?"

"강도나 소매치기 짓을 하지 않는 한 특별한 재주 없는 우리가 이런 밤중에 돈을 벌 수 있을 리 없어. 그리고 스테빈, 너 배고프지 않아?"

"엄청 배고파."

"뱃속에 뭔가 들어야 제대로 된 싸움을 하든지 말든지 하지. 아마 다른 그룹의 리더들도 나랑 비슷한 생각을 하고 있을걸."

뭐라고 구시렁거리는 스테빈을 무시하고 베리는 펠시와 세르넨, 마키를 향해 자신의 계획을 말해 주었다.

"조금 위험할 것 같은데."

걱정스런 눈빛으로 세르넨은 베리에게 말했다.

"난 보다시피 짐만 될 것 같고."

"세르넨, 너 두 번째 단계의 주문까지 사용할 줄 안다고 했지?"

"그렇긴 하지만."

"그럼 걱정하지 마. 니가 우리 그룹의 짐이 될 리는 없을 테니까. 이득이 된다면 모를까."

한쪽 발을 절며 걸어가는 세르넨을 향해 베리는 싱긋 미소 지어주었다.

"일단 구체적인 작전을 짜도록 하자. 어떤 상황이 닥칠지 모르니까 최악의 사태까지 염두해서 계획을 세우는 것이 좋을 거야."

조금 경직된 얼굴로 아이들은 베리의 말에 고개를 끄덕였다.

"이런 일은 나보다 펠시 쪽이 더 경험(?)이 많을 것 같으니까 좋은 의견 좀 말해 줬으면 좋겠는데."

조금 떨어진 곳에 기대서 이쪽을 물끄러미 바라보는 펠시를 향해 베리는 부탁한다는 듯 미소 지으며 말했다. 아직도 축제 때의 화가 풀리지 않은 듯 그녀의 얼굴은 냉기가 풀풀 날릴 것처럼 차가웠다. 하지만 그녀의 활약이 이번 작전의 성공 유무를 좌우할 만큼 중요했으니 베리는 넉살 좋은 미소를 한 채 고개를 숙이고 부탁할 수밖에 없었다.

결국 세르넨이 베리를 대신해서 설득해서야 펠시의 무거운 입이 떨어졌다. 구체적인 작전의 지시를 그녀에게 명령받고 아이들은 천천히 어두운 뒷골목 쪽으로 걸음을 옮기기 시작했다.

"카루야, 배고파 죽겠어."

불만 가득한 얼굴로 한 아이가 그렇게 입을 열자 카루는 자신도 그렇다는 듯 고개를 끄덕이며 말했다.

"나도 배고파. 그러니까 우리 돈을 벌 수 있는 방법을 찾아보자."

"무슨 수로 돈을 벌지?"

"일단 고두 자신이 잘할 수 있는 특기를 말해 줘."

"음, 책 빨리 읽는 거."

"난 달리기가 빠른 편이야."

"오래 잠자는 거."

"그런 쓸데없는 거 빼고, 춤이라든지 노래라든지 그런 거 말이야. 마법이나 정령술도 괜찮고."

아이들은 멍청한 얼굴로 고개를 저을 뿐이었다. 크게 한숨 쉬더니 카루는 비교적 얼굴이 단정한 소년을 향해 말했다.

"모두를 위해서 니가 희생해라."

"무, 무슨 소리야?"

"술집에 들어가서 돈 많은 여자라도 꼬셔보라고. 일단 내가 주선해 줄 테니까."

"설마 그거 진담은 아니겠지?"

"물론 진담인데."

"죽어도 싫어!"

소년의 필사적인 반대에 부딪쳐 카루는 다른 계획을 생각할 수밖에 없었다. 한참을 궁리하더니 아이들은 제각각 의견을 말하기 시작했다.

"접시 닦이라든지 그런 건 없을까?"

"한두 명도 아니고 이 정도 인원은 무리야."

"자존심 상하지만 구걸을 해보는 건?"

"낮이라면 모를까 밤엔 힘들어."

"그냥 저 녀석을 팔아넘기자."

"맞아. 그게 제일 가능성 높을 것 같아."

눈물을 글썽이며 모두를 바라보는 소년의 모습은 흡사 하이에나 무리에 둘러싸인 사슴 같았다. 한참을 끙끙거리며 생각하더니 카루는 손뼉을 치며 모두에게 말했다.

"좋은 생각이 났어!"

"뭔데?"

"일단 필요한 걸 흩어져서 찾아보도록 하자. 상점 같은 데를 뒤져보면 구할 수 있을 테니까."

눈을 동그랗게 뜨고 자신을 바라보는 아이들을 향해 카루는 눈을 빛내며 말을 이었다. 기발하다면 기발한 그의 발상에 대화가 진행될수록 모두는 어이가 없다는 듯 입을 벌리고 놀라워하기 시작했다.

"크크크. 그럼 시작해 볼까."

준비물을 구하러 사방으로 흩어지는 아이들을 바라보던 카루도 서서히 한 상점을 향해 걸어갔다.

물고기가 입질을 한 것은 예상한 것보다 두 배는 더 빨랐다. 어둡고 더러운 뒷골목을 네 명의 소년, 소녀가 걷고 있으니 어떻게 보면 당연할 수도 있겠지만, 환상 속 도시의 치안 상태가 영 좋지 못하다는 사실이 입증된 순간이기도 했다.

양지가 있으면 음지가 있는 법이고, 부자가 있으면 거지가 있는 법이다. 그리고 성실하고 정직하게 일해서 일한 만큼 돈을 버는 사람이 있다면 사회적인 약속이나 규범을 무시하고 자기 멋대로 타인의 권리를 빼앗는 사람도 있다.

"야, 좋은 말로 할 때 이리 와봐라."

맨 마지막 경우의 사람을 예로 들자면 바로 이런 사람들이라고 할 수 있겠다.

"돈 가진 거 있으면 좀 나눠 쓰자. 형님들 사업이 좀 제대로 안 돌아가서 말이야. 기부금이 필요하거든."

"무슨 사업을 하시는데요?"

"새끼가 형님들 말씀하시는데 '예, 그렇습니까' 라고 하지는 못할망정 꼬박꼬박 말대답을 하냐."

아이들의 숫자는 모두 다섯. 불량배들의 숫자도 똑같이 다섯이었다. 겁에 질린 듯 떨고 있는 아이들의 모습에 반해 불량배들의 모습은 초식동물을 괴롭히는 배부른 사자와 같았으니 뒤이어서 펼쳐질 모습은 보지 않아도 쉽게 유추할 수 있으리라.

아이들이 아무런 말과 행동도 하지 않자 폭력을 선택하기로 마음먹은 불량배들은 목이나 주먹 관절을 소리 내어 꺾으며 접근해 갔다.

그러나 퍽, 하는 둔탁한 소리와 함께 제일 먼저 소리 내며 나가떨어진 것은 아이들이 아닌 바로 불량배들 쪽이었다.

귀신과 같이 불량배 무리의 등 뒤쪽에 나타나서 펠시는 돌을 들고 한 불쌍한 불량배의 머리를 찍었다. 곧 녀석은 피를 흘리며 쓰러졌고, 갑작스런 그녀의 출현에 불량배들은 입을 벌리며 당황하기 시작했다.

오들오들 떨고만 있었던 베리과 마키는 표정을 바꾸고 그런 그들 속으로 뛰쳐들어 갔다. 세르넨은 주문을 캐스트해 적의 시선과 움직임을 방해하고, 스테빈은 주머니에 넣어둔 돌을 던졌다. 어떻게 보면 조금 우스꽝스러운 모습이기도 했지만 힘없고 움직임이 굼뜬 그가 나름대로 일행에게 도움이 되는 수는 이 정도밖에 없었다.

펠시와 베리가 순식간에 연달아서 한 아이를 무력화시키고, 세르넨의 주문에 발이 묶인 아이를 마키가 쓰러뜨렸다. 나머지 한 녀석은 겁에 질려서 달아나려 했지만 곧 스테빈이 던진 돌에 정통으로 뒤통수를 맞은 후 바닥을 뒹굴 수밖에 없었다.

불량배들을 전부 다 쓰러뜨리자 마키는 쓴웃음 지으며 말했다.

"아무리 저런 녀석들이라고 해도 같은 사람을 공격하는 건 솔직히 내키지 않는 일이야."

"동감이야. 하지만 환상이라고 해도 일단 먹고 살아야 하니까 어쩔 수 없지."

그의 말에 대꾸하며 베리는 불량배들의 품을 뒤졌다. 일하지 않아도 며칠 살 수 있을 만큼의 돈과 단검 같은 무기를 꺼낸 뒤 곧 펠시가 구해온 밧줄을 이용해서 결박했다.

"다른 패거리를 불러오면 안 되니까."

주변의 쓰레기통 근처로 녀석들을 끌고 간 뒤 슬립 주문을 사용해서 깊은 잠에 빠져들게 했다.

"엄청 눈이 좋은 사람이 아니면 발견하지 못할걸. 이 날씨에 얼어 죽진 않을 테니까 이만 가도록 하자."

걷기가 힘들 만큼 주변이 어두웠으니 웬만한 눈썰미를 가진 사람이 아니고선 아침까지 발견하지 못할 것이 분명하다.

솔직히 죄책감보다는 빈속을 채울 수 있다는 즐거움이 더 컸다. 계획을 세울 때보다는 한결 밝아진 얼굴로 모두는 천천히 식당을 찾아 걸음을 옮겼다.

아이들이 준비물을 구해오자 손재주 좋은 카루는 곧 그것을 완성시켰다. 그리고 좀 멀찍이 떨어진 다른 상점가 쪽으로 갔다.

비장한 얼굴로 아이들은 목표한 곳의 문을 열고 들어갔다. 일이 이렇게 됐으니 당황하지 말고 최대한 침착히 마무리시키는 것이 중요했다.

멍하니 자신을 바라보는 상점 주인을 향해 카루가 입을 열었다.

"안녕하세요. 이 척박한 시대에 열심히 일하느라 얼마나 수고가 많으십니까—."

"너희는 누구냐?"

"저희는 전쟁에 부모를 잃은 아이들의 안식처, '천사의 뒤뜰'에서 봉사 활동 중인 학생입니다. 부디 불쌍한 아이들을 외면하지 마시고 적은 돈이라도 기부해 주시면 감사하겠습니다."

그리곤 천천히 노래를 부르기 시작했다. 얼마나 그런 자신이 비참했으면 눈물을 흘리며 괴로워하는 아이도 있었다. 현실에선 먹을 거 걱정없던 귀족 집안의 아이들이었으니까.

제일 작고 불쌍하게 생긴 아이는 거리에서 주운 찢어진 옷을 입고 있었다. 굶주림 가득한 얼굴에 흙칠을 하고 머리를 헝클어뜨리니, 그 모습이 영락없는 거지 같았다.

그 모습이 딱했던지 혀를 차며 마음씨 좋은 주인 아저씨는 적지 않은 돈을 기부했다.

"감사합니다!"

카루는 꾸벅 허리를 숙이며 말하고는 다음 타깃을 찾아 발걸음을 옮겼다. 그렇게 열 군데도 넘는 곳을 돌아다니자 하루 정도 생활할 수 있는 돈을 모을 수 있었다.

"이거 생각보다 잘되네."

"다 저 녀석이 불쌍하게 생겨서 그런 거야. 자, 그럼 마지막으로 한 군데만 더 가고 뭐 좀 먹으러 가자."

식사할 수 있다는 카루의 말에 아이들의 표정이 밝아졌다. 가벼운 발걸음으로 마지막 사냥터의 문을 열고 비참한 표정을 지으며 정해진 멘트를 날리는 바로 그 순간이었다.

"안녕하세요. 저희는 '천국의 뒤뜰'에서 봉사 활동 중인 학생들입니다. 전쟁에서 부모를 잃은 아이를 위해서 부디 기부를……."

"어?! 너희 아까 나한테 망치 빌려갔던 애들 아니냐? 근데 지금 여기서 뭐 하냐?"

한 여관에서 벌어진 일이었다. 아까 술집에서 망치를 빌렸던 아저씨가 재수없게도 이 여관의 주인과 친구 사이였던 것이다.

"젠장! 얘들아, 튀어!"

꽁지가 빠지도록 카루를 포함한 아이들은 뒤도 보지 않고 달아나기 시작했다. 여관 주인과 그의 친구는 아무런 말도 하지 못하고 그 광경을 바라볼 수밖에 없었다.

든든하게 식사한 후 카루와 베리 일행은 약속한 장소에서 다시 만났다. 다른 그룹들에게는 비밀로 하고 최악의 상황을 대비해서 중간에 한 번 모이기로 약속했던 것이다.

카루 일행이 겪은 기상천외한 이야기를 들은 베리는 비웃음 가득한 표정으로 말했다.

"너희는 죽어도 절대 천당 못 갈 거야."

"제발 이 일만큼은 다른 아이들한테 비밀로 해줘."

"하하하! 다 내가 똑똑해서 그런 거지. 여하튼 밥도 먹고 했으니까 슬슬 여관이라도 구해보는 게 어때?"

울상 짓고 바라보는 아이들의 시선을 무시한 채 카루가 베리를 향해 말했다.

"그러는 게 좋을 듯하군."

아무래도 숫자가 많은 쪽이 적을 상대하기 좋을 것 같아서 베리와 카루는 일행을 합치기로 결심했다.

배로 늘어난 아이들을 거느리고 베리는 비어 있는 여관을 찾기 시작했다. 크게 한차례 고생을 치르고 식사를 한 후라 그런지 모두의 움직임은 굼뜨기 짝이 없었다.

기습을 당한다면 바로 죽을 것이 뻔하다는 생각을 하며 베리는 여관 주인과 가격을 흥정하고 아이들에게 방을 배정해 주었다.

아이들은 곧바로 침대와 바닥에 쓰러져 잠에 빠져들었다. 환상 속에서 먹고 자며 웃고 떠든다는 것에 조금도 위화감을 가지지 않는 자신에게 실소하며 그렇게 곧 베리도 눈을 감고 잠들었다.

얼마나 시간이 흘렀을지 짐작되지 않을 정도로 감각이 희미해질 무렵, 베리는 빠르게 자신의 어깨를 흔드는 한 사람의 손길을 느낄 수 있었다.

"무슨 일이야?"

가까스로 무거운 눈을 떠서 정신을 차린 베리가 불만스러운 투로 말했다.

"빨리 일어나!"

그를 깨운 것은 다름 아닌 펠시였다. 그녀답지 않은 다급한 목소리에 베리는 머리를 흔들며 정신을 차린 뒤 자리에서 일어났다.

"옆방 여자 아이들이 당했다."

"무슨?!"

"아마 나 빼고 다 죽었을 거다."

불을 밝히는 쪽이 오히려 더 유리하다는 판단이 들었기 때문에 펠시는 등잔에 불을 붙이고 사방을 밝혔다.

"야! 일어나!"

베리는 발을 걷어차서 카루를 깨웠다. 그리고 다른 아이들이 깨어나기도 전에 잠겨진 문을 열고 적이 쳐들어왔다.

짧은 단검을 들고 검은 복면을 한 세 명의 사내였다. 졸린 눈을 비비는 카루와 펠시, 베리를 훑어보더니 아무런 말도 없이 그들은 몸을 날려 무기를 휘두르기 시작했다.

형식이나 기술에 구애받지 않은 빠르기를 기반으로 한 검술이었다. 그것은 좁은 방에서 싸우기에 적합했고 그래서 더욱 우위를 점할 수 있었다.

예고도 없이 닥쳐온 대치 상황에 베리는 피가 터져라 입술을 깨물었다. 비릿한 피 내음이 코까지 올라오는 것 같았지만 어느 정도 졸음이 달아나서 적의 공격을 피할 수 있을 정도의 정신은 차릴 수 있었다.

한 사람이 당하면 나머지 두 사람이 쓰러지는 것은 시간문제라고 할 수 있다. 얇은 이불로 한쪽 팔을 감싸 동맥을 보호하더니 카루가 숙련된 솜씨로 적의 단검을 막고 발을 휘둘렀다.

상황은 최악이지만 펠시와 카루의 등 뒤에서 베리는 주문을 외우기 시작했다. 곧 마법을 깨기 위해 복면사내 둘이 단검을 던졌다.

얼마 전에 불량배들에게 구한 단검으로 펠시는 한 복면사내가 던진 단검을 튕겨냈다. 나머지 한 개의 단검은 카루가 이불을 감싼 팔로 막아냈다.

지리적인 여건과 전투 스타일, 그리고 무기마저 침입자들 쪽이 한 수 위였다. 팽팽했던 대치 상황도 점점 일방적인 공격으로 전환되기 시작했다.

"크윽!"

붉은 피를 쏟으며 카루는 작게 신음 소리를 흘렸다. 무기를 든 펠시는 내버려 두고 세 명의 복면사내가 카루를 집중적으로 공격해 온 것이다.

펠시가 열심히 단검을 휘둘렀지만 그것만으로는 역부족이었다. 상처를 입고 쓰러진 카루에게 결정타를 먹이려 한 복면사내가 몸을 날리려는 순간,

"크아악!"

한발 앞서 투명화(Invisibility) 마법을 사용한 베리가 바닥에 떨어진 단검을 주워 들고 다른 복면사내의 가슴을 찔렀다.

끔찍한 비명이 사방으로 메아리쳤다. 하나둘 깨어나기 시작하는 아

이들을 바라보더니 나머지 두 복면사내는 미련없이 죽은 동료 하나를 내버려 두고 달아나기 시작했다.

"젠장! 보초를 세워야 했어! 여관이라고 방심했어!"

예상보다 카루의 상처는 심각한 것 같았다. 후회는 아무리 빨라도 늦은 법이라지만 베리는 바보 같았던 자신을 반성하며 그렇게 소리 지를 수밖에 없었다.

"독이다!"

추운 날씨도 아닌데 카루는 오들오들 떨었다. 찌푸린 얼굴로 단검을 바라보다가 펠시가 베리를 향해 말했다.

"무슨 독?"

"나도 잘 모르겠다."

카루의 숨이 점점 가빠오자 베리는 뼈가 부서질 정도로 방벽을 쳤다. 아무리 자신이 애를 쓴다고 해도 성직자가 없는 이상 독을 치료할 수는 없었다.

베리는 이불을 찢어서 카루의 상처를 동여매고 혹시나 생존자가 있을까 싶어서 옆방의 문을 열었다.

"우욱."

문을 열자마자 먹은 음식들이 올라왔다. 목의 동맥이 끊어진 시체들이 바닥이 질척할 정도로 피를 흘리며 쓰러져 있었기 때문이다.

간신히 토하는 것을 참고 베리는 방문을 닫았다. 그리고 복도 한 켠에 기대서서 눈물을 흘렸다.

시간이 흘러도 시체는 익숙해지지 않았다. 꼭 이렇게까지 해야만 하냐고 선생에게 따지고 싶었다.

게다가 자신은 첫 살인을 했다. 비록 환상이지만 마음만 먹으면 쉽게 사람을 죽일 수 있다는 사실을 깨달은 것이다.

손을 쓰지 않았으면 카루와 펠시, 그리고 아이들이 죽었을 것이다. 하지만 그 어떤 변명으로도 베리의 슬픔과 충격을 줄여줄 수는 없었다.

날카로운 금속이 등의 살가죽을 뚫고 뼈 사이로 파고들 때의 느낌은 말로 설명할 수 없을 만큼 끔찍했다. 복도의 벽을 타고 미끄러져서 털썩 바닥어 주저앉은 베리를 향해 펠시가 다가와 말했다.

"카루가 죽었다."

베리의 떨림이 더욱더 심해졌다. 펠시는 더 이상 아무런 말조차 하지 않고 그런 그를 바라보았다.

"죽이지 않으면 죽는다."

위로하는 것도 같고 꾸짖는 것도 같은 말투였다. 간신히 고개를 들어 올려서 그녀를 바라보았다.

어둠 속에서 더욱더 묘한 매력을 발산하는 그녀의 얼굴이 붉은 불빛과 피에 젖어서 번들거리고 있었다.

"넌 내가 지켜줄 테니까."

뒤이어질 말을 듣고 싶었다. 그러나 그녀는 그 말을 끝으로 등을 돌려 베리에게서 점점 멀어져 갔다.

환상에서 풀려난 베리는 착잡한 마음으로 주위를 살폈다. 매쉬 그룹을 제외한 아이들은 충격에서 헤어나지 못한 모양인지 눈을 동그랗게 뜨고 입을 벌린 채 놀라워하고 있었다.

처음으로 맛본 죽음. 두 번 다시 경험하고 싶지 않은 경험에 제아무리 긍정적인 카루 녀석이라고 해도 아무런 말도 하지 못한 채 입을 다물고 굳은 얼굴을 할 수밖에 없었다.

잠시 시간이 지나고 탑을 벗어나 교실로 향해 갈 때 배리는 왜 매쉬 일행이 정상적으로 환상을 벗어날 수 있었는지에 대해 알 수 있었다.

"아이들 몇 데리고 내가 힘 좀 썼지."

"어떻게?"

"술에 취한 아저씨가 갑자기 막 시비를 걸더라고. 그래서 때려눕힌 다음 돈만 슬쩍한 거지 뭐."

"그건 강도잖아."

"어차피 환상이니까 상관없잖아. 이 내가 돈 없어서 쫄쫄 굶는다는 것 자체가 말이 안 되는 거지. 여하튼 그 양반이 돈깨나 있어서 술집에서 새벽까지 진탕 마시고 놀았어."

복면괴한들이 취객이 즐비한 술집에까지 튀어나오진 않은 모양이다. 묘하게 악운이 강하다고 해야 할까. 아니, 사람들이 많은 곳에선 함부로 손을 쓰기가 힘든 건 사실이었으니까 처신이 좋은 건 맞는 말인 듯했다.

베리는 카루의 표정을 살폈다. 애써 미소 지어 보이는 그 어색한 표정에 쓴웃음 지으며 응수할 수밖에 없었다.

반면에 펠시의 모습은 한결같았다. 자신이 언제 그런 말을 했었느냐는 듯 도도한 표정으로 베리의 뒤에서 천천히 움직이고 있었다.

베리는 환상에서 풀려나기 전 그녀가 했던 말이 기억나서 왠지 얼굴이 화끈거렸다.

"넌 내가 지켜줄 테니까."

그런 갈은 여자보다는 남자 쪽에서 하는 것이 정상적인 패턴 아닌가? 그리고 웬만한 친한 사이가 아니라면 쉽게 말하지 못할 뜻을 담고 있었으니까.

'프로포즈 같잖아.'

남자라면 1미터 안에 접근하는 것조차 꺼리던 그녀였다. 대화할 수 있는 남자라면 이 학교에서도 베리와 카루 녀석 정도뿐, 심지어 선생님의 말에 대답하는 것조차도 거부감 느끼는 모양이었으니…….

큰 뜻을 내포하고 있는 것은 아닐 거라고 속으로 생각하며 베리는 더 이상 그 문제에 대해서 심각하게 고민하는 것을 멈추기로 했다. 적어도 그녀가 자신에게 적대를 가지고 내뱉은 말은 아닌 것 같았으니까 말이다.

흐느적거리며 간신히 움직이는 아이들의 모습을 훑어본 베리는 과연 이 끔찍한 환상을 자신이 언제까지 버틸 수 있을까 조금은 냉정하게 고민하기 시작했다.

그렇게 주욱 아이들은 환상 속에서 죽고 죽이며 싸웠다. 적지 않은 아이들이 자퇴를 해 기말시험이 임박했을 땐 학교에 남은 학생 수는 불과 열다섯 명 정도밖에 되지 않았다.

다른 반과는 두 배 가까운 숫자가 차이났지만, 선생은 오히려 그쪽이 가르치기 편하다는 입장이었다.

더 비참한 사실은 남아 있는 여자 아이가 불과 세 명밖에 안 된다는 것이다. 원래 이 카이리온 기사 양성 학교 자체가 남학생에 비해 여학생 숫자가 적었지만, 이건 역대 최소라고 부를 수 있을 만큼 부족했다.

"여학생은 좀 봐주실 수 없습니까?"

참다못한 베리가 선생에게 그렇게 부탁했지만 레가스의 반응은 한겨울의 폭풍처럼 냉담했다. 아니, 오히려 여자 아이가 자퇴서를 쓰는 걸 권유할 정도였다. 남학생들은 그런 선생을 이를 갈며 노려보았지만 자신의 위치를 생각하며 참을 수밖에 없었다.

시한폭탄 같은 룩슨과 시비 거는 걸 밥 먹는 것보다 좋아하는 뚱뚱이 매쉬, 그리고 겁쟁이 스테빈이 용케 자퇴하지 않고 남아 있다는 사실도 놀라웠다.

신기한 것은 기말시험이 가까워 올수록 환상의 잔인성이 조금씩 약해지고 있다는 점이었다. 혹시 베리는 선생이 이 정도 인원을 추리기 위해서 일부러 그런 것이 아닐까 하는 생각이 들기도 했다.

여하튼 끊임없이 자신들을 죽이려 하는 추적자들을 따돌리며 아이들은 자신들의 무능력함을 알았고, 또 머리를 써서 위기를 벗어나는 임기응변도 배웠다.

그리고 기말시험이 채 한 달도 남지 않았을 때 선생은 직접 목검을 들고 아이들의 검술을 지도하기 시작했다.

그의 검술의 강함은 인간성과는 정반대라고 할 수 있었다. 세련됨과는 거리가 먼 투박하고 단조로우면서도 빠른 공격. 기르디의 검술과는 정반대의 타입이라고 할까? 어느 쪽이 강하다라는 건 예상할 수 없겠지만 베리는 그가 자신이 만나본 인간 중에서 제일 강한 사람이라는 사실을 인정할 수밖에 없었다.

정상적인 방법을 쓴다면 엄청난 지위를 얻을 수도 있는 사람. 그러나 회색 머리와 무뚝뚝한 말투를 제외하면 아무도 그에 관해 알지 못했다.

과거에 이 학교에서 잠깐 일은 한 적이 있다는 것 정도? 하지만 이 말의 진실 여부도 불투명했다.

하지만 적어도 한 가지 사실은 확실했다. 분명히 아이들은 환상에 '적응' 하고 있었으며, 점점 실력도 나아지고 있다는 것.

자퇴서를 쓴 아이는 점점 늘어갔지만 시간이 흐를수록 오히려 생존율은 높아지고 있다는 것이 사실이었으니까. 그에 맞춰서 어쩌면 정말 우리 반이 일등 할지도 모른다는 베리의 기대도 늘었다.

하지만 얼마 후 그런 그의 예감이 한가을 낙엽처럼 무심히 예상 밖으로 떨어지는 사건이 발생했다.

교무실에서 선생들이 기말시험에 대비해 '특별반' 에 관해서 상의하고 있던 도중이었다. 다른 반에 비해서 어떻게 이득을 줄 것인가에 대해서 의견이 분분히 오가던 중 입을 다물고 구석에서 조용히 듣고 있던 레가스가 특별 대우 따위는 필요없다고 오만하게 외친 것이다.

당연히 그런 그를 선생들은 비난하고 타이르기 시작했다. 특히 레이젠을 싫어했던 선생들은 학생들을 위해서라도 제발 신중하게 선택하라고 끈질기게 권유했다. 하지만 레가스는 요지부동이었다.

선생들이 당황하고 있던 중 학교의 숨은 권력자라고 하는 '검은 탑의 책임자' 가 직접 그의 말을 인정하는 바람에 결국 회의는 흐지부지 없던 것으로 하고 끝나 버렸다. 결국 특별반은 다른 반처럼 똑같은 조건으로 기말시험을 치르게 된 것이다.

그 얘기를 들은 베리를 비롯한 아이들은 도대체 왜 선생이 그렇게 근거없는 자신감을 보이는지 정말 직접 물어보고 싶은 충동이 들 정도로 궁금해했다.

　여하튼 그 외에는 별 사건 없이 시간이 흘렀고, 어느새 기말시험이 눈앞에 와 있었다.

◆ Chapter 4 ◆

기만시험

목검이 마주치는 소리가 귓가를 울린다. 엄청난 힘으로 날 몰아붙이더니 왕자는 신중히 뒤로 물러서서 내 눈을 노려보기 시작했다.

그의 살기 가득한 눈동자는 가슴이 막힐 정도로 뜨거웠다. 기세에 눌리면 흙바닥에 뒹구는 것은 내 쪽일 테니 침착하게 심호흡하며 숨을 가다듬고, 비스듬히 검끝을 올린 채 조용히 그의 공격을 기다렸다.

왕자는 곧 잔상이 생길 정도로 엄청난 움직임으로 뛰어와 허리를 두 동강 낼 것처럼 검을 휘둘렀다.

언제나처럼 아래쪽으로 몸을 숙이고 피할 것이라 생각했겠지만, 난 재빠르게 주문을 캐스팅해 허공으로 걸음을 내디뎠다.

사람 키는 쉽게 넘을 수 있는 첫 번째 단계의 도약(Jump) 마법이었다. 연습한 대로 한 바퀴 회전해서 왕자의 어깻죽지를 목검으로 때리고, 지면을 딛음과 동시에 빠르게 옆으로 회전하며 연속적으로 베기를 시도했다.

퍽!

묵직한 타격과 함께 왕자가 쓰러졌다. 진검이 아니라 해도 급소를 제대로 맞는다면 생명이 위태로울 수도 있었으니, 나는 깜짝 놀라 검을 거두고 그의 상처를 살폈다.

순간 묵묵히 옆에서 지켜보고 있던 기르디가 입을 열었다.

"학교에서 뭘 배우고 있는 건가?"

"특별히 배우는 건 없습니다……."

"거짓말하지 마. 누가 검술을 지도하고 있나?"

"최근 들어서 담임 선생님한테 지도를 받고 있긴 하지만."

"이름은?"

"레가스라더군요."

"레가스라고? 어쩐지 몇 개월 전부터 이상하다 싶었지."

코웃음 치며 기르디는 중얼거렸다. 기르디가 선생을 알고 있을 줄은 생각지도 못했기에 뭔가 듣고 싶어서 왕자의 등 쪽에 난 상처를 훑어보며 질문했다.

"혹시 아시는 분입니까?"

"예전에 한 번 싸워본 적이 있었다."

"누가 이겼죠?"

"물론 내가 이겼지, 녀석이 먼저 도망갔으니까."

"싸우신 이유는 뭡니까?"

"너한테 설명해 줄 이유는 없다."

기르디는 선생님의 이름조차도 말하길 꺼리는 듯 조금 전부터 영 못마땅한 표정이었다. 더 이상 묻는 것은 생명에 지장이 가는 행위일 테니, 숨을 가다듬고 목검을 한쪽에 치워둔 채 천천히 걷기 시작했다.

백 번도 넘게 대련을 했었지만 왕자를 이겨보긴 이번이 처음이다.

넘을 수 없는 벽이라 느껴왔던 그를 내 손으로 직접 때려눕힐 수 있을 줄은 상상조차 하지 못했기에, 흥분된 가슴을 가라앉히지 못하고 피식 웃음을 터뜨릴 수밖에 없었다.

'어쩌면 이게 다 그 환상 덕분인가.'

싸움에서 생각하고 있는 것을 곧장 몸으로 움직인다는 것, 풍부한 실전 경험이 밑바탕되지 않는다면 아무래도 익숙지 않은 일이라 할 수 있다.

셀 수 없이 적의 무기에 상처를 입고, 조금이라도 더 피해를 주기 위해 마법을 사용하고 검을 휘둘렀다. 속된 말로 매도 맞아본 놈이 잘 맞는다고, 자신이 가진 힘을 최대한 이용하는 방법을 그동안 배울 수 있었다.

솔직히 말하자면 아직도 왕자의 검술은 나보다 몇 배는 더 뛰어나다. 하지만 싸움이라는 것이 꼭 검술이 뛰어나다고 승리하는 것은 아니다.

전사는 날지 못한다. 하지만 마법사는 날 수 있다. 전사는 불덩어리를 쏘지 못하고 움직임을 비약적으로 상승시키지 못한다. 하지만 마법사에게는 그 모든 것이 가능하다.

실전이 되면 그 상성이 좀 더 복잡해진다. 단순히 어느 쪽이 더 강하다고 정의할 수는 없다. 주위의 환경과 더불어 자신이 가진 힘을 최대한 잘 활용하는 쪽이 승리할 가능성이 높을 수밖에 없으니까.

여하튼 난 마법사로도 검사로도 어중간한 위치였다. 그러니까 그 두 가지를 최대한 잘 써먹어야 승리하고 살 확률이 높았다.

이번 왕자와의 싸움만 해도 그렇다. 묘인 족이 아닌, 평범한 인간이라면 상상조차 하지 못할 움직임을 마법을 이용해서 손쉽게 해내고 또 이어서 공격했다.

그러니까 이길 수 있었다. 아무리 검술이 강해도 몸뚱이는 평범한 사람과 마찬가지였으니까.

찰나의 틈이라도 발견할 수 있다면 이길 가능성은 언제나 존재하는 것이다. 뭐, 그런 요행도 실력이란 이름의 벽에는 감당할 수 없는 것이 사실이었지만.

여하튼 왕자는 넘을 수 없는 벽은 아니라는 사실이 증명됐다. 기르다나 레가스, 카이츠나 살로빈 델리만 같은 괴물 녀석들은 몰라도. 보잘것없는 나였지만 나름대로 잔재주를 부리면 어느 정도 강해질 수 있다는 것을 느끼게 해준 것이다.

'요행으로 한 번 이겼다고 기고만장하군. 나란 놈도 참 아직 멀었어.'

체격과 움직임, 그리고 신체적 능력이 정해진 이상 인간의 강함은 한정되어 있는 것이 아닐까 하는 생각을 그동안 했었다.

마법적이거나 특별한 능력을 제외한, 가지고 있는 순수한 무력이란 차원에서 말이다.

지금 생각하면 그건 반 정도는 맞는 말이라 생각한다. 한계는 분명히 존재하고 있다. 그리고 그 사실을 인식하게 되면 발전은 끔찍이도 느려지게 된다.

다행스럽게도 난 아직 그 정도 수준까지는 아니다. 아직 몸도 마음도 강함이라는 것과는 거리가 멀 정도로 미발달된 상태였으니까.

'그런데 기르디는 어떻게 레가스를 알고 있는 거지?'

베일에 가려진 정체 불명의 인간, 그런 그에 대한 단서가 왜 상상도 못한 기르디 같은 녀석한테 달려 있는 것인지……. 그리고 그 둘의 과거가 도대체 어떤 형태의 것인지는 현재로서는 상상조차 하지 못할 그 무엇인가가 있음이 틀림없다.

하긴 그렇게 강한 녀석들이라면 한 번쯤 큰 전쟁이나 사건에 휘말리게 되었을지도 모른다. 기르디의 말에 의하면 그것이 서로 간의 긍정적인 만남은 아니었을 것이 분명한 듯하고.

여하튼 차가운 물로 식은땀을 닦고 천천히 방으로 걸음을 옮기다가 문 앞에서 비스듬히 기대서서 날 바라보는 그녀의 눈과 마주 쳤다. 난 씨익 미소 지으며 입을 열었다.

"여기서 뭐 해?"

"오빠를 기다리고 있었죠."

"무슨 할 말이라도 있나 보지?"

"꼭 할 말이 있어야 만날 수 있는 건가요?"

"그건 아니지만."

"검술… 훈련하고 오시는 길이죠?"

"응. 특별히 다른 할 일은 없으니까."

"간혹 이런 생각이 들어요."

"무슨 생각?"

"오빠가 그렇게 열심히 노력하고 있는 걸 보다 보면 차라리 내가 강해져서 오빠를 지켜줬으면 좋겠다 하는 생각."

살짝 눈웃음 짓더니 그녀는 다시 말을 이었다.

"그래서 나쁜 사람들 모두 혼내주고 둘이서 행복하게 살았으면 좋겠다, 하는 생각. 어, 아무리 그래도 그렇게 노골적으로 비웃다니, 너무해요."

살짝 눈을 찡그린 채 내게 다가오는 그녀. 입가에 머금은 웃음을 거두고 작게 고개를 끄덕인 난 입을 열었다.

"진짜 그런 날이 왔으면 좋겠네. 그럼 시아가 저 살로빈만큼 강해져서 대륙에 소문난 못된 악당들과 귀족을 때려잡고, 난 안전한 곳에서 그걸 지켜보고 있다가 희생자에게서 빼앗은 전리품으로 행복하게 살 기반을 다지는 건가?"

"그렇게 노골적으로 비꼬면서 마음대로 이야기를 진행시키지 말라고요!"

아무래도 좀 삐친 듯싶어서 손을 뻗어 난 녀석의 푸른색 머리칼을 쓰다듬어 주었다.

"정말… 또 이렇게 어린아이 취급이나 하고."

"시아도 그렇고 나도 그렇고 실제로 아직 어리잖아. 뭐, 아이 취급받을 때는 아니긴 하지만 말이야."

아무 말도 하지 않고 시아는 조용히 내 손을 마주 잡더니 그것을 볼과 목 근처로 내려갔다.

하얀 살결의 부드러운 느낌과 온기가 손끝에서 살짝 느껴졌을 때 순간 아무 말도 못하고 시아의 푸른 눈을 바라볼 수밖에 없었다.

길고도 짧은 시간이 지나고, 약간 상기된 얼굴을 한 채 그녀는 다시 입을 열었다.

"오늘 시험은 잘 보셨어요?"

"뭐, 그럭저럭."

"기말시험이 전부 다 끝나면 도시락 싸 가지고 놀러 가요. 셀브렛하고 아이린 언니랑 기르디 오빠하고 자룬 왕자님 모두랑. 아참, 그 카루라는 오빠도 포함해서."

"…다른 사람은 몰라도 기르다나 카루는 좀……."

"인원이 많을수록 좋잖아요."

"뭐, 가능하다면 그렇게 하도록 하자."

내 말이 떨어지기가 무섭게 시아는 조용히 웃음을 지으며 좋아했다. 꽃이 활짝 피어나는 것 같은 그 모습은 표현할 수 없을 만큼 귀여웠다. 그동안 노는 건 고사하고, 뇌에 땀이 나도록 공부하며 발목이 나갈 정도로 몸을 혹사시켰으니, 한 번 정도는 경치 좋은 곳에서 느긋하게 휴식을 취하는 것도 나쁘지 않을 것 같다. 뭐, 아무리 나라도 노는 것이 싫을 정도로 꽉 막힌 녀석은 아니었으니까 말이다.

"시험은 언제 끝나는데요?"

"이제 하나밖에 남지 않았어. 그것도 내일이면 끝나지."

"중요한 시험인가요?"

"아마 이번 기말시험 중에 제일 중요할지도 모르겠군."

"그렇게나요? 음, 그럼 오늘은 무리하지 말고 빨리 주무시는 게 좋을 것 같네요."

"응. 나도 이제 슬슬 자려던 참이었어."

몸은 녹초인데다가 눈도 무거웠으니 정신적으로나 육체적으로나 쓰러지기 일보 직전이라 할 수 있었다. 그렇게 긴 시간 동안 몸을 움직인 것은 아니었지만, 왕자나 기르디 같은 엄청난 녀석들과 검을 섞는 것이 쉬울 리 없었다.

"……."

시아는 잠시 그런 나를 바라보다가 왠지 모르게 한참이나 안절부절 못하며 할 말을 잃고 먼 벽만 응시하기 시작했다. 그리고 내가 입이 찢어져라 하품하고 방심하는 바로 그 순간이었다.

빠르고 정확하게, 미리 계획이라도 한 것처럼 발끝을 들어 올려 자신의 입술을 살포시 내 볼에 갖다 댔다.

피할 수 없었다. 아니, 몸을 움직일 수조차 없었다. 촉촉한 시아의 입술이 내 볼을 스치고 지나갈 때, 내 모든 사고는 정지됐다.

"……."

할 말을 잃고 멍하니 입을 벌린 채 놀라워하고 있자 그녀는 얼굴을 붉히고 노려보더니 후다닥 시야 밖으로 달아나기 시작했다.

마치 혼이라도 빠져나간 사람마냥 한참이나 입을 쩍 벌리고 당황하던 내가 화들짝 놀라 정신을 차린 것은 그로부터 굉장히 긴 시간이 지난 후였다.

학교에 도착했을 때 제일 먼저 느낀 것은 왠지 모를 아이들의 흥분이었다. 시험이 끝난 1학년과 3학년은 학교에서 특별히 오늘 하루를 휴일로 지정해 주었던 까닭에, 처음 탑을 가게 된 2학년들이 학교 전체의 분위기를 시끌벅적 소란스럽게 지배하고 있었다.

나를 비롯한 '특별반' 아이들은 도대체 저 좁아 보이는 탑에 이 수많은 학생들이 전부 들어갈 수 있을지 의아스러워하며 운동장에 집합해 있었다.

"두 번에 걸쳐서 천천히 들어갑니다. 주위가 어두워도 경솔한 짓을 절대 하지 말고, 한 사람씩 차분히 입장하길 부탁드립니다. 그리고 환상이 전부 끝나면 탑의 최하층에 마련된 커다란 장소에서 눈을 뜨게 될 테니, 별다른 걱정은 하지 않아도 됩니다."

아이들 인솔을 담당하는 선생의 목소리가 마법을 통해서 운동장이 울릴 정도로 크게 메아리쳤다. 최하층에 마련된 장소가 정확히 무엇인지는 모르겠지만, 일단 거짓은 아닌 것 같으니 납득하고 그렇게 머리 속에 새기는 수밖에 없었다.

"……."

다른 반의 담임 선생들은 각자 여러 가지 주의 사항을 학생들에게 알려주고 있었지만, 선생이라는 말 자체가 어울리지 않는 레가스는 시간이 지나도 모습을 드러내지 않고 있었다.

어차피 선생으로서의 역할을 조금도 기대하지 않았던 터라 크게 당황하지 않고 난 담담히 아이들을 향해 말했다.

"이왕 이렇게 된 거 죽을 각오로, 아니, 죽지 않고 열심히 살 각오로 저 빌어먹을 환상에 임하도록 하자. 일등할 가능성은 적겠지만, 그래도 성적이 걸려 있으니까 말야."

이 시험만 끝나면 두 번 다시 저 탑을 보지 않아도 된다. 아이들은 그 사실에 저절로 의욕이 생기는 모양인지 싱글벙글 웃음 지으며 내 말에 고개를 끄덕였다.

"이봐, 비실이. 한두 번 하는 것도 아닌데 뭘 그렇게 생색 내냐."

"니 녀석 성적에 지장은 주지 않을 테니 걱정 말라고."

뚱땡이 매쉬 녀석과 홀쭉이 릭키 녀석이 야유하듯 내 말에 대꾸했지만, 이런 일을 당하는 것도 한두 번은 아니었으니 쓴웃음 지을 뿐이었다.

"다른 반에 비하면 숫자도 적고 평균 성적도 나쁘지만, 그래도 꼴등을 할 수는 없는 거잖아? 우리가 그동안 노력한 걸 생각해 봐!"

"맞아! 이제 그 악마 같은 선생의 얼굴을 보지 않아도 되는 거야!"

내 말에 맞춰 한쪽에서 스테빈이 정말 피눈물이라도 쏟을 것처럼 감격에 몸을 떨며 중얼거렸다. 동감한다는 듯 표정을 바꾼 아이들은 그동안 겪었던 지옥 같은 나날들을 주마등처럼 떠올리기 시작했다.

"자, 그럼 이제 출발한다!"

잠시 후 인솔 담당 교사의 소리에 맞추어서 학생들은 천천히 검은 탑으로 움직였다. 흥미로운 장난감을 처음 손에 넣은 아이와 같은 학생들의 상기된 표정에 씁쓸한 미소를 지으며 나와 특별반 아이들은 뒤따라 움직여 갔다.

아무것도 몰랐을 때, 막연한 '동경'만 가지고 있었을 때 검은 탑의 존재는 신비롭고 또 어떻게 보면 웅장한 느낌을 주는 장소라 할 수 있었다.

하지만 지금 탑의 느낌은 단 한 가지뿐, 그것은 절대적인 공포와 거부감이었다.

거무튀튀하고 낡아서 오래된 느낌의 탑. 새벽에 겪는 악몽과 가위에 눌리는 느낌을 자처하는 기분이랄까.

웃고 즐기다가, 때로는 죽고 죽이며 싸우다가 어느 순간 겪었던 그 모든 경험들이 환상으로 각인된다. 허벅지에 살점이 떨어져 나가고, 입으로 내장 쪼가리를 뱉으며 고통스러워하던 순간들도 하얀 빛이 모든 것을 감싸고 돌아서 현실로 돌아오면, 좁쌀만큼도 연관성없는 가짜라고 인식되는 것이다.

엄청난 안도감, 그리고 허탈감, 오만 가지의 감정들이 머리 속을 지배한다. 환상이라는 사실을 분명 누구보다도 훨씬 더 잘 알고 있었음에도, 그 정신적인 고통은 저절로 눈물이 볼을 타고 주르르 흐를 정도로 엄청나니까.

검은 틀에 도착한 아이들은 차례대로 천천히 그 지옥의 아가리 속으로 몸을 내던졌다. 공포나 두려움과는 거리가 먼 그 호기심 가득한 그들의 표정에 저절로 얼굴에 쓴웃음이 피어올랐다.

"자, 우리 반 차례다."

꿀꺽 침을 삼키고 스테빈은 카루의 옷자락을 붙잡으며 천천히 몸을 움직이기 시작했다.

"신나게 놀아보자고."

기세 좋게 말한 뒤 카루는 성큼성큼 내 뒤를 좇았다. 엉거주춤 따라오는 스테빈의 모습이 조금은 우스꽝스러웠다.

"……"

아이들 전부가 이탈없이 탑의 입구로 들어선 것을 확인하고 아무 말 없이 어금니를 꽉 깨문 난 어두운 탑의 안으로 한 걸음 내디뎠다.

두려움과 함께 어떤 종류의 '시험'을 치르게 될 것인가 하는 궁금증이 피어올랐다. 덕분에 예전보다는 조금 더 가벼운 걸음을 하고 몸을 움직일 수 있었다.

한 치 앞도 구별 못할 정도로 심각한 어둠은 어느 순간 모든 것을 집어삼키는 그 하얀 빛과 함께 사그라졌다.

따사로운 햇살, 그럭저럭 정돈된 길, 풍성한 풀과 듬성듬성 자란 나뭇잎이 한줄기 바람과 함께 기분 좋은 소리를 내며 서로 부딪친다.

날씨는 맑고 배는 고프지 않다. 기본적인 장비도 양호한 것 같고 이탈한 아이들도 없으니 겉으로 드러난 위험 요소는 적은 편이라 할 수 있었다.

"어때?"

한참 주위를 둘러보다가 펠시를 향해 말했다.

"보통."

그녀의 입에서 보통이란 말이 나올 정도면 일단 어느 정도는 안심하고 움직여도 무방하다는 뜻이다. 안도의 한숨을 내쉰 후 장비 담당 아네스에게 물었다.

"장비는?"

"물하고 건조 식량 약간, 무기는 충분한 것 같네."

"왠지 좀 불안한걸."

"무슨 일이야, 반장?"

"그동안 이렇게 '정상적인' 환상을 접한 적이 한 번도 없었잖아."

"어느 의미로는 그런 것 같네. 하하, 신경 쓰지 마."

카루 곳지않은 활달한 성격답게 그녀는 웃음을 터뜨리며 내 말에 대 꾸했다.

"그럼 이제 출발하자. 내가 앞장설 테니 카루는 후방을 지켜주길 바 라. 작든 크든 무슨 일이 생기면 곧장 큰 소리로 말하는 것 잊지 말 고."

미소 지으며 엄지손가락을 치켜 올리는 것으로 대답을 대신하더니 카루는 일행의 맨 뒤쪽을 향해 몸을 날렸다. 어느 정도 진형이 완성되 자, 난 펠시와 함께 일행의 선두에 서서 오솔길을 따라 천천히 발걸음 을 옮기기 시작했다.

따분할 정도로 지루한 이동이 계속되었다. 시간이 흘러도 적은 없었 고 주위의 풍경은 평화롭기 그지없으니 하품이 나올 만큼 긴장감이 완 화되는 것이 당연했다.

하지만 이런 시간이 제일 위험하다는 걸 모두 알고 있었다. 경계심 은 아무리 강조해도 모자라지 않을 정도로 중요하다. 힘든 상황에서 습격하는 것이 효과적으로 상대를 제압하는 방법 중 하나라는 걸 깨달 았으니까.

"베리야, 조금 쉬었다 가는 게 어때?"

"10분 정도만 더 걷고 쉬기로 하자."

날씨는 그다지 덥지 않았지만 긴장 상태에서 몸을 움직이고 있으니 옷을 축축하게 적실 정도로 땀이 흘러내렸다. 쉬고 싶은 마음은 나도 간절했지만, 이런 상황일수록 조금 더 앞으로 나가는 게 좋을 것이란 판단에 조금은 퉁명스러운 말투로 난 그렇게 대답했다.

매쉬가 조금 투덜거리긴 했지만 아이들은 열심히 발을 움직였다. 참고로 세르넨은 마법을 이용해 탈것을 소환했다. 첫 번째 단계의 주문 중 하나인 이 주문을 그녀가 사용하면 한 사람과 가벼운 짐 정도는 운반할 수 있을 정도의 조랑말을 소환할 수 있다. 마법사의 실력이 대단할수록 소환할 수 있는 동물의 능력도 대단해지는데, 나는 전투를 할 수 있을 정도로 훈련된 튼튼한 말을 불러낼 수 있었지만 그녀의 능력으로는 그것이 한계였다.

여하튼 난 전투나 기타 돌발 상황에 대비해 여러 가지 주문을 외워야 했으므로 조금이라도 그 힘을 비축해야 했다. 마음 같아서는 부실한 조랑말보다는 튼튼한 전투마를 소환해서 태워주고 싶었지만 말이다.

한참을 더 발을 움직여도 별다르게 변하는 것이 없어 적당한 곳에 자리를 잡고 휴식을 취하기로 했다.

교대로 보초를 세우고, 나무 밑 시원한 그늘에 아무렇게나 엉덩이를 깔고 앉은 뒤 수통을 돌렸다. 식량이 없는 건 상관없지만 물이 없는 건 아주 곤란한 일이었으므로, 가능한 아껴 마시는 것이 중요했다.

한숨 돌리자 미소 띤 얼굴로 카루가 입을 열었다.

"시험이 이렇게 어이없게 끝나진 않겠지?"

"아마도 그렇겠지. 등산 연습 하는 것도 아니고."

"차라리 괴물들이 떼거지로 몰려오는 쪽이 난 더 편한데 말이야."

"넌 그럴지도 모르겠다만, 저기 오들오들 떨고 있는 스테빈 녀석도 생각을 좀 해주는 게 어때?"

"내가 언제 떨었다고 그래! 나도 그 쪽이 더 편하다고! 환상에서 죽는 건 이제 이골이 났으니까 말이야."

"야, 스테빙. 그러니까 평소에 검술 연습 좀 하라고. 그럼 나처럼 살아남을 확률이 더 높아지잖아."

"어차피 난 절대 기사 같은 건 되지 않을 테니까 상관없어. 이 학교에 온 것도 다 아버지 때문이니까."

코웃음 치며 그렇게 말하더니 스테빈은 수통을 받아 들고 물을 마셨다. 한 모금 넘겨 입맛을 다시며 옆 사람에게 넘기더니 싱거운 웃음을 터뜨리곤 다시 말을 이었다.

"남 상처 입히는 것도 싫고 내가 아픈 것도 싫어. 그러니까 난 절대 기사 같은 건 되지 않을 거야."

"헤에, 그럼 스테빙, 넌 꿈이 뭔데?"

"글쎄, 하고 싶은 건 좀 있지만 꼭 뭐가 되고 싶다는 생각은 해본 적이 없는데."

"그게 뭐야. 참 재미없는 인생이군. 남자라면 모름지기 꿈 하나 정도는 가지고 있어야지."

"그러는 카루 넌 꿈이 뭔데?"

"물론 난 검 한 자루 들고 대륙을 여행하는 거지. 아주 많은 경험을 쌓고 그걸 토대로 음악도 만들고 싶군."

"역마살이라도 끼었냐."

반쯤 긍정한다는 듯 카루는 스테빈의 말에 씨익 이를 드러내며 미소 지었다.

"아참, 베리, 넌 꿈이 뭐야?"

스테빈의 질문에 아이들의 시선이 내게 쏠렸다. 심지어 조금 먼 거리에 있는 펠시마저 뚫어져라 날 쳐다보는 것 같아 바보같이 살짝 인상을 찌푸리며 볼을 붉힐 수밖에 없었다.

"내 꿈? 글쎄, 소중한 사람을 지킬 정도로 강해지고 싶다는 것 정도라면 언제나 생각하고 있지만, 딱히 뭐라곤……."

"어쩐지 낭만적인데. 그런데 베리, 넌 이미 충분히 강하잖아? 그런데 왜 그런 생각을 하는 거야?"

스테빈의 말에 순간 난 아무 대답을 할 수 없었다. 그렇게 잠시 고개를 숙이고 생각하다가 고개를 저으며 말했다.

"지금보다 훨씬 더 강해져야 하니까."

"헤에, 나 같은 녀석보단 일억 배는 더 강한 것 같은데."

"야, 스테핑. 그건 니가 너무 약해서 그런 거 아냐? 비교 대상을 좀 잘못 잡은 것 같은데."

입을 내밀고 스테빈은 카루의 말에 반박했다. 한참 그렇게 둘이 티격태격 싱거운 말싸움을 반복하자, 적이 소리를 듣고 습격할지도 모른다며 내가 중재할 수밖에 없었다.

"……."

멀리서 지켜보고 있던 펠시는 내 싱거운 대답에 아주 살짝 미소를 머금었다. 비웃을 만큼 멋대가리 없는 꿈을, 그런 그녀를 비롯해서 다른 아이들에게 말했다는 것이 한참이 지나도록 머리 속을 어지럽힐 정도로 날 부끄럽게 만들었다.

"출발하자."

분위기가 너무 가벼워지는 것 같아서 조금은 무거운 얼굴을 하고 몸을 일으켰다. 아이들은 인상을 찌푸렸지만 순순히 자리에서 일어나 내 뒤를 좇았다.

몬스터가 아이들을 습격한 것은 그로부터 얼마 지나지 않은 후였다. 휴식에서 벗어나 열심히 언덕을 오르던 중 수십 마리의 코볼트가 나무와 풀숲을 헤치고 뒤쪽에서 덮쳐 온 것이다.

인간의 허리에도 못 미치는 작은 녀석들이었지만 순발력과 협동력은 대단했으므로 방심할 수 없는 적이었다. 숫자로 밀고 붙이는 전술이 단순하면서도 제일 효과적인 방법 중 하나라는 것을 그동안의 실전 경험을 통해서 알고 있었으니 말이다.

"생각보다 싱거운걸."

카루는 코웃음 치며 그렇게 쏘아붙이더니 검을 꺼내 들고 쇄도해 오는 코볼트들을 향해 몸을 날렸다.

겁이 많은 녀석들이었으므로 초반에는 절대로 당황하지 말고 터프하게 행동하는 것이 현명했다. 비교적 검술 실력이 뛰어난 아이들을 제외하고 두 사람, 혹은 세 사람이 한 조로 코볼트들을 공략해 가기 시작하니 어느덧 코볼트들은 사기를 잃고 주춤주춤 서로 눈치를 살폈다.

표정 하나 바꾸지 않은 채 나와 펠시는 그런 코볼트들의 목을 꿰뚫고 배를 갈랐다. 시간이 흐를수록 진한 붉은색의 피가 흙바닥을 타고 사방을 질척하게 만들었다.

일방적인 학살이라 봐도 좋았다. 형편없는 무기로 단지 숫자만 믿고 엉터리로 기습한 녀석들에 비하면 우리 쪽이 훨씬 경험도 풍부하고 개

개인의 역량도 뛰어났으니까.

숫자의 우위마저 조금씩 상대방에게 압도당하고 있다는 걸 자각하고 얼마 지나지 않아 남은 녀석들은 괴이한 울부짖음을 토하며 사방팔방 달아나기 시작했다.

비난하거나 비웃음 지을 생각은 없었다. 겁이 굉장히 많은 몬스터 중 하나인 녀석들이 동료들의 죽음을 참고 여기까지 버틴 것도 대단한 일이었으니까.

아군의 피해 상황이나 남아 있는 코볼트들을 처리하기 위해 거친 숨을 몰아쉬며 난 주위를 살펴보기 시작했다.

끄에에엑—!

그리 멀지 않은 땅바닥 한 컨에서 내장을 쏟은 채 한 코볼트가 끔찍하게 울부짖으며 괴로워하고 있었다. 심각한 부상 때문에 도망조차 가지 못한 것 같았다. 구역질이 날 만큼 끔찍하고 칼로 심장을 후비는 것처럼 자괴감이 온몸을 요동쳤지만, 딱딱하게 군은 얼굴로 아무렇지도 않게 난 검을 휘둘러 녀석의 가슴을 찔렀다.

살가죽을 뚫고 딱딱한 뼈의 틈새로 검이 심장을 꿰뚫었다. 검을 뽑아내는 순간 피가 분수처럼 사방으로 퍼져 나와 갈색의 지면을 붉게 물들였다. 제대로 된 비명 한 번 내지르지 못하고 그대로 녀석은 절명했다.

환상을 겪으면 겪을수록 난 점점 상처 입고 상처 입히는 것에 길들어지는 것 같았다. 부정하고 싶었지만 시간이 흐를수록 점점 더 그 사실을 인정할 수밖에 없었다.

난 점점 살인에 익숙해져 가고 있었다.

생명을 끊는다는 것은 이제 더 이상 낯선 것이 아니었다. 비단 환상이 아니더라도 마음만 먹으면 언제라도 무기나 몸을 사용해 상대를 죽일 수 있다는 걸 깨달았다. 그리고 그 사실이 미치도록 날 슬프게 만들었다.

옷이라고 보기에도 민망한, 코볼트의 시체에 붙은 천으로 검에 묻은 피를 스윽 닦아내고, 숨을 고른 후 아이들을 향해 말했다.

"피 냄새가 요동치는 이곳에 있어봤자 괴물들의 표적만 될 것이 분명해. 자, 빨리 이동하자."

운이 좋은 것인지 부상을 입은 아이는 단 한 명도 없었다. 코볼트 시체를 뒤져서 쓸 만한 단검과 구리 동전 몇 개, 건조 식량 조금을 확보하고, 짧은 휴식 시간을 끝으로 모두 다시 작은 길을 따라 앞으로 전진하기 시작했다.

"……."

아까 전까지만 해도 쾌활하게 잡담을 나누며 웃던 아이들이 지금은 다들 한기가 돌 정도로 경직된 모습이었다.

생과 사가 오고 가는 전투를 겪고도 멀쩡히 아무렇지도 않게 웃는 얼굴로 대화한다는 것은 역시 지금의 우리에게는 불가능한 일이었다. 그런 인간 따위는 되고 싶지도 않다는 것이 솔직한 내 심정이었고 말이다.

피 냄새 가득하던 학살의 현장에서 점점 멀어질수록 평범했던 내 가치관이나 생각들도 덩달아 점점 멀어져 가는 것이 아닌가 하는 생각이 들었다.

반성조차 하지 않으면 죽음의 무게가 앞으로 점점 가벼워질 것이 분명했기에 아프도록 입술을 깨물며 앞장서 가는 펠시의 뒤를 좇았다.

도대체 얼마나 이동한 것인지 시간 개념조차 희미해질 정도로 생각을 닫은 채 한참 동안 그렇게 발을 움직였다.

"마을이다!"

흐리멍덩한 내 정신을 주먹으로 내려치는 듯 맨 앞에서 우리를 이끌던 펠시가 언덕 위에서 걸음을 멈추고 그녀답지 않게 큰 소리로 말했다.

낑낑거리며 꽤 가파른 언덕을 올라간 후 아래를 내려다보니 작은 마을의 풍경이 시야 안으로 들어왔다.

"역시 마을이 있었군."

내가 너무 멍해 있었던 모양이다. 길이 잘 정비되어 있던 것은 둘째 치고 땅바닥에 난 수레바퀴 자국도 눈치 채지 못했으니 말이다.

조금 얼굴을 붉히며 고개를 끄덕이는 카루와 아이들을 훑어보았다. 몸이 피곤한 것은 참을 수 있었지만 배가 고픈 것은 참을 수 없는 일이었으므로 가능한 쾌활한 어조로 모두를 향해 말했다.

"내려가자."

가능한 한 당당하게 행동하는 쪽이 좋을 것이다. 무기를 소지하긴 했지만 일행의 의복이나 인상이 험악한 편은 아니었으니까.

작은 마을의 분위기는 전쟁이라도 터질 것처럼 어수선했다. 발을 움직이는 것조차 부담스러운 듯한 노인, 그리고 얼마 되지 않는 젊은이들에서 아이들까지 제각각 농기구를 개조한 무기들을 꼬나 들고 나와 아이들을 노려보았다. 눈을 가늘게 뜨고 이를 드러내며 웃음 짓던 나는

거리가 가까워질수록 웃는 것인지 우는 것인지 알 수 없는 그런 어정
쩡한 표정을 할 수밖에 없었다.

잠시 그렇게 썰렁한 시간이 흐르고, 천천히 걸음을 옮겨 마을 주민
들을 향해 다가갔다. 패싸움이라도 할 것 같은 그런 삭막한 분위기 속
에서 평범을 가장한 어색한 표정을 하고 난 군은 입을 열었다.

"안녕하세요."

예상은 했지만 상대 쪽의 반응은 냉담하기 그지없었다. 얼굴을 찡그
리는 것은 물론 바닥에 침을 뱉으며 욕지거리를 중얼거리기 시작했던
것이다.

어수선한 반응을 무시하고 다시 말했다.

"저희는 여행자입니다. 잠시 이 마을에서 쉬어가고 싶습니다."

말이 끝나기가 무섭게 입에 담기조차 힘든 욕지거리가 쏟아졌다.

"이 개새끼들! 그런 말을 한다고 우리가 속아 넘어갈 줄 알고?"

"이 어린 자식들도 다 한패거리임이 틀림없어요! 그냥 당장 죽여 버
립시다, 촌장님!"

"맞아! 더 들을 것도 없어!"

"내 딸을 살려내!"

아주거니의 울부짖음에서부터 각양각색의 개성적인(?) 말들이 그
들 무리에서 쏟아져 나오고 있었다. 어떻게 하면 좋을지 잠시 멍청한
얼굴로 주춤거리다가 쑥덕거리기 시작하는 그들 무리를 향해 외쳤
다.

"무엇인가 오해가 있는 듯한데, 우린 당신들의 적이 아닙니다! 잠시
피곤한 몸을 쉬고 싶을 뿐입니다."

"미친 새끼들이 아직도 헛소릴 하네!"

"당장 죽이자! 죽이자!"

"더 볼 것도 없다니까요!"

몇몇 남자는 정말 죽일 것 같은 얼굴을 하고 일행을 향해 다가오기 시작했다. 예민해진 몇몇 아이가 그에 대응해 허리춤이나 품속에서 무기를 꺼내 들자 상황은 더욱더 최악을 향해 달려갔다.

"저희는 분명 당신들과 은원 관계가 없다고 했습니다만."

"이제야 본색을 들어내는구나! 오냐, 그래 뼈까지 갈아 마셔주마!"

"이런 쌍노무 자식들! 어디 이번엔 니네가 죽어봐라!"

폭발하는 것처럼 그들 무리가 일행을 덮치려는 순간이었다.

"그만—!!"

목소리와 함께 갑자기 석상처럼 모두의 움직임이 멎어들었다. 잠시 후 분노한 그들 무리의 뒤쪽에서 주름살 가득한 한 노인이 지팡이에 의지해 우리 쪽으로 천천히 다가오기 시작했다.

"……."

늙고 쇠약했지만, 묘하게 그 노인의 모습에서는 건드릴 수 없는 기운이 느껴졌다. 단순히 연륜이라고만 할 수는 없는 범상치 않은 기운이랄까. 대부분의 아이들은 대수롭지 않게 생각하는 듯했지만 말이다.

"촌장님, 왜 말리시는 겁니까?"

"촌장님도 녀석들에게 아들을 잃지 않으셨습니까!"

"이 아이들은 진실을 말하고 있네. 오래 쉬게 할 수는 없겠지만 조금이나마 그냥 내버려 두도록 하지."

무기를 휘두르며 흥분한 목소리로 외치는 몇몇 젊은이를 무시하고 촌장이라 불렸던 마른 노인이 천천히 내 쪽을 향해 말했다.

"자네들도 그렇듯 우리도 나름대로 사정이 있네. 1시간 안에 이 마을에서 떠나도록 하게. 그 이상 머문다면 나로서도 자네들의 안전을 보장해 줄 수 없다는 것을 명심하는 것이 좋아."

한줄기 바람이 얼마 남지 않은 늙은 촌장의 하얀 머리를 쓸고 지나갔다. 겉으로는 아무런 반론도 하지 않았지만 마을 남자들은 납득이 가지 않는다는 듯 얼굴을 찡그리며 촌장을 노려보았다.

카루는 두 손바닥을 으쓱 위로 올리며 나를 향해 어색한 제스처를 취했다. 반쯤은 될 대로 되라는 얼굴을 한 나는 잡아먹을 듯한 마을사람들을 무시하며 촌장을 좇아 마을 안쪽으로 향해 갔다.

마을 한가운데에 있는 조그만 우물 근처로 촌장은 우리를 안내했다. 마른 목을 축일 수 있다는 사실에 아이들은 함박웃음을 지으며 기뻐했고, 대조적으로 촌장은 시큰둥한 표정으로 근처 나무 그늘까지 느릿느릿 노쇠한 몸을 움직여 갔다.

느릿느릿 품속에서 담뱃대를 꺼낸 후 담뱃잎을 넣고 촌장은 살짝 오른손에 쥔 지팡이를 흔들었다. 그러자 신기하게도 담배에 불이 붙었다. 처음 볼 때부터 대충 눈치 챌 수 있었는데 역시 그는 스펠 유저였던 것이다.

아이들이 실컷 물을 마시고 어느 정도 숨을 고른 후가 돼서야 비로소 난 촌장에게 말을 할 수 있었다.

"마을에 무슨 일이 생긴 것인지 알 수 있을까요?"

폐 속 깊이 연기를 빨아들이고 푸른 하늘 위로 그것을 뿜어낸다. 한참을 담배만 피우던 촌장은 드디어 느릿느릿 재를 털어내며 시큰둥하게 말했다.

"자네들 같은 외지인들은 몰라도 되는 일이네."

"그래도 최소한 폐가 되진 않을 거라 생각합니다. 들려주십시오."

거칠게 한 번 가래침을 땅에다 뱉더니 촌장이 다시 입을 열었다.

"그 일에 관해 이야기해 주기 전에 먼저 자네들의 정체를 묻고 싶네. 자네들은 도대체 누군가? 왜 이런 산골까지 오게 된 것인가?"

"……."

"자네들이 아무런 말도 하지 않는다면 나도 아무런 말도 해줄 수 없네. 신원도 모르는 사람들에게 자신의 이야기를 떠벌리는 것처럼 위험한 것이 어디 또 있겠는가."

촌장의 말은 옳았다. 변두리 시골 마을에서 외지인, 그것도 애송이 티가 팍팍 나는 아이들이 우르르 몰려왔다는 사실 자체가 자연스레 의심이 들 만한 사실임은 틀림없었으니 말이다.

최대한 표정의 변화를 적게 하고 촌장을 향해 난 대답했다.

"맞는 말씀입니다."

"그럼 어서 이야기해 보도록 하게."

"죄송하지만 그건 불가능합니다."

"왜인가?"

"말한다고 해도 믿지 못하실 테니까요."

"무엇을? 설마 인간이 아니라는 소리라도 할 셈인가?"

"소설에서나 나올 법한 말씀이시군요. 여하튼 저희는 어떤 목적을 가지고 이곳에 왔습니다. 이 이상은 말씀드리기 곤란합니다."

"무슨 목적으로 이런 인적없는 변방의 촌구석에 왔단 말인가?"

"죄송하지만 그건 말씀드릴 수 없습니다."

"그런 아리송한 말로 날 설득시킬 셈인가?"

"가능하다면요."

어이가 없는 모양인지 촌장은 쿡쿡 웃음을 터뜨렸다. 세상만사에 관심없어 보이는 사람치고는 꽤 유쾌한 표정이었다.

맥이 풀리도록 꽤 긴 시간을 그렇게 웃기만 하더니 잠시 후 촌장이 다시 입을 열었다.

"별거없어 보이는 녀석치고는 꽤 날 웃게 만들었군. 좋아, 자네들이 어떤 목적을 가지고 이곳에 왔다는 사실만은 믿어주도록 하지."

"감사합니다."

"마지막으로 하나만 더 물어보도록 하지. 자네들이 온 목적이 혹시 이 마을과 관련된 일인가?"

"그럴 수도 있고 아닐 수도 있습니다."

"좋아, 대충 알았네. 그럼 내가 말할 차례인가? 며칠 전 우리 마을은 어떤 괴한들에게 습격을 당했네. 대부분의 남자들이 일을 간 사이에 말이지. 나머지는 상상할 수 있겠지?"

"혹시 마을 사람들 중 몇 명이 납치당했습니까?"

"맞네."

"그 무리가 돈이나 음식을 요구하는 모양이군요. 영주의 성은 여기에서 굉장히 먼 모양이죠?"

"그 말도 역시 맞네. 가는 데만 사흘은 걸리지. 잠을 자지 않고 말을 몰아서 간다 해도 일주일 안에 병사를 데려오는 것은 무리겠지."

"주위에 다른 마을은 없습니까? 그렇다면 도움을 받기는 불가능할 것 같군요."

"그래, 한마디로 고립됐네. 마을 사람들이 저렇게 미친 것처럼 난폭해진 것도 이해할 수 있겠지?"

나는 작게 고개를 끄덕이며 촌장의 말에 긍정했다. 힘없이 한숨을 내쉰 촌장이 말했다.

"더욱 불안한 점은 마을 사람 중 한 명이 그들 무리와 내통하고 있다는 사실이야."

"그게 누구죠?"

"안다고 해도 알려줄 수 없네. 아니, 솔직히 말하자면 나도 잘 모르네. 시간이 많다면 한 명 한 명 마법을 사용해 알아낼 수도 있겠지만, 지금은 손을 쓰기에 너무 늦었어. 전부 내 실력이 부족한 탓이겠지만 말이야."

촌장의 주름살 가득한 얼굴에 그늘이 드리워졌다. 아무런 말도 하지 않다가 잠시 후 시큰둥한 투로 촌장에게 다시 물었다.

"저에게 사용한 마법처럼 말이죠?"

"역시 눈치 채고 있었군."

"사람들이 소란을 피우고 있을 때 뒤에서 마법을 사용하셨죠?"

"그렇다네."

"처음부터 쟤가 스펠 유저라는 사실을 알고 계셨습니까?"

"아니, 그건 방금 대화하면서 알았네."

"그런데 왜 저희에게 이런 중요한 일을 말씀해 주신 겁니까? 혹시 승격해 온 그들과 동료라고는 생각하지 않으셨나요?"

"녀석들에게 마법사가 있었다면 일 처리가 지금보다 훨씬 매끄러웠겠지. 무엇보다 자네는 거짓말을 하고 있지 않으니까."

"아직 주문이 풀리지 않은 모양이죠?"

"미안하지만 오늘 하루 동안 지속되네."

피차 서로를 향해 어색한 미소를 한 번 지어 보였다.

"잘 알지도 못하는 일을 해결하려는 건 어려운 일이지. 안 그런가?"

"생각 외로 일이 쉽게 풀릴 수도 있는 법이죠."

"그래서 어떻게 할 텐가?"

"늦은 밤에 산길을 걷는 건 위험한 일입니다. 이제 곧 해가 지겠군요."

"그럼 이 마을에서 하룻밤 머물고 가도록 하게. 그동안 자네의 '목적'이 해결되길 바라지."

한결 부드러워진 촌장의 말에 옆에서 조용히 듣고 있던 스테빈이 입을 열었다.

"그럼 내일까지 안전은 계속 보장해 주시는 거죠?"

모두 맥이 풀린 얼굴을 하고 스테빈을 노려보았다. 순간 이상하게 경직되어 있던 마을의 분위기도 한결 누그러지는 것 같았다.

시골의 밤은 빨리 시작되는 법이다. 조금씩 날이 어두워진다는 느낌이 든다고 생각하는 순간, 어느새 한 치 앞도 구별할 수 없을 정도로 깊은 밤이 모든 사물을 가려 버렸다.

　원인은 알 수 없었지만 여하튼 마을 주민들은 그런 어둠을 경계하며 마을 곳곳에 횃불을 피우기 시작했다.

　노약자나 어린이들은 마을 중앙 쪽에 대피시켜 놓고 교대로 순찰을 돌며 습격에 대비했다.

　초저녁부터 적들이 습격해 올 것이란 생각은 하지 않았다. 그렇다고 해서 손 놓고 하염없이 기다릴 수만은 없는 노릇이므로 촌장은 바쁘게 뛰어다니며 주민들에게 지시를 내렸다.

　대충 늦은 저녁을 해치우고 느긋한 표정으로 나와 아이들은 그런 주민들의 모습을 바라보았다. 입장이 달라서 그런지 아니면 '이것은 환상이다' 라는 생각을 하고 있어서 그런지, 솔직히 그렇게 큰 절박함은 느껴지지 않았다.

　낄낄거리며 장난을 치기도 하고 잠시 모자란 잠을 보충하기도 하며 제각각 시간을 때웠다. 무엇인가에 열중하고 있지 않는다면 초조해질 것이 분명할 테니 쓴웃음 지으며 난 그런 아이들을 내버려 둘 수밖에 없었다.

　어느새 난 잠들어 있었다. 비스듬히 벽에 등을 의지한 채 검을 품에 안고 하염없이 그렇게 잠을 잤다.

　다행히 깊게 잠든 것은 아니었기에 얼굴 근처를 간질이는 날벌레에 놀라 잠을 깼다.

　산짐승들마저도 잠들어 버릴 정도로 늦은 밤이다. 피곤한 모양인지 아이들은 하품을 하며 피워놓은 모닥불을 바라보고 있었다.

　중앙에서 조금 멀리 떨어진 곳에서 험악한 인상의 두 남자의 감시를 받으며 우리 일행은 조용히 때가 오기만을 기다렸다.

당연히 습격은 오늘이다. 만약 오늘 밤, 적이 이 마을을 습격하지 않는다면 이야기 자체가 성립이 되지 않을 테니까.

보편적이라 해도 좋겠지만 이런 시나리오는 역시 작위적이고 재미가 없다는 생각이 들었다. 내가 시험 출제관이라면 조금은 머리를 써서 학생들을 골려줄 텐데 말이다.

"……"

빨갛게 불타오르는 모닥불을 향해 미친 듯 모여드는 불나방의 모습을 바라보며 귀를 열어둔 채 나는 조용히 오전에 있었던 일들을 생각해 보기로 했다.

아마 대부분의 환상을 경험해 보지 못한 학생들은 촌장의 질문에 어리석은 대답을 할 것이다.

마법을 이용해서 촌장은 학생들의 생각을 대략적으로나마 훑어보았다. 여기에서 자신의 정체를 또 한 번 드러내는 실수를 한다면 주민들에게 매도강하는 것은 면할지 몰라도, 마을 안의 스파이를 통해 적에게도 정체를 발각당할 수 있기 때문이다.

신용할 수 없는 상대에게 신분을 노출시키는 것은 여러 가지 빌미를 제공하게 된다. 긍정적인 효과가 있을 수도 있겠지만, 적이 생기는 것은 최소한으로 줄이는 것이 합리적이다.

사실은 목적도 없고 이유도 없는 어중이떠중이들의 집합체라 해도 무방하다. 기사적인 행동으로 영웅적인 성과를 발휘하는 것은 영웅 소설에서나 나올 법한 어리석은 이야기일 것이다.

그리고 중요한 것은 아직 우리는 기사가 아니다. 이 마을 주민들을 도와줘야 할 필요성은 눈곱만큼도 존재하지 않는다.

그런데 왜 나와 아이들은 마을을 떠나지 않고 이 마을에서 하룻밤을 지낸 것인가?

그에 대한 대답은 두 가지라 할 수 있다. 첫째는 인간인 이상 악행을 보고 그냥 지나갈 수 없다는 일반적인 논리이고, 둘째는 역시 마을 안에 존재하고 있는 '스파이'의 존재 때문이었다.

스파이를 통해 적에게 우리의 존재를 발각당한다면, 마을을 떠난 후에도 언젠가는 그들 무리와 싸우게 되어 있다. 그럼으로써 이야기의 개연성도 부드럽게 이어질 테고 말이다.

방어하는 쪽보다는 공격하는 쪽이 낫다. 그것이 불가능하다면 여러 가지 측면에서 이득을 취하는 것이 옳다. 기습을 당하지 않아야 한다는 것은 말할 필요조차 없을 것이다.

마을 지리에 익숙하고, 적에게 수의 우위를 빼앗기지 않게 하는 마을 사람들의 존재는 여러모로 이 싸움에 이득을 준다.

굉장하다고는 할 수 없지만 마법을 사용할 수 있는 스펠 유저가 있다는 사실도 고무적이다. 연륜이 있는 만큼 어떻게 스펠을 캐스팅하면 적에게 최대한의 피해를 입힐 수 있는가에 대해서도 그는 잘 알고 있을 것이다.

이론과 생각하는 것이 100% 전투의 승패를 좌우한다고 할 수는 없겠지만 자신들이 가진 약점은 최대한 줄이는 것이 바로 곧 전략이며 전술이다.

또 이 환상조차 우리를 평가하는 시험인만큼 또 다른 '적'에게 빈틈을 보일 수는 없었다.

지루하다는 느낌이 들 정도로 도발의 움직임은 없었다.

입이 찢어져라 하품을 하다가 카루 녀석이 옆쪽에서 나뭇가지로 모닥불을 쑤시며 말했다.

"피차 초조할 테지. 이쯤 되면 슬슬 움직일 때가 된 것 같은데 말야."

"일반적으로는 그렇겠지."

"역시 난 기다리는 쪽은 체질에 안 맞는 것 같다니까. 뭐, 그렇다고 싸움이 좋다는 건 아니지만 말이야."

가만히 카루의 말을 듣던 스테빈이 입을 열었다. 무엇을 먹는 것인지 그는 아까부터 쉴 새 없이 입을 우물거리고 있었다.

"뭐야, 전투만 벌어지면 앞장서서 물 만난 물고기처럼 펄펄 날뛰는 주제에."

"스테핑, 넌 나만 보면 시비를 걸려고 하는구나. 그래도 짝사랑하는 순진한 여자 아이처럼 노심초사 안절부절못하는 네 쪽보다는 내가 더 나을 텐데 말이다."

"난 야만인이 아니라고!"

"그래그래, 미소녀 스테핑 씨는 야만인과는 거리가 멀지."

항상 초후에 당하는 쪽은 스테빈이었다. 학습 능력이 부족하다고 할 수도 있겠지만, 가만히 지켜보는 쪽이 즐거운 것은 사실이었기 때문에 아이들은 조용히 때를 기다리다가 '미소녀' 운운하며 스테빈을 놀리기 시작했다.

방금 전까지는 피곤해서 입을 쩍쩍 벌리며 하품을 하던 매쉬 녀석도 물 만난 물고기처럼 활기있는 얼굴로 카루의 말에 웃음을 터뜨렸다.

스테빈은 얼굴을 붉히고는 씩씩거리며 눈물을 글썽거릴 정도로 분해하다가 단단히 토라진 듯 입을 내밀고 더 이상 아무런 말도 하지 않는다.

그리고 항상 같은 패턴이었지만, 어쩔 수 없이 나는 위로의 말을 꺼내기 위해 입을 열었다.

"야, 스테빈. 적당히 하고 그 입 안에 있는 것이나 뱉어라. 그렇게 화를 내면서 입을 우물거리면 바보처럼 보이니까 말이야."

"뭐야! 베리, 너까지 그런 말을 하다니. 내 편은 진짜 아무도 없어."

"편 가르기는 적당히 하고 빨리 뱉기나 해. 뱃속으로 삼키던가."

토라진 듯 날 노려보다가 스테빈은 바닥을 향해 아무렇게나 입 속에서 씹고 있던 음식을 내뱉었다. 꼴에는 터프하게 보이고 싶어서 한 행동일지 몰라도 남들이 보기에는 엄마에게 떼쓰는 어린애같이 느껴질 뿐이었다. 위로 삼아 건네준 말이 오히려 역효과가 난 꼴이었지만 그다지 죄책감은 들지 않았다.

"야, 스테핑. 너 나한테 시집올래?"

여자 같지 않은 아네스의 말에 곧 주변은 웃음소리로 가득해졌다. 당황한 나머지 홍당무처럼 얼굴을 붉히며 그런 모두를 바라보던 스테빈은 곧 참지 못하고 결국 그렁그렁한 눈물을 한 방울 바닥으로 떨어뜨렸다.

스테빈은 너무 곱게만 자란 탓인지 이런 도발에 유난히 약했다. 살짝 웃음을 터뜨렸던 나는 잠시 어색하게 뒷머리를 긁다가 그런 스테빈의 어깨를 두들기며 위로의 말을 건넸다.

"장난으로 한 거니까 너무 그렇게 화내지 마."

'여자' 운운하며 주위의 조롱이 그치지 않자 참지 못하고 내 품에 얼굴을 묻은 스테빈은 곧 훌쩍이며 울기 시작했다. 어느새 견딜 수 있는 수용 범위가 한계치를 훌러덩 넘어버린 것이다. 그럴수록 그 행동이 아이들의 '재료'가 된다는 사실을 스스로도 뼈저리게 알고 있겠지만 역시 그것을 참아낼 여력이 그에게는 남아 있지 않았던 모양이다.

"얼레리꼴레리, 둘이 사귄대요."

"야, 케리. 내 레이디를 돌려줘! 젠장, 이렇게 되면 결투밖에 없는 건가."

"아너스, 제발 적당히 하라고."

"뭐야? 그렇게 말하면서 카루 넌 왜 웃고 있는 건데?"

"이건 장이 꼬여서 그래. 점심에 먹은 수프에 후추를 너무 많이 넣었나 봐."

울음소리는 점점 커져만 갔다. 그럼 스테빈을 내팽개칠 수도 없는 노릇이라 시간이 흐를수록 점점 난 딱딱한 얼굴을 할 수밖에 없었다. 그런 아이들을 중재한 것은 다름 아닌 지키고 있던 마을 주민 중 한 사람이었다.

"이봐! 너희, 여기 소풍 왔냐! 긴장하지 않는 건 상관없지만 제발 좀 조용히 하라고, 이 빌어먹을 녀석들아!"

험악한 말에 배를 잡고 바닥을 뒹굴며 웃던 아이들도, 대성통곡하며 손등으로 눈물을 훔치던 스테빈도 천천히 보통의 모습으로 돌아가기 시작했다.

다리를 절며 다가온 세르넨이 품 안에서 손수건을 건네주자 주저
없이 그것을 받아 들고는 스테빈은 핑— 하는 소리를 내며 코를 풀었
다. 한쪽에서는 그 소리를 듣고 참기 힘들다는 듯 다시 웃음을 터뜨
렸다.

"적당히 하자고."

내가 꽤 진지한 표정을 한 채 말하자 아이들은 건성으로 고개를 끄
덕이며 알았다고 대답했다.

곧 주위는 가벼운 침묵 속으로 빠져들었다. 말이라고는 죽어도 안
듣는 뚱보 매쉬를 비롯한 룩슨과 그 일행을 제외하면.

"휴우."

작게 한숨지으며 눈 주위가 빨갛게 변한 스테빈의 얼굴을 바라보았
다. 어느새 마음이 진정된 모양인지 넉살 좋은 미소를 띠고는 두 손으
로 움켜쥔 뜨거운 차를 호호 불며 마시고 있었다.

역시 미워할 수 없는 녀석이었다.

내가 이제 좀 한숨 돌리겠다라고 생각한 그때였다.

"적이다!!"

그 말을 기다렸다는 듯 카루는 무기를 꼬나 들고 내게 말했다.

"쉴 틈을 안 주는구만."

"뭐, 언제나 그렇지."

형식적인 미소를 짓고는 모두 마을 입구 쪽으로 천천히 걸어가기 시
작했다. 촌장의 말이 있었던 모양인지 지키고 있던 마을 주민 둘은 순
순히 자리를 내주었다. 무기 소지를 인정했을 정도니까 마을 사람들도
어느 정도 아이들이 개입해 주길 원했던 모양이다. 뭐, 지푸라기라도

잡는 심정이랄까?

'기습은 아닌 모양이군.'

역시 이번에도 일이 쉽게 풀릴 것 같은 느낌이 들었다. 차를 다 마시지 못했다며 불평하는 스테빈을 한 번 스윽 훑어보고는 잠시 후 모여든 사람들이 가득한 마을 입구 쪽으로 나는 시선을 돌렸다.

우리가 처음 마을에 도착했을 때보다 백배는 더 심한 표정으로 주민들은 도적 무리를 쏘아보고 있었다.

선두에서 말을 타고 거만한 표정으로 아래로 내려다보는 네 명의 도적은 척 보기에도 힘깨나 쓸 것 같은 건장한 몸을 가지고 있는 녀석들이었다.

그에 비하면 마을 주민들의 꼬락서니는 어설프기 그지없었다. 도적들보다 숫자는 두 배 이상 많았지만, 기량은 둘째 치고 싸우려는 의지조차 상대에 비해 부족한 것 같았기 때문이다. '내가 과연 이 무기로 상대를 찌를 수 있을까?' 하는 초보적인 고민에 빠져 있다고나 할까? 얼마 전 나와 아이들이 겪었던 문제였기에 그 어색한 모습만 봐도 단번에 눈치 챌 수 있었다.

피를 말리는 듯한 대치 상태 속에서 말을 탄 도적 중 한 사람이 먼저 입을 열었다.

"돈은 준비했나?"

명령에 가까운 어조였다. 마을 주민들은 잠시 주춤거리며 서로의 얼굴을 살피다가 약속했다는 듯 한결같이 강하게 대꾸했다.

"당신들에게 줄 돈은 없소!"

"좋은 말로 할 때 사람들을 풀어주시오!"

느긋하게 반말을 하는 도적들에 비해 주민들은 공손하기 그지없었다. 초반부터 이렇게 낮추고 들어가서는 적의 사기만 높여주는 꼴이 될 텐데. 역시 경험이 부족한 사람들답게 치명적인 실수를 해버린 것이다.

"준비를 안 했다는 거냐?"

"그렇소!"

입가에 미소를 거두고 턱수염이 가득한 험악한 인상의 도적사내는 뒤의 부하들을 향해 말했다.

"가서 아무나 두 명 죽여라."

"그, 그게 무슨 소리냐!"

"돈을 준비하지 않았다면 이런 일 정도는 각오한 거 아니냐? 순진한 척하지 말도록."

역시 한 무리의 수장다운 말이었다. 혼란이 더 더욱 심해지자 마을 사람들은 어떻게 하면 좋을지 시끌벅적 수군덕거리기 시작했다. 우려한 대로 최악의 시나리오가 펼쳐진 것이다.

"이런 잔인한 놈들!"

더 이상 방관할 수는 없던 모양인지 촌장이 뛰어나와 외쳤다. 투지를 잃어버린다면 싸우는 것 자체가 불가능하게 되어버린다. 겁을 먹고 달아나는 것보다는 분노로 가득 차서 아무렇게나 무기를 휘두르는 쪽이 더 나았다.

"옆 마을 사람들도 몽땅 다 죽었다는 걸 알고 있다, 개자식들!"

"뒤처리가 조금 나빴던 모양이군, 바퀴벌레 한 마리가 빠져나가다니."

털보대장의 말에 도적들은 쿡쿡 웃음을 터뜨렸다. 하나같이 살인 경험이 풍부한 모양인지 양심의 가책이라곤 눈곱만큼도 찾아볼 수 없었다.

"그, 그게 무슨 소리입니까, 촌장님!"

"살아도 같이 살고 죽어도 같이 죽어야 된다. 60년이 넘도록 살아온 내 생명과도 같은 땅이다."

어중간하게 도망친다면 추격에 능한 도적들에게 간단히 배후를 잡힐 것이다. 일단 스파이의 존재는 제쳐 놓는다 해도 말이다.

이미 알고 있었던 모양인 듯 마을 청년 몇은 비장한 눈빛을 한 채 무기를 고쳐 잡았다.

"도망이라도 갔더라면 한두 명 정도는 살 수 있을지도 모를 텐데 말야. 바퀴벌레답지 않게 용감하구먼 그래."

이미 인질의 값어치는 떨어졌다. 잔뜩 겁에 질린 표정이긴 하지만 마을 주민들의 표정에도 조금씩 살기가 풍기기 시작했다.

이래도 죽고 저래도 죽는다면 조금이라도 발버둥 치고 죽는 쪽이 나을 것이다. 그런 점에서 볼 때 촌장의 말은 충분히 주민들에게 투지를 살려주었다.

슬슬 전투가 벌어질 듯해서 조용히 난 펠시를 향해 한쪽 눈을 깜빡거렸다. 이왕 싸울 거면 먼저 공격하는 쪽이 나을 테니까.

펠시의 모습이 사라지고 도적들의 표정이 더 더욱 굳어지자 작전대로 난 돈을 움직였다. 신호를 보내자 딱딱한 얼굴로 세르넨이 고개를 끄덕이더니 곧 주문을 외우기 시작했다.

"나무 덩굴(Entangle)."

주문이 완성되자 흙 속에서 나무줄기가 뻗어 나와 도적들의 발을 묶었다. 동시에 기다렸다는 듯 펠시가 도적들이 탄 말을 향해 단검을 던졌다.

"가속화!"

그동안 능숙해졌는지 생각보다 쉽게 마법이 완성됐다. 깃털을 단 듯움직임이 가벼워지자 아이들은 제각각 무기를 뽑아 들고 도적의 무리를 향해 뛰쳐나갔다.

마을 청년들도 괴성에 가까운 울부짖음을 토하며 아이들을 뒤따라도적들을 공격해 갔다.

겁에 질린 줄 알았던 사람들이 갑작스럽게 자신들을 향해 쇄도해 오자 적지 않게 당황한 듯 도적들은 제 기량을 선보이지 못했다.

그리고 적에겐 없었지만 이쪽에는 마법사가 세 명이나 있었다.

정수리에 단검을 맞고 쓰러지는 말에 도적 한 명이 그대로 깔려 즉사했다. 타고 있던 도적 역시 심한 상처를 입은 것은 당연했다.

백점 만점, 엄지손가락을 치켜 세워주고 싶을 정도로 펠시의 공격은 정확했다. 앞에 서 있던 말들이 혼란에 빠져 패닉 상태가 되자 뒤쪽에서 대기하고 있던 대부분의 도적들은 섣불리 몸을 움직이지 못하며 우왕좌왕 당황하고 있었다.

"얼음의 폭풍이여(Ice Storm)!"

바로 그때, 촌장은 난생처음 들어보는 주문을 캐스팅하기 시작했다. 곧 눈보라가 도적들의 무리 한가운데를 향해 미친 듯 휘몰아쳤다.

"할배, 너무 무리하시는 거 아냐?"

폭풍에서 도망쳐 나온 도적의 옆구리를 칼로 쑤시며 카루가 외쳤다.

엄청난 장관이라 할 만큼 주문의 위력은 대단했다. 순백의 눈 폭풍이 환하게 밝히는 횃불의 빛과 도적들의 선혈에 엉켜서 화려한 색채의 스펙트럼을 주위에 흩뿌리고 있었던 것이다.

"끄에엑!"

하지만 역시 도적들의 실력은 만만치 않았다. 수적인 우위와 마법사의 도움이 있다고는 해도 엄청난 실전 경험의 바탕과 근성으로 몰려들어 오는 주민들과 동료들을 막아내기 시작한 것이다.

재빠르게 아이들이 달려가 뒤를 덮친 까닭에 거의 포위된 상태로 무기를 휘두르고 있었지만 도적들은 좌절하지 않고 꿋꿋이 버텨내며 퇴로를 확보하기 위해 힘썼다.

처절하다고 할 정도로 싸움은 끈질기게 이어갔다. 살아남은 도적들의 숫자가 급격히 줄어들자 이제 한시름 덜었구나 생각했었는데, 때마침 가속화 주문이 풀린 덕분에 전투는 더 더욱 혼란 속으로 빠져들었다.

다시 한 번 촌장이 가속화 주문을 사용하고 귀가 울릴 정도로 카루가 소리 높여 주가를 부르기 시작하자, 아군 모두는 이를 악물고 상처의 고통을 참아내며 최후의 발악을 하는 도적들의 목을 베어 나갔다.

끊임없이 번갈아가며 마법을 사용해서 적의 움직임을 봉쇄하고, 그럭저럭 이런 경험이 풍부한 특별반 아이들이 앞장서서 적을 베어 넘기자, 마을 주민들도 어금니를 악물고 꼬나 쥔 무기로 도적들을 공격해 갔다.

시간이 흐를수록 싸움의 승패는 아이들과 주민들의 승리로 기울어졌다. 사기를 잃은 도적들은 등을 보이며 도망치려 했지만 펠시와 촌장은 단검과 마법을 이용해 그들의 목숨을 인정사정없이 끊어갔다.

"한 명은 살려야 합니다!"

잠시 시간이 지나고 숨을 헐떡이던 주민들은 내 외침에 무기를 거두었다. 여기저기 상처 입고 겁에 질린 얼굴을 한 채 최후까지 남은 한 도적사내를 제외하면 어느새 주위에 살아남은 도적은 단 한 명도 존재하지 않고 있었다.

최후까지 살아남은 도적이 바지에 오줌을 지리며 촌장을 향해 말했다.

"아, 안내해 드리겠습니다! 제, 제, 제발! 목숨만은 살려주십시오!"

눈물을 글썽이며 이를 딱딱거리는 사내를 냉정한 얼굴로 한 번 훑어보더니 촌장은 고개를 끄덕거렸다. 크게 부상을 입은 사람들을 제외한 사람들은 도적들의 아지트를 향해 갔다.

일의 마무리는 예상보다 쉽게 해결되었다. 카루와 내가 투명화 주문을 걸어 적의 아지트인 동굴 속을 급습해서 지키고 있던 도적 세 명을 상처없이 무사히 해치워 버린 것이다.

"가서 촌장만 불러와."

아무 말 없이 카루는 고개를 끄덕였다.

동굴 안의 광경은 처참했다. 처참하게 유린당한 처녀들과 반병신이 되어버린 아이들의 모습에 난 분노를 감출 수가 없었다.

잠시 후 촌장이 인기척도 없이 내 곁으로 다가왔다.

"수고했네."

"이제 어떻게 하실 겁니까?"

"일단 날이 밝는 대로 성주에게 사람을 보내야지. 이번 세금은 조금 적을 거라고."

"그리고요?"

"잊어야지, 살아남았으니까."

반쯤 너덜너덜해진 발을 한 아이를 품에 안고 촌장은 조용히 그렇게 속삭이듯 말했다.

"이제 지팡이를 들 힘조차 남아 있지 않지만, 그래도 난 죽는 날까지 이 마을을 지키며 살아갈 걸세. 내 아버지가 그랬듯 말이야. 여하튼 도와줘서 고맙네, 환상 밖의 소년이여."

"마을 사람 중 첩자는 찾으셨습니까?"

"애초에 그런 건 있지도 않았네. 미안하구먼."

"네에?"

"한마디로 내가 자네를 속인 걸세."

한 방 맞은 듯 입을 벌린 채 촌장의 주름살 가득한 눈을 바라보았다. 그는 고통에 시름하는 아이의 볼을 어루만졌다.

"다 좋은데 자네는 너무 생각이 많아. 카루라고 했나? 그 친구를 보고 좀 배우도록 하게."

"그렇습니까……."

"뭐, 늙은이의 잔소리니 한 귀로 듣고 한 귀로 흘리는 게 좋네."

"아뇨, 가슴에 새겨두겠습니다."

"그거 고마운 소리군."

아이를 품에 안은 촌장을 따라 난 동굴 밖으로 나왔다. 그리고 몇몇 사람을 제외하고는 모두 집으로 돌려보냈다.

"해가 뜨는군."

길고 긴 밤도 이제 서서히 끝이 보이기 시작했다. 품에서 꺼낸 낡은 단검을 내게 주며 촌장이 입을 열었다.

"이걸 자네에게 주겠네."

"뭐죠?"

"사양하지 말고 받게. 그리고 소중히 간직하도록 하게."

검집이 낡은 것은 둘째 치고 안의 내용물마저도 심하게 녹슬어 있었다. 꺼림칙한 얼굴로 그것을 받아 들자 촌장이 싱긋 웃으며 말했다.

"그것의 용도는……."

막 촌장이 그 단검에 대해 말하려는 순간이었다. 빌어먹을 환한 빛이 나와 아이들을 잡아먹을 듯 감싸오기 시작했다.

"…자를 ……으로 ……하게."

살가죽은커녕 두부조차 쉽게 썰지 못할 것 같은 녹슨 단검을 품에 안고 흐릿하게 뭐라 떠드는 촌장을 뒤로한 채 나와 일행은 다시 어디론가 이동되었다. 상당한 출혈이 있긴 했지만, 어느 정도 합격점을 받을 만한 수준은 될 듯해서 조금은 가벼워진 마음으로 난 다음 환상이 오기만을 기다렸다.

눈을 떴을 때 제일 처음 느낀 것은 온몸을 사로잡는 후끈후끈한 열기였다.

환상 속에서 종종 겪어봤던 종류의 지역과 환경이었지만 인상을 잔뚝 찌푸린 채 잠시 동안 난 아무런 말도 할 수 없었다.

고온 다습한 늪지는 온몸을 꽁꽁 얼리는 빙하 지역만큼이나 싫었다. 갑작스럽게 비가 내리기도 하고, 쉴 새 없이 모기를 비롯한 날벌레들이 온몸을 근질이기도 하며, 하나하나 열거하기 힘들 정도로 행동하는 것에 장해를 주었다.

덧붙여서 슬라임이나 리저드맨 같은 몬스터라도 뛰쳐나오면 정말 최악이라고밖에는 설명할 수 없는 상황이 된다. 한입에 인간을 삼킬 정도로 거대한 뱀이 나오질 않나, 눈에 보이지도 않을 정도로 빠른 발을 가진 표범이 머리 위에서 떨어진 아이의 목을 노리질 않나 그동안 겪어봤던 끔찍한 환상을 생각해 보면 정말 이가 갈리고 불끈 주먹에 힘이 들어갈 정도였다.

상한 음식을 먹고 아이들 모두 배탈이 난 적도 있었다. 비 오듯 땀이 흐르기 때문에 깨끗한 마실 물을 많이 확보해 두는 것도 중요했다.

"장비는 어때?"

"방금 전 하고 똑같아. 물 약간 하고 식량 하루분 정도."

"일단 굴부터 구하는 게 급선무겠군."

선천적으로 밝은 성격이었던 아네스도 내키지 않는다는 듯 인상을 찌푸리고 있었다. 살짝 고개를 끄덕이며 내 말에 긍정하더니 자기 몫의 짐을 챙기고 천천히 앞으로 나아갔다.

"베리오, 내 가방에 이런 게 있는데?"

바닥이 미끄러웠기 때문에 움직임에 더욱 신경을 써야 했다. 위태위태한 걸음으로 천천히 앞을 향해 나아가고 있을 때, 스테빈 녀석이 내게 다가와 무언가를 내밀었다.

입구가 봉해져 있는 편지였다. 걸음을 멈추고 잠시 아이들을 대기시킨 후 난 아무렇게나 뜯어 그것을 읽어 내리기 시작했다.

이 시험으로 난 너희의 용기, 인내, 협동 정신을 평가할 것이다. 제일먼저 네가 해야 할 일은 늪을 빠져나와서 '푸른 거북의 호수'로 가는 일이다. 아마 그곳에서 너는 다른 경쟁자와 만날 수 있을 것이다.

아마 이 환상은 모든 반의 아이들과 경쟁해서 싸워 나가는 형식인듯했다.

그 경쟁자와 싸우든, 협상을 해서 동맹을 맺든 그것은 너의 자유다. 중요한 것은 최후에 웃고 승리하는 사람들은 단 한 반밖에 없다는 것이다.

공동의 적이 있다면 때로는 다른 적과도 동맹을 맺을 수 있다. 물론그 후가 어떻게 될 것이냐가 더 중요하겠지만.

'푸른 거북의 호수'를 지나면 '붉은 광신도들의 사원' 안에 있는 '지하미궁'을 탐사해야만 한다. 미궁의 제일 깊은 곳에 위치한 마법진만이 성스러운 '기사의 제단'으로 갈 수 있다. 기사의 제단을 지키고 있는 '그것을' 물리친다면 진정한 영웅의 호칭을 받을 수 있을 것이다.

PS. 마을 안의 임무를 무사히 해결했다면 너는 한 가지 위대한 고대의 마법 물품을 받을 수 있었을 것이다. 그것을 잘 활용하도록 하라.

다 읽었다 싶은 순간 편지는 스르르 불타오르며 시야 안에서 사라졌다. '푸른 거북의 호수', 그리고 '붉은 광신도들의 사원' 안에 있는 '지하 미궁', 마지막으로 미궁 끝에 있는 마법진으로만 갈 수 있는 '기사의 제단'.

대충 빠짐없이 머리 속에 암기해 두고 아이들을 향해 말했다. 시간이 지나면 내가 잊어먹을지도 모르니 미리미리 알려주는 쪽이 좋았다.

"근데 그 단검은 어떻게 쓰는 거야?"

마을 촌장이 준 낡고 녹슨 단검. 자세히 살펴보아도 별다른 마법적 흐름은 느껴지지 않았다. 이리저리 눌러보고 쳐보아도 실용적이지 않다라는 느낌만 들 뿐.

"……"

"……"

한참을 시름하다가 신경질적으로 난 그것을 땅으로 내던질 뻔했다. 아니, 카루 녀석이 막지만 않았으면 100% 풀숲 너머로 휙 던져 버렸을 것이다.

"이런, 제기랄."

운이 없다고 해도 이렇게 없을 줄은 몰랐다. 이왕 줄 거면 좀 쓸모있는 걸 주던가 할 것이지, 기껏 뼈 빠지게 싸워서 도와줬더니 이딴 쓰잘데기 없는 걸 주고 말야.

아니, 쓰잘데기없는 게 아니라면 어떻게 쓰는지 사용 방법이라도 알려주던가! 이건 완벽하게 주최자의 농간이라고 밖에는 할 수 없는 거잖아!

"에휴, 그냥 가자."

세계를 파멸하는 위력이 있다고 해도 사용할 줄 알아야 위협을 하던가 하지, 이건 무슨 장난하는 것도 아니고… 사람 짜증나게 '잘 활용하도록 하라' 운운하는 거냐!

신경질적으로 품속에 단검을 쑤셔 넣고 다시 걸음을 옮기기 시작했다. 빌어먹을 단검과 마법적인 어쩌고는 차라리 안 읽는 편이 정신 건강에 좋았을 법했다.

후줄근한 날씨 속에 교대로 길게 자란 풀숲을 검으로 베어가며 전진했다. 전후를 제외하면 좌우 모두 질척한 늪지밖에 없었기 때문에 어디로 가야 할까 고민하진 않아도 좋았다.

더운 날씨는 둘째 치고 차라리 싸우는 것이 속 편하다고 느낄 정도로 반복해서 계속 열나게 검을 휘두르다 보니, 일행은 얼마 지나지 않아 비 오듯 땀을 흘리며 녹초가 될 수밖에 없었다.

거기에다 기습에 대비해서 긴장의 끈도 놓치지 말아야 한다. 오랜 시간 동안 걷는 것조차 힘든 일이라 할 수 있는데, 경직된 상태에서 이래저래 삽질을 하다 보니 이동 속도는 굼벵이처럼 더뎠다.

그리고 곧 우려한 대로 적의 습격이 시작되었다.

가뜩이나 체력이 떨어져 있는데 늪 속에서 불쑥 리저드맨 몇 마리가 튀어나와 일행의 배후를 덮친 것이다.

작년에 처음 검은 탑에서 본 이 녀석들의 힘은 그리 강하지 않았지만 움직임이 민첩하고 지능도 뛰어나서 여러모로 상대하기 껄끄러운 몬스터 중 하나였다.

애초부터 전면전을 벌일 생각은 아니었던지 창으로 한 아이의 배를 쑤시고는 반격이 시작되기 전에 후닥닥 늪으로 뛰어들었다.

"제기랄!"

빼꼼 머리만 내민 채 비웃듯 우리를 바라보는 녀석들의 모습이란 정말 피가 끓어오를 정도로 분노가 치밀어 올랐다.

녀석들은 도망가지도 않고 늪 안에서 이러저리 우리 쪽을 맴돌며 호시탐탐 기회를 노렸다. 다시 이동하기도 그렇고, 그렇다고 해서 미친 척 늪으로 뛰어들 수도 없는 노릇이어서 정말 시간이 흐를수록 애만 탈 뿐이었다.

"어쩔 수 없군."

하나밖에 없는 방법을 결국 난 사용할 수밖에 없었다. 갈 길은 아직 멀고도 먼데 고작 이런 녀석들 때문에 최후의 히든카드를 써야 한다니… 여러모로 아쉽기도 했지만, 그래도 저 재수없는 낯짝을 계속 봤다간 참지 못하고 화병에 걸려 죽을 게 뻔했다.

"카루, 스테빈, 잠깐 나 좀 가려줘."

고개를 끄덕인 카루와 스테빈이 내 모습을 가렸다. 심호흡 한 번 하고 마음을 안정시킨 뒤 나는 도마뱀 녀석들을 향해 주문을 외웠다.

"으어어! 짜증나게 하지 좀 말란 말이다—!!"

잽싸게 주문을 완성시키고 난 저 하늘의 누군가를 향해 그렇게 처절하게 소리 질렀다. 늪에서 유유히 우리 쪽을 바라보던 리자드맨들은 갑작스런 내 외침에 움찔거렸지만, 한발 앞서 주문이 완성되고 푸르도록 새하얀 빛의 화살들이 늪을 향해 쏟아져 나갔다.

빠지직— 빠지직—

꽤엑꽤엑, 제대로 된 비명 한 번 질러보지도 못하고 리저드맨을 비롯한 늪 속의 물고기들은 벼락에 맞아 절명했다.

다름 아닌 내가 사용할 수 있는 공격 마법 중에서 파괴력이 강한 것 중 하나인 라이트닝 볼트였다. 늪 속에서 처박혀서 꼼짝도 하지 않는 이런 녀석들에게는 제일 효과적이라 할 수 있는 주문이었다.

"이야, 노릇노릇 잘 익었구만."

조심스럽게 비교적 잘 익은 큰 물고기 몇 개를 건져 올린 카루 녀석이 한가로운 말투로 말했다. 펠시는 기다란 나무줄기를 밧줄 삼아서 리저드맨이 들고 있던 무기를 꺼냈다.

잠시 물고기를 먹으며 휴식을 취했다. 한 리저드맨이 들고 있던 옆으로 흰 칼은 풀을 베기에 적합해 일행의 움직임에 조금 탄력을 주었다.

다행히 적의 기습은 없었다. 아니, 이해가 가지 않을 정도로 길게 자란 풀들이 적이라고 한다면 제일 큰 적이었다.

턱이 숨까지 차 오르고 다리가 후들후들거려서 더 이상 걸음을 움직이지 못할 정도가 돼서야 일행은 늪지대를 벗어날 수 있었다.

늪지대를 벗어난 것은 좋았지만 더 큰 문제가 모두의 앞에 직면해 있었다.

"무, 물!"

그것은 바로 식수의 고갈이었다. 가끔 펠시가 대롱 같은 기다란 나무줄기를 잘라서 물을 얻어오긴 했지만 그 양은 턱없이 부족했다.

가만히 쉬고만 있어도 더운데 미친 듯 교대로 검을 휘두르고 걸음을 걸으니 물이 없어지는 것은 당연했다.

더위와 갈증에 허덕이며 스테빈이 바닥에 쓰러졌을 때 일행 모두는 절망에 빠져 아무 말도 할 수 없었다.

하지만 언제나 행운은 예측할 수 없는 형태로 찾아오는 법이다.

"비다! 와하하하—!"

맑았던 하늘에서 갑작스럽게 구름이 몰려오고 비가 쏟아졌다.

가뭄에 허덕이는 농민이 단비를 맞는 기분이 이럴까? 바닥에 쓰러져 있었던 스테빈 녀석도 어느새 일어나 좋아라 웃음을 터뜨리며 쉴 새 없이 떨어지는 비를 마셔댔다.

갑작스럽게 쏟아진 비는 역시 마찬가지로 갑작스럽게 그쳤다. 안 그래도 질퍽한 땅이 움직이기 힘든 진흙처럼 변했지만 아이들은 아까보다는 훨씬 더 밝은 표정을 하고 앞으로 나아가기 시작했다.

그리고 받아놓은 빗물도 떨어졌다 싶은 순간 모두는 푸른 거북의 호수에 도착할 수 있었다.

푸른 거북의 호수라는 명칭에 걸맞게 호수의 물은 푸르기 그지없었다. 그냥 마셔도 괜찮을까 잠시 고민하다가 아무래도 최대한 안전을 기울이는 쪽이 나을 듯해서 불을 이용해 한 번 끓여 마시기로 모두 합의했다.

비교적 젖지 않은 나뭇가지를 구하고, 불을 지핀 후 펄펄 물을 끓였다. 작은 냄비 하나밖에 가지고 있지 않아 식수를 모두 확보하는 데 꽤 긴 시간을 소비해야만 했다.

호수에서 그리 멀리 떨어지지 않은 나무 밑 그늘에서 교대로 보초를 서며 휴식을 취했다.

짧지만 꿀맛 같은 단잠을 자고 난 아이들은 다시 호수 근처로 다가 갔다.

"보기보다 깊은데?"

카루의 말대로 호수의 물은 예상보다 깊었다.

"저기 배가 있네. 저걸 타고 호수 반대쪽까지 가야 할 것 같아. 빙 돌아서 갈 수도 있겠지만 그러기에는 시간이 너무 부족할 듯하고."

눈이 좋은 아네스가 활기찬 목소리로 말했다.

나루터라 하기에도 초라한 나무판자 근처에는 길고 커다란 녹슨 쇠 가 호수 밑바닥까지 박혀 있었는데, 기다란 배가 바로 그 거대한 쇠못 에 밧줄을 통해 연결되어 있었다.

"이거 영 시원치 않은데."

물이 새는 것은 아니었지만 척 보기에도 오래되고 낡은 배였다. 찜 찜한 표정으로 그것을 바라보다가 나는 어쩔 수 없다는 듯 모두를 향 해 입을 열었다.

"노 젓는 법을 알고 있는 사람?"

꿀 먹은 벙어리처럼 입을 다문 채 아이들은 서로를 살폈다. 애초에 나도 속 편하게 검이나 휘두르던 아이들이 노 젓는 법을 알 것이라고 는 기대하지 않았다.

배는 있지만 사공이 없었다. 아무리 시간이 부족하다 해도 아무렇게 나 후닥닥 배를 타고 이동한다는 것은 목숨이 열 개라 해도 위험하기 짝이 없는 짓임에 틀림없었다.

"으아악—!"

그렇게 고민하고 있을 때 근처의 호수 옆 풀숲에서 한 아이의 비명소리가 울러 퍼졌다. 헛것을 들은 건 아닌가 해서 아무런 말도 하지 않은 채 입을 벌리고 서 있던 난 펠시의 중얼거림에 퍼뜩 정신을 차리고 몸을 움직이기 시작했다.

"누가 함정에 걸렸다."

정말 이렇게 여러 가지 재주가 많은 여자 아이도 드물 것이다. 일행이 휴식을 취하거나 불의의 사고를 당해 움직임이 멈추었을 때 펠시는 종종 실과 방울이나 밧줄, 덩굴 등을 이용해 함정을 만들곤 했는데, 이번에는 가마 덩굴을 이용해서 간단한 함정을 만든 듯했다.

서둘러 함정이 설치된 곳에 도착했을 때 호들갑 떨며 덩굴에 걸려 공중에서 애처로이 발버둥 치는 한 아이와 당혹해서 이러저리 몸을 움직이며 그것을 바라보고 있는 여러 명의 아이를 발견할 수 있었다.

"……."

멍하니 그 어처구니없는 꼬락서니를 바라보다가 한숨 한 번 쉬고 난 녀석들을 향해 말했다.

"너희 지금 뭐 하냐?"

"사, 살려줘어—!"

함정에 걸린 아이까지 포함해서 모두 네 명의 아이였다. 험한 꼴을 당한 모양인지 눈물 콧물 질질 흘리며 우리 쪽을 바라보는데, 그 애처로운 표정에 동정심보다는 피식 웃음이 터져 나올 수밖에 없었다.

펠시가 단검으로 덩굴을 자르자 꽥 하는 비명을 내지르며 녀석은 함정에서 벗어날 수 있었다. 네 명의 아이가 눈물을 닦고 대충 감정을 추스르자 착잡한 표정으로 난 입을 열었다.

"여기서 뭐 하고 있는 거야? 지금 기말시험 중이라는 걸 잊어먹은 거냐, 설마?"

죄지은 사람처럼 아이들 푹 고개를 숙이고 아무런 대답도 하지 않았다. 아무런 반응도 없는 아이들 모습에 내가 살짝 인상을 찌푸리자 옆에서 매쉬가 코웃음 치며 비아냥거리듯 말했다.

"야, 너 눈치가 없어도 그렇게 없을 수가 있냐?"

"무슨 소리 하는 거야?"

"이놈들 생긴 걸 보라고. 전부 다 검 하나도 못 휘두를 것같이 비실비실한 놈들이잖아."

"그래서?"

"당연한 거지. 한마디로 이놈들은 쫓겨난 거야."

"쫓겨나다니?"

"야, 이 정도 말했으면 제발 좀 알아채 줘라. 이딴 쓰레기들이 동행한다고 해도 도움이 될 리가 없잖아? 그러니까 버리고 간 거지. 아프다고 징징거리지 않아도 식수랑 식량만 축낼 게 뻔할 테니까 말이야."

매쉬의 말에 네 아이의 표정은 더욱더 어두워졌다. 화를 내기는커녕 쥐구멍이라도 있으면 숨어들어 가고 싶다는 듯 얼굴을 붉혔다. 낯짝 두꺼운 매쉬 녀석에게 카루가 쏘아붙였다.

"너, 적당히 해."

"흥. 어떤 녀석인지 몰라도 이쪽하고는 달리 제법 머리가 잘 돌아가는군."

카루 녀석의 분노가 폭발하기 직전에 다행히 매쉬의 입이 멎었다. 아마 거기서 무슨 말을 더 덧붙였다간 카루가 당장 칼을 빼 들었을지도 모른다.

"베리야, 어쩔 거야?"

스테빈이 검지손가락으로 톡톡 등을 두들기며 물었다. 인상을 찡그리며 고민하다가 최종적으로 모든 아이들을 향해 난 입을 열었다.

"데리고 가도록 하자."

모두 '왜 저런 녀석들의 뒤치다꺼리를 우리가 대신해야 하는 거야?'라는 표정이었다. 하지만 단호한 얼굴로 내가 앞장서자 아이들은 상황을 받아들이고 뒤따를 수밖에 없었다.

"근데 베리, 호수를 건널 방법은 생각한 거야?"

"아니."

"노 젓는 게 그렇게 어렵고 힘든 일인가?"

"글쎄, 해본 적이 없어서 잘 모르겠군."

"내 생각에는 위험해도 충분히 한번 시도해 볼 만하다고 생각해. 좀 부실해 보이긴 하지만…… 의외로 쉽게 건널 수도 있을지 모르고 말야."

꽤 기다란 노가 네 개. 곰곰이 잘 생각해 보니 처음에는 힘들지 몰라도 하다 보면 적응이 될 듯도 했다.

"돌아서 가면 시간이 너무 지체될 것 같으니까 한번 배를 모는 걸 시도해 보자."

아이들은 아까보다 훨씬 더 불만스러운 표정으로 내 얼굴을 한 번, 당장에라도 뒤집어질 것 같은 낡은 배를 한 번 쳐다보았다.

"하하! 괜찮아, 괜찮아. 보기에는 영 시원치 않은 듯하지만 내 예감으로는 꽤 근성있는 녀석 같아."

"배한테 중요한 건 물을 가로질러 이동하는 거지, 근성은 무슨 얼어죽을 근성이야! 근성있다고 배가 날아가는 것도 아니고!"

특히 스테빈 녀석은 시체에 가까운 얼굴을 하고 맹렬히 반대 입장을 표명했다. 물론 나와 카루는 가뿐하게 한 귀로 듣고 한 귀로 흘렸지만.

"뭐, 좋아. 한 번 정도 시도해 볼 만한 것 같군."

내 말이 떨어지기가 무섭게 스테빈의 표정은 울 것처럼 구겨졌다.

그리고 한 명 한 명 아이들은 배에 올라타기 시작했다. 잔뜩 부풀어 오른 풍선이 언제 터질까 전전긍긍하고 있는 아기의 표정이랄까. 제일 먼저 자리를 잡고 앉은 나와 카루는 그 앙증맞은 아이들의 표정에 피식 웃음을 터뜨렸다.

하지만 카루 녀석의 말대로 보기보다 근성이 있는 배인 모양인지 대부분의 아이들이 올라타도 아무런 이상이 없었다. 결국 마지막까지 남아 있었던 스테빈도 아이들의 재촉에 못 이겨 배에 오를 수밖에 없었다.

"힘보다는 요령과 협동이 중요할 것 같으니까 다들 타이밍 맞춰서 열나게 저어보라고."

쇠기둥에 묶인 밧줄을 풀고 하나, 둘, 셋 숫자를 센 후에 나와 카루, 그리고 매쉬를 비롯한 네 명의 '세상에서 제일 어설픈 뱃사공'은 제각 각 맡은 노를 열심히 끙끙거리며 젓기 시작했다.

"야! 너, 지금 뭐 하고 있는 거야! 니가 너무 용을 쓰니까 배가 자꾸

오른쪽으로 기울잖아, 이 뇌 속까지 근육으로 가득 찬 놈아!"

"뭐야?! 싸구려 광대 녀석이, 지금 뭐라고 씨불거리는 거야!"

"이 새끼가 오늘 한번 호수 바닥에 가라앉고 싶나 보구나!"

"야, 이 미친놈들아! 노 가지고 싸우지 마!"

"아악! 물 튀기잖아!"

매쉬와 카루가 티격태격 싸우는 바람에 애꿎은 아이들만 물에 젖었다. 씩씩거리며 서로를 노려보다 결국에는 한 발자국 양보해 두 녀석들은 다시 노를 저었다.

"하나 둘, 하나 둘."

더딘 속도였지만 천천히 배는 호수 중앙을 향해 움직이기 시작했다. 생각보다 노 젓는 일이 힘들었던 까닭에 땀에 흠뻑 젖은 몰골을 하고 교대로 다른 아이들의 손에 노를 맡기고, 몇 번이나 그렇게 턱까지 차오른 숨을 고를 수밖에 없었다.

도중에 몇 번이나 전복의 위기를 겪었지만 뒤뚱뒤뚱 어색한 움직임으로 천천히 배는 수면 위로 나아가고 있었다.

'다행인 건가.'

어찌 됐든 결과만 좋으면 장땡이다. 배에서 싸움질을 하든 소리를 지르며 울고 떠들든 정작 중요한 것은 호수를 건너는 일 그 자체였으니 말이다.

"베리 선장님, 명령을 내려주십시오."

"선장은 무슨 얼어죽을, 발바닥에 땀나게 노나 저어!"

"아두리 노 젓는 부하라 해도 그런 발언은 너무 권위적인 거 아냐?! 뱃사공 인권보호단체에 고발하겠어!"

"노예 주제에 잔말이 많다! 더 떠들면 오늘 저녁밥은 없을 줄 알아라."

"아악! 저런 악덕 구두쇠 선장 같으니!"

채찍이라도 있었으면 저 카루 녀석 등짝을 찰싹찰싹 때려줬을 텐데. 저런 말 많고 일 제대로 안 하는 녀석에게는 그야말로 매가 약이니 말이다.

별 웃기지도 않는 대화를 좀 더 나누던 중 갑작스레 뱃머리 근처에서 호수의 정경을 바라보던 스테빈 녀석이 고개를 돌리고 입을 열었다.

"호수 가운데에 작은 섬이 있는데?"

"섬?"

눈을 동그랗게 뜬 채 스테빈이 끄덕거렸다.

"응, 아주 작아 보이긴 하지만."

"어? 정말이네? 베리 선장님, 섬에 상륙할까요?"

"아둔한 노예 노잡이 카루여, 그렇게 하도록 하라."

"이 새끼, 한번 치켜세워 주니 계속 해먹으려고 하네!"

"흥! 하늘 같은 선장에게 못하는 말이 없군. 채찍 맛이 그리운가 보지!"

암초라 하기에는 뭐하고, 그럭저럭 큰 집 한 채 크기의 육지였다. 약간 특이한 점이 있다면 지면이 보통 땅이나 돌이라 하기에는 지나치게 어두운 녹색이었다는 점인데, 뭐, 이끼 같은 것이 덕지덕지 붙어 있어서 그런가 보다 하고 대충 생각해 넘어갔다.

배를 짙은 녹색 바위섬 옆에 정박시킨 후 나와 카루는 혹시 마법 아이템이라도 발견할 수 있지 않을까 하여 샅샅이 근처를 수색했다.

하지만 좁은 녹색 땅에서는 아무것도 발견할 수 없었다. 이끼가 붙어 있다고 허도 바닥이 비정상적으로 미끄럽다는 걸 제외하면 말이다.

"크어;! 이거 바닥이 왜 이래!"

"이거, 주욱주욱 미끄러지니까 참 재미있는데?"

카루 녀석은 신이 난 얼굴로 바닥을 슬라이딩하며 외쳤다. 조금 익숙해지자 녀석 말대로 한 번에 주욱 주저없이 미끄러진다는 것이 상황에 맞지 않게 재미있는 편이었지만, 한 무리의 대표라는 인간이 한가로이 이런 시험 속에서 장난을 칠 수는 없었으므로 가능한 얼굴을 딱딱하게 하고 장난치는 녀석을 향해 경고했다.

"야, 그러다가 호수에 빠지면 어쩌려고 그래? 아무것도 없는 것 같으니까 이제 슬슬 돌아가자."

내 말에 아쉽다는 듯 입맛을 다시며 카루는 고개를 끄덕였다.

"야, 누가 배 저었어? 저 매쉬 새끼가 한 거지?"

"뭐야! 난 얌전히 있었다고, 이 피에로 같은 놈아!"

"바람이라도 분 건가? 어쨌든 올라타게 누가 노 좀 저어봐."

어느새 배와 육지와의 거리는 5미터 정도 벌어져 있었다. 투덜거리며 네 아이는 육지 쪽으로 천천히 노를 젓기 시작했다.

"푸하하하! 니들 지금 장난 하냐?"

아이들이 열심히 노를 젓기 시작하자 카루가 배를 잡고 또 웃음을 터뜨렸다.

그도 그럴 것이 저 빌어먹을 녀석들이 장난 삼아서 노를 젓는 척만 해 실제 거리는 좁혀지지 않았던 것이다.

"그만 하고 빨리 제대로 해."

내가 살짝 혀를 차며 말하자 인상을 찡그리며 아이들은 힘껏 노를 저었다. 그러나 역시 간격은 그대로였다.

"장난하지 말라니까!"

더 이상 두고 볼 수 없었던 까닭에 난 언성을 높이고 배를 향해 외쳤다. 배를 저어서 앞쪽으로 다가오기는커녕 조금씩 조금씩 간격이 벌어지고 있었기 때문이다.

"아냐! 지금 진짜 열심히 젓고 있어!"

"이 새끼야, 진짜라니까!"

"매쉬는 그렇다 쳐도 다른 아이들까지 이런 장난을 할 줄은 몰랐는걸."

"진짜라니까! 제기랄!"

카루 녀석의 얼굴에서도 웃음이 사라지자 아이들은 황급히 고개를 가로저으며 소릴 질렀다.

"뭐야! 그럼 이 섬이 움직이기라도 한다는 거야?! 상식적으로 그런 미친 일이 일어날 리가 없잖아! 니들 단체로 무슨 약 먹었냐?"

"아오, 이 새끼야! 진짜라니까! 바닥을 보라고!"

짜증을 내며 카루는 상체를 치켜세워 물 밑을 주시했다. 그러다가 갑작스레 턱이 빠진 것처럼 입을 벌리며 소리를 질렀다.

"맙소사!!"

"왜 그래?"

저 녀석도 머리가 좀 돈 거 아닌가 하고 생각하다가 갑자기 싸늘한 한줄기 바람이 귓가를 스치는 것이 느껴졌다. 그리고 내가 막 옆으로 고개를 돌렸을 때, 상상을 초월하는 속도로 호수 건너편 풍경이 움직이는 것을 볼 수 있었다.

"서, 섬이 움직이고 있잖아!"

"젠장 꽉 잡아! 재수없게 물에 떨어지면 죽을 수도 있다고!"

"여기 잡을 게 어디 있냐!"

배와의 거리는 조금씩 더 멀어지고 있었다. 더 이상 두고 볼 수는 없다는 듯 펠시가 밧줄을 허공에다 빙빙 돌리더니 우리 쪽을 향해 집어 던졌다.

"그걸 걸어!"

카루는 번개처럼 허공에서 밧줄을 낚아채고 그녀를 향해 소리 질렀다.

"이걸 어디다가 걸라는 거야!"

밧줄의 길이는 점점 더 길어지고 있었다. 이 속도로 가다가는 얼마 버티지 못하고 놓쳐 버릴 것이 분명했다.

"목에다가!"

"뭐?!"

"거북이의 목에다가 걸라고!"

그녀가 그렇게 큰 소리로 말하는 것은 여태껏 한 번도 보지 못했다. 아니, 앞으로도 영영 볼 수 없을지도 모른다.

멍청한 표정으로 카루는 등을 돌려서 섬이 움직이는 방향을 바라보았다. 그리고 초인적인 자제력과 움직임으로 앞을 향해 몸을 날렸다.

"뭐, 뭐 하는 거야?"

주르르륵─ 엄청난 속도로 미끄러지곤 단 한 번에 균형을 잡더니 카루는 밧줄을 무엇인가에 둥글게 매듭 지어 묶기 시작했다.

건너편에서는 아이들이 거리가 벌어지지 않도록 미친 듯이 노를 젓고 있었다. 심지어 매쉬 녀석마저 잔뜩 붉어진 얼굴로 굵은 땀을 줄줄 흘리며 말이다.

그리고 어느 순간 '섬'의 속도는 방금 전과는 비교할 수 없을 정도로 빨라졌다. 상체를 가득 빼고 끙끙거리며 한참을 어딘가에 밧줄을 묶더니 카루가 고개를 들며 소리 질렀다.

"아리따운 레이디의 목에 방울 달기 완료!"

"무슨 헛소리를 하는 거야!"

끊어질 듯 밧줄은 팽팽히 섬과 배를 연결하고 있었다. 더 끔찍한 것은 시간이 흐를수록 속도에 가속이 붙는다는 것이었다!

"미친 속도가 됐다—!"

이런 상황에서도 카루 녀석은 희열이 가득한 얼굴을 하며 그렇게 어이없는 말을 내뱉고 있었다.

그리고 '섬'이 수면 위로 점점 더 올라오기 시작할 때 방금 전의 카루와 펠시가 나누었던 대화를 난 이해할 수 있었다.

"이런 미친?! 이, 이건 거북이잖아!!"

"세상에서 제일 스릴 넘치는 배에 오른 것을 환영합니다!"

부메랑 같은 네 다리로 물살을 가르며 거대한 푸른 등의 '거북이'는 자신을 구속하는 목의 밧줄을 거부하는 것처럼 미친 듯 그렇게 앞으로 나아가고 있었다.

"크하하! 좋았어! 이제 곧 도착이다!"

끙끙거리며 노 저어서 겨우겨우 오랜 시간에 걸쳐 도달한 거리를 이 거대한 미친 거북이는 몇 분도 채 지나지 않아 능가하고 있었다.

"아아호오~!"

신이 날 대로 난 듯 카루는 입을 동그랗게 벌리고 긴 여운을 남기는 고함을 내질렀다. 그렇게 엄청난 속도로 흘러가는 주변의 풍경과 폭풍 속의 깃발처럼 머리를 펄럭거리게 하는 시원한 바람이 가슴속 뻥― 뚫리게 했다.

하늘을 자유롭게 나는 것보다 수십 배는 더 경쾌했다. 말 그대로 최고의 기분이다.

"서, 선장님."

"왜 그러느냐, 아둔한 노잡이여?"

"두 가지 불행한 소식이 있습니다만."

"당장 말해!"

"바닥이 가라앉고 있다는 느낌이 드는데요."

어느새 미끌거리는 바닥에 출렁출렁 물이 스쳐 지나가고 있었다. 멍청한 얼굴로 발 밑을 바라보다가 다시 한 번 난 녀석의 말에 벼락 맞은 사람마냥 몸을 부르르 떨 수밖에 없었다.

"그, 그리고 거북이 목 근처의 밧줄이 끊기고 있습니다!"

"그런……!!"

"날뛰는 거북이 목에 방울 달기!"

"이런 상황에서 농담하지 마, 이 바보 같은 녀석아!"

"공양미 삼백 석! 인어 왕자!"

"생각 좀 하게 닥쳐 봐, 제발!"

미친 듯이 머리를 굴리며 잠시 생각을 하다가 난 인상을 찌푸리며 현실 도피에 빠져 있는 카루 녀석에게 말했다.

"내 등을 안아!"

"너, 미쳤어?"

"살고 싶으면 빨리 껴안으라고!"

"그냥 죽을래!"

"너, 빨리 안 하면 평생 매쉬 녀석 취급할 줄 알아!"

"으윽! 제길, 알았다구! 안으면 되잖아! 허리가 으스러지도록! 갈비뼈가 폐에 박히도록!"

카루는 밧줄을 지팡이 삼아서 조심스레 천천히 내 쪽으로 다가오더니 잔뜩 인상을 찌푸리며 내 등을 껴안았다.

"처음이니까 부드럽게 해주세요, 선장님."

"주문 외워야 하니까, 닥쳐!"

어느새 발목까지 물에 잠겼다. 타이밍이 조금만 어긋나도 바로 황천으로 갈 수 있으므로 실낱같은 기회를 잡기 위해 난 입술을 피가 나도록 깨물며 주문을 캐스팅했다.

"잘 들어. 난 지붕 위에 올라와 있는 닭이고, 넌 그 뒤에 매달려 있는 바둑이야."

"많고 많은 것 중에서 왜 하필 바둑이야?"

"닥쳐! 그러니까 내 등을 놓치면 넌 바닥에 떨어져 죽는 거다. 알겠어?"

"오케이!"

"자, 그럼 천천히 밧줄을 끊어! 그리고 곧장 내 등을 껴안는 거야."

허벅지까지 물이 잠겨왔다. 주문을 다 캐스팅한 나는 밧줄이 끊기는 그 순간을 포착하기 위해 잔뜩 몸을 웅크리고 정신을 집중했다. 불안정한 자세로 무리하게 몸을 움직이려 하니 생각보다 긴 시간을 허비해야만 했다.

　푸슈슈슝―

　바로 그 순간, 바람을 가르는 소리와 함께 무엇인가 두두둑 하고 끊기는 소리가 들려왔다. 카루 녀석이 허리춤에서 단검을 꺼내 밧줄을 자른 것이다. 찰나의 시간 속에서 주문을 완성하고 난 일행이 기다리고 있는 배를 향해 몸을 날렸다.

　"간다아아아앗―!"

　밧줄을 팔목에 한 번 감고 화살처럼 쏘아져 나가는 그 상황에서 작렬하는 도약 마법! 조금 균형을 잃어서 오른쪽으로 상체가 기울어졌지만 반발력이란 무시무시한 녀석 덕분에 무사히 나와 카루는 허공으로 떠오를 수 있었다.

　"크아아 하하하―!"

　뭐가 그리 좋은지 카루 녀석은 경기 들린 것처럼 귓가에 대고 소리 지르며 웃고 있었다. 잠시 후 추락하는 것은 날개가 없다는 진리처럼 나와 녀석은 새파란 호수를 향해 추락하기 시작했다.

　퍼엉!

　천천히 포물선을 그리며 허공을 수놓다가 엄청난 고통, 굉음, 물보라와 함께 나는 호수에 처박혔다.

　'내 인생은 언제나 왜 이따구인 거야!'

　이미 평범했던 과거의 나날은 잡을 수 없는 연기처럼 멀어져 갔다. 환상에서 몇 번이나 죽을 고비를 넘기질 않나, 미친 거북이 등 위에서 호수를 질주하질 않나…….

부디 내년에는 조금 더 팔자가 피길 마음속 가득히 소망하며, 그렇게 나는 천천히 의식의 끈을 놓았다. 푸르고 하얗고 새카만 무엇인가가 머리 속을 한참 동안 사로잡는 걸 느끼며.

〈5권으로 계속〉

✦ 특별좌담회(카이저온 통신 Ver 2)

나른한 오후. 풀밭에 돗자리 하나 깔고 여유로운 표정으로 독서를 즐기는 한 소년이 있었다. 잠시 후 그의 등 뒤로 천천히 검은 그림자가 다가오기 시작했는데, 불행인지 다행인지 독서에 열중한 소년은 그것을 눈곱만큼도 눈치챌 겨를이 없었다.

????: 크하하, 내가 누구일까요?

베리: 좋은 말 할 때 내 눈에서 손을 떼.

????: 쳇, 재미없어! 이 융통성이라고는 좁쌀만큼도 없는 녀석!

베리: 내가 왜 카루 너 같은 녀석이랑 기분 나쁜 신파극을 해야 하나!

카루: 어라? 나인 줄 어떻게 안 거야?

베리: 가끔씩 보여주는 그 끔찍한 행동과 목소리를 잊어먹을 리 없잖아. 지옥 불구덩이에서 일억 년 동안 노가다를 뛴다 해도 아마 절대 잊어먹지 않을 거다.

카루: 뭐, 좋게 말하면 그런 게 다 개성이겠지.

베리: 제발 조금 더 스스로에 엄격해지는 걸 배우도록.

카루: 난 너같이 꽉 막힌 남자가 되긴 싫다고.

잠시 후 풀숲을 헤치고 옆쪽에서 누군가 둘을 향해 다가오기 시작한다.

카루: 발렘 선배? 어라, 그리고 자룬 왕자까지 있네? 이봐요! 둘이 뭐 하고 있었던 거예요? 설마 데이트……? 아악! 농담이니까 그 진검 좀 제발 다시 검집에 꽂아놓아요, 발렘 선배!
　자룬: 검술에 대한 지도를 받고 있었다.
　카루: 쳇, 그럴 줄 알았다. 역시 참 재미없는 사람들이라니까.
　베리: 간만의 휴업인데 두 분은 무엇을 할 계획이십니까?
　자룬: 글쎄, 고향이라도 다녀올까?
　베리: 겸사겸사 여동생도 만나구요?(웃음)
　자룬: …….(살짝 얼굴이 굳어짐)
　카루: 어라, 자룬 왕자님한테 여동생이 있었어? 그, 그럼 공주님인가?

베리: 게다가 엄청나게 귀여운 분이시지. 또 강하기도 하고.

발렘: 예전에 한 번 뵌 것 같은데, 베리 녀석 말대로 굉장히 아름다운 레이디셨다.

화가 난 것처럼 살짝 얼굴을 붉히며 시선을 돌리는 발렘. 베리는 살짝 미소 지으며 그 모습을 바라본다.

카루: 그건 그렇고, 베리한테 진 빚은 언제 갚을 생각이십니까, 발렘 선배는?

발렘: 나도 빨리 갚고 싶은데……. 이상하게 기회가 되질 않는군.

카루: 이 녀석 그때 정말 죽을 뻔했다고요.

발렘: 아아, 진심으로 미안하게 생각하고 있어.

베리: 됐습니다. 그런 건 그냥 잊으셔도 됩니다. 따지고 보면 다 코인 '녀석'의 잘못인걸요.

발렘: 그렇게 말해 줘서 고맙긴 하지만 역시 그럴 순 없지. 원하는 것이 있거든 주저 말고 말해 보도록 해. 능력이 되는 한 도와줄 테니.

카루: 크하하! 학교 내에서 손꼽히는 인물의 후광을 받는 건가. 그럼 이 베리 녀석은!

베리: 개인적으로 의지하는 것보단 의지받는 쪽이 더 좋은데 말야. (쓴웃음)

담소를 나누는 정겨운 분위기를 깨고 갑자기 누군가 후닥닥 돗자리 안쪽으로 도망쳐 온다.

베리: 야, 스테빈. 무슨 일이야?

카루: 푸하하하! 이 녀석 얼굴 좀 보라고.

발렘&베리&베리: (살짝 웃음을 띰)

베리: 어쩌다가 그렇게 된 거야? 엄마 화장품 처음 써보는 여자 아이 같잖아.

스테빈 자고 있었는데…… 아네스가 이렇게 만들었어!(울먹이며)

카루: 이봐, 화장은 그렇다 쳐도 그 머리에 매단 리본은 대체 뭐야? 깜찍 상큼 발랄 매직 포인트냐?

스테빈: (신경질적으로 머리에 붙은 리본을 바닥에 집어 던짐)

베리: 이 멤버가 이렇게 모일 일이 없는데 말야. 아무래도 모종의 음모가 있는 듯하군.

????: 그걸 이제야 깨닫다니 이 바보 같은 녀석.

갑작스런 목소리에 모두는 고개를 돌린다. 모두의 시선을 받으며 그림자 속에서 한 엘프 청년이 일행을 향해 뚜벅뚜벅 걸어오기 시작한다.

베리: 기르디?! 대체 학교에는 무슨 일로……?

기르디: 무슨 일이라니? 오늘은 내가 주역이라는 걸 모르는 거냐, 이 바보 인간 녀석아.

베리: 주역이라뇨?

기르디: 내가 바로 이번 좌담회의 사회자란 말이다.

기르디를 제외한 모두: 에에?!

기르디: 흥, 보안을 엄격히 유지한 보람이 있군. 뭐, 평범한 인간들은 모르는 게 당연하겠지.

카루: 설마 그럼 지금 이것도 책에 실리는 것?

기르디: 당연하다.

스테빈: 시, 싫어! 왜 난 매번 바보 같은 상황만 연출되는 거야!

발렘&자룬: (갑자기 옷가지와 머리를 매만지기 시작한다)

베리: 이미 늦었으니까 그냥 포기하자고요.

카루: 뭐, 독자들도 평소 모습 그대로의 것을 원하고 있을 테니 말야.

스테빈: 뭐야! 그럼 난 이게 평소 모습이란 거야?!

일동 모두: (고개를 끄덕끄덕)

자룬: 무엇인가 주최측의 농간의 기미가 보이는 것 같군. (혼잣말)

발렘: 기르디 씨라고 하셨나요? 이왕 이렇게 된 거 끝까지 진행하시죠.

기르디: 미안하지만 좌담회는 이게 끝이다, 지면이 없으니까.

베리: 이, 이게 끝이라구요? 그런 어이없는……!

기르디: 그렇다. 마지막으로 하고 싶은 말 한마디씩 내뱉도록.

카루: 흠흠, 그럼 제가 먼저 하도록 하죠. 언제나 큰 애정을 가지고 지켜봐 주시는 여러분께 감사의 말씀을 드립니다. 저 카루도 악덕 주인공에게 지지 않고 열심히 열심히 활약하겠사오니…….

기르드: 그만! 대사가 너무 길다!!

카루: 너, 너무하잖아!

자룬: 감사합니다.

기르디: 아주 좋아! 이렇게 하란 말야.

스테반 (눈치를 살피다가) 저도 힘내겠습니다.

발렘: 등장 기회는 적을 듯하지만 그래도 힘내서 살겠습니다. 지켜봐 주세요.

베리: 5권에는 조금 더 정상적으로 찾아뵙기를 기원하지요.

기르디: 자, 그럼 끝인가? 마지막으로 내가 한마디 하도록 하지. 이런 바보 같은 글을 초인적인 인내심으로 여기까지 읽어줘서 고맙다.

일동 전부: (입을 벌리고 기르디를 바라봄)

카루: 여기서 문제, '자룬, 엘룬' 남매의 이름은 어디에서 따온 것일까요? 힌트를 드리자면 게임을 많이 해보신 분이 유리하다는 것입니다!

기르디: 거기, 너! 갑자기 헛소리하지 마!

베리: 어찌 됐든 다음 권에서 이어집니다!